LAURA NEWMAN

# NACHT
# SONNE

## IM ZEICHEN
## DER ZUKUNFT

*Dieses Buch ist für Mama.*
*Weil du mir glaubst, dass man alles schaffen kann!*

3. Auflage

Deutsche Erstausgabe September 2014

© Laura Newman, Bremen
Umschlaggestaltung: Laura Newman
- design.lauranewman.de -
*Unter Verwendung von Stockdaten: © elwynn / 123rf.com*

Lektorat: M. Klöppel
Korrektorat: Schreib- und Korrekturservice Heinen - Claudia Heinen

**Impressum**
Laura Newman, Rückertstraße 9, 28199 Bremen
laura@lauranewman.de
Herstellung und Verlag: BoD – Books on Demand, Norderstedt
ISBN: 978-3738626094

-

www.lauranewman.de
facebook.com/AutorLauraNewman
www.nachtsonne-chroniken.de

# PROLOG

Leicht angewidert starrte Alois Bezier sein Spiegelbild an. Seit einigen Wochen tat er dies jeden Abend. Eine neue und beunruhigende Angewohnheit, die weniger mit Eitelkeit, als mit nackter Angst zu tun hatte.

Alles hatte mit dem grauen Haar begonnen. Es war plötzlich aufgetaucht. Über Nacht. Ohne Vorwarnung. Dabei sollte man meinen, Alter wäre spürbar. So wie Magenschmerzen oder Pickel. Man müsste es doch bemerken, wenn man welkt?

Aber so war es nicht.

Das graue Haar erschien auf der Bildfläche und mit ihm die Erkenntnis, dass die Zeit lief. Dieses Gefühl war neu. Diese Angst, nicht alles erledigen zu können, nicht lang genug zu leben, um alles unter Dach und Fach zu bringen.

Der Typ im Spiegel wirkte gehässig, beinahe schadenfroh. Als würde er sagen: Selbst schuld! Den Mist hast du dir ganz alleine eingebrockt, Kumpel.

Alois Bezier wollte sich abwenden, aber so einfach war das gar nicht. Er steckte schon zu tief drin. Und dieser Mistkerl hatte recht. Er war selbst schuld daran.

Um seinem hinterlistigen Alter Ego nicht länger in die Augen blicken zu müssen, begann er damit, seine Falten zu zählen. Wenn auch frustrierend, so war diese Tätigkeit zumindest weniger beängstigend, als sich weiter regungslos, wie ein Geisteskranker, anzustarren. Bei Falte sechzehn hielt er inne und stöhnte leise auf. Was tat er hier eigentlich? Was war nur aus ihm geworden? Waren er und der Mann im Spiegel überhaupt noch eins? Ein und dieselbe Person? Waren sie noch ein Team?

Plötzlich sehnte er sich nach der unbekümmerten Zeit, welche - gefühlt - noch gar nicht so lang zurücklag.

Eine Zeit, in der er Jachten gechartert und vollbusige Unterwäsche-Models verführt oder schlicht gekauft hatte. Eine Zeit, in der ein Bungee-Jump für ihn die größte Herausforderung und sein Leben unendlich schienen. Wo waren sie hin, diese unbekümmerten Tage? Was war geschehen, dass er hier und heute mit Mitte vierzig vor dem Spiegel stand und versuchte in seine Seele zu blicken?

Seine Gedanken wirbelten durcheinander. Wie es den Unterwäsche-Models wohl ging? Wo waren sie jetzt? Gab es noch einen Markt für frivole Unterwäsche? Wohl eher nicht.

Wieder dieser Blick aus dem Spiegel. Es reichte!

Genervt drehte er sich um und ging entschlossen in sein Schlafzimmer hinüber. In Panik zu verfallen war das Letzte, was er jetzt brauchen konnte. Es waren Entscheidungen zu treffen. Wichtige Entscheidungen. Abartig, endgültige Entscheidungen. Die Leute verließen sich auf ihn. Und selbst wenn nicht. Er hatte seinen Weg gewählt und jetzt gab es kein Zurück mehr. Sollte der Kerl im Spiegel sich doch weiter über ihn lustig machen. Für so was hatte er keine Zeit.

Wie, um sich zu beweisen, dass er noch sportlich und agil war, machte er einen gewagten Satz und ließ sich auf das große Bett fallen. Dann griff er nach der Aktenmappe und schlug sie auf.

Er blätterte eine Weile darin herum. Alle paar Seiten nickte er wohlwollend, zufrieden darüber, dass man seine Anweisungen so artig in die Tat umsetzte. Doch dann stutzte er. Was war das? Animierte Wände? Wer hatte sich denn diesen Schwachsinn ausgedacht? Das sollten Human Rescue Brigs werden und keine Vergnügungsparks!

Er untersuchte die Signatur. Eine Frau namens Jenna hatte die Entwürfe gemacht.

Typisch. Frauen!

Er grunzte belustigt und nahm sich vor, sie morgen feuern zu lassen. Bob sollte das für ihn erledigen. Der war besser in so was.

Auf den nächsten Seiten folgten Skizzen. Er blätterte entnervt weiter, versuchte das Ende des lächerlichen Abschnitts zu finden, doch je mehr Abbildungen durch seine Finger glitten, desto langsamer wurden seine Bewegungen. Die Frau hatte ohne Frage Talent. Das war nicht zu leugnen. Er ertappte sich bei einem Lächeln, als er die Zeichnung einer idyllisch wirkenden Insel aufschlug. Vielleicht … Na ja, vielleicht war die Idee gar nicht so abwegig. Es könnte der Sache dienlich sein.

Jenna … Hatte er sie schon mal gesehen? In letzter Zeit kamen mehr und mehr Leute dazu. Seit die Regierung ihre Finger im Spiel hatte, war alles total aus dem Ruder gelaufen. Er hatte es aufgegeben, sich die Namen der einzelnen Mitarbeiter zu merken. Anfangs, weil es einfach zu viele wurden, später aus Selbstschutz. Wozu sich mit Menschen anfreunden, mit ihnen reden und mehr über ihren Hintergrund in Erfahrung bringen, wenn sie doch alle schon tot waren? Gut, nicht alle waren so mies dran. Aber die meisten. Es war besser so. Sollte Bob oder sonst wer sich um das Betriebsklima kümmern. Er würde hübsch Abstand halten. Sein eigenes Ding durchziehen. Er musste ohnehin den Kopf frei haben. Dieses ganze zwischenmenschliche Getue wurde sowieso total überbewertet und störte nur.

Zufrieden über seine Einschätzung der Lage goss er sich einen Single Malt ein, der so alt war, dass die Zweifingerbreit im Glas sicher mehr kosteten, als ein in die Jahre gekommener Minivan. Früher hatte er die goldene Flüssigkeit erst noch ein wenig hin und her geschwenkt, ihre öligen Eigenschaften bewundert, sich über Eichenfässer und Aromen Gedanken gemacht. Er war im Geiste über die wilde Küste der schottischen Insel Skye geflogen, hatte an Rob Roy und familienbetriebene Destillen gedacht.

Jetzt stürzte er das Zeug einfach schnell herunter und ließ das Glas zurück auf seinen Nachttisch gleiten.

Nichts war mehr von Bedeutung. Keine Jachten, keine Models und auch nicht der vierundsechziger Bowmore, ob nun ölig oder nicht. Die einzige Sache, das Einzige, was wirklich noch etwas zu bedeuten hatte, waren die HUBs. Seine HUBs. Seine Bestimmung in dieser Welt.

Er hievte sich vom Bett hoch und trat an die große Fensterfront. Whiskey war eine Sache. Er konnte gut ohne ihn leben. Genauso wie er ohne schnelle Autos, Swimmingpools und Schokoriegel auskommen konnte. Was ihm allerdings wirklich fehlen, ja was er geradezu schmerzhaft vermissen würde, war der Himmel.

Sein Gesicht war jetzt so nah an der Scheibe, dass sein Atem den Bereich vor seiner Nase milchig werden ließ. Durch den weichgezeichneten Fleck konnte er die Sonne sehen. Eben im Begriff unterzugehen, sendete sie ihre letzten, warmen Strahlen.

Dieses Miststück.

Er hauchte gegen das Glas, dieses Mal mit Absicht und begann damit, die Sonne mit dem Finger nachzuzeichnen. Eine kleine Kugel und dann ein paar dünne Striche ringsherum. Die feuchte Zeichnung sah nun beinahe so aus wie das unschöne Muttermal an seiner rechten Hand. Rundlich, mit ein paar filigranen Ausläufern darum. Er wollte es schon tausend Mal entfernen lassen, aber jetzt war das auch egal. Ziemlich viel Dinge waren ihm gleichgültig geworden in letzter Zeit.

Die transparente Sonne verschwand jetzt vor seinen Augen. Ein vergängliches Kunstwerk. Dafür erschien ihr Vorbild wieder am Horizont hinter der Scheibe. Auch wenn dieser lodernde Ball sein Erzfeind war, so würde er das Licht vermissen. Das Licht und die Wärme. Nicht diese Hitze, von der die Wissenschaftler in den Talkshows immer sprachen, sondern das sanfte, warme Streicheln des Windes. So eines, wie man es im Gesicht spürt, wenn man im Park unter Bäumen hindurchgeht und alle paar Meter treffen einen die Strahlen durch das Blattwerk. Diese Wärme würde er vermissen.

Manchmal redete er sich ein, dass es ja nicht endgültig wäre. Sicher, er müsste wie all die anderen, auserkorenen Mitglieder seines Teams in den HUB. Aber wenn erst mal das Schlimmste vorüber wäre, könnte man sich ja mal wieder draußen blicken lassen. Dieser kleinen Notlüge bediente er sich immer häufiger, seitdem der große Tag näher und näher rückte. Doch tief in seinem Inneren wusste er, dass es Bockmist war. Ungefähr so, als redete man sich ein, eine Wurzelbehandlung unter Betäubung wäre gar nicht so schlimm. Man wusste die ganze Zeit über, dass es nicht stimmt. Spätestens, wenn der Zahnarzt einem den ersten Span aus thermoplastischem Guttapercha in den Kiefer rammte, wusste man es. Trotzdem log man sich die Sache schön, einfach um weniger Angst davor zu haben.

Mit seinem Einzug in den HUB verhielt es sich genauso.

Die erste Phase würde die schrecklichste sein. Sie würden hinuntergehen, in diesen Käfig, den sie sich gebaut hatten, und ihn abriegeln. Es würde nicht lange dauern, bis der Rest der Welt es endlich geschnallt hätte. Die Menschen würden kommen. In Scharen. Unzählige. Und sie würden alles dafür tun, um in einen der HUBs zu gelangen.

Die Prognosen fielen unterschiedlich aus. Einige im Team glaubten, es würde nur ein paar Monate dauern, bis die Menschen aufgeben und sich an andere Orte zurückziehen würden. Doch auch das war nur lauwarmes Gerede. Eine weitere Art, sich die Sache schönzureden. Sie alle wussten, wie es tatsächlich ablaufen würde. Und er wusste es erst recht.

Jahre. Es würden Jahre in Land gehen, bis die Sache ausgestanden wäre. Vielleicht Jahrzehnte. So schnell starben Menschen nicht. Und aufgeben würden sie ebenfalls nicht.

Alois Bezier wusste: Wenn er in einen HUB ginge, wäre es für immer. Ein Danach würde es für ihn nicht mehr geben. Er würde es nicht mehr erleben. Dafür vielleicht die Menschen, die nach ihm kamen. Die neuen Menschen. Unschuldig, behütet, in Sicherheit.

Sein Kommunikator gab einen leisen Ton von sich. Er mochte dieses kleine Spielzeug. Es handelte sich um einen Prototypen, funktionierte aber tadellos.

Er drehte dem Fenster und dem Miststück den Rücken zu und griff nach dem kleinen Gerät. Die Nachricht kam von Sheila. Ohne seine Assistentin wäre er völlig hilflos. Sie konnte seine Gedanken lesen. Zumindest kam es ihm manchmal so vor. Ohne ihr organisatorisches Talent würde er jedes Meeting verpassen und kein Projekt zum Abschluss bringen.Jetzt erinnerte sie ihn an den Termin in der molekularen Genetik. Das war heute, richtig.

Er seufzte. Es war ein wenig eitel, sein Genmaterial mit in den Pool zu werfen. Natürlich war es das. Aber so war er nun mal. Der Playboy mochte längst durch den Weltverbesserer verdrängt worden sein, aber er wollte nicht einfach aufhören zu existieren. Wenn sein Werk vollendet und den Menschen eine Möglichkeit zu überleben gegeben wäre, sollte ein Teil von ihm bleiben. Ein Fragment des großen Alois Bezier, der vollbusige Mädchen gevögelt und der Menschheit die Rettung gebracht hatte.

# I. HEIMKEHR

Wenn nur mein verfluchtes Herz endlich aufhören würde, so laut zu schlagen! Ich kann mich nicht auf meine Umgebung konzentrieren, achte nur auf dieses dumpfe Gefühl in meiner Brust. Ich sollte es inzwischen besser können, mich mehr unter Kontrolle haben.

Jetzt spüre ich zu allem Überfluss auch noch Jos Blick auf mir. Er kennt mich zu gut. Meine Unsicherheit muss für ihn praktisch greifbar sein. Ich fluche innerlich. Tief durchatmen. Ich muss mich zusammenreißen.

Aus dem Augenwinkel sehe ich zwei blaue Soldaten auf unsere kleine Gruppe zukommen. Noch haben sie keine Ahnung von dem, was ihnen blüht. Gut so!

Wir setzen uns ebenfalls in Bewegung und während Gibbs zusammen mit Sawyer die Soldaten überwältigt, pirscht der Rest von uns sich näher an die Schleuse heran.

Mailo hat es bisher geschafft, uns unentdeckt bleiben zu lassen. Dank seines Drifts können die feindlichen Soldaten uns nicht sehen. Lange werden wir damit nicht mehr durchkommen. Irgendwer wird Meldung machen oder Mailos Illusion wird plötzlich in sich zusammenfallen. Aber solange wir unbemerkt weiterkommen, nutzen wir diesen Vorteil natürlich.

Von der Anspannung, die unser kleines Unterfangen mit sich bringt, einmal abgesehen, bin ich mit meinen Gedanken bei Nume. Ich brenne darauf, sie endlich wieder in die Arme schließen zu können, sie zu fragen, ob es ihr gut gehe, was sie durchmachen musste. Ich hoffe, die feindliche Übernahme des CutOuts war nicht zu schrecklich für sie. Möglicherweise ist sie ohne einen Kratzer davongekommen und bloß wütend. Das wünsche ich mir so sehr!

Es wundert mich, dass Mailo so gefasst seinen Dienst tut. Er muss noch viel ungeduldiger sein als ich.

Seit Sawyer beschlossen hat, den CutOut zurückzuerobern, haben wir uns den heutigen Tag herbeigesehnt. Den Tag, an dem wir endlich einen Schritt vorankommen. Unser Eigentum zurückfordern und den Blauen zeigen, zu was wir fähig sind.

Wir befinden uns bereits mittendrin. Sind nur noch eine Ebene von der Kommunikationszentrale entfernt, von der aus wir uns die Zentrale der Division wieder zu eigen machen werden. Die nächsten Minuten entscheiden über das Gelingen oder das Scheitern unserer Mission.

Es ist ein seltsames Gefühl wieder durch den CutOut zu streifen. Jede Abzweigung und jede Nische ist mir so vertraut. Es ist, als wären wir nur ein paar Tage weggewesen. Ich muss mich zusammenreißen, um weiter auf jeden meiner Schritte zu achten. Es fühlt sich an, als würde man in seine eigene Wohneinheit einbrechen – irgendwie falsch und doch richtig. Mit angehaltenem Atem versuche ich meine Aufregung zu ignorieren und mich stattdessen noch mehr auf unser Vorhaben zu konzentrieren.

Ich bin Mailo dicht auf den Fersen, als er um eine Ecke biegt, und laufe ihm beinahe von hinten in die Füße, als er abrupt stehen bleibt. Ein Soldat steht direkt vor uns. Und er hat uns gehört. Verdutzt blickt er durch Mailo und mich hindurch und versucht die Quelle der Geräusche auszumachen. Ich schnelle nach vorn, lege ihm meine Hand auf den Mund und verdrehe ihm den

Arm nach hinten. Jo, der jetzt ebenfalls hinter Mailo aufgetaucht, zieht an Numes Freund vorbei und eilt auf mich zu.

Ich nehme meine Hand weg. Bevor der Soldat einen Ton von sich geben kann, hat Jo ihn auch schon mit einem Kinnhaken niedergestreckt. Ich gehe mit dem Mann in die Hocke, als er zusammensackt.

Während Gibbs und Zoe ihm die Handgelenke fesseln, setzen Mailo, Jo und ich unseren schweigsamen Weg fort.

Wie immer, wenn ich schnell reagieren muss, überkommt mich eine seltsame Ruhe. Mein Herz hat aufgehört zu trommeln, mein Atem geht gleichmäßig. Alle meine Sinne sind wach. Irgendwie finde ich es bedenklich, dass mich diese Art Einsatz ruhiger und nicht noch nervöser werden lässt. Doch da diese Eigenschaft gerade extrem nützlich ist, ignoriere ich die Tatsache, dass ich offenbar Spaß an der körperlichen Auseinandersetzung mit anderen Menschen habe. Vielleicht ist es nicht normal, vielleicht ist es verwerflich, dass ich mir ein Leben ohne die Revolution, ohne den Kampf kaum mehr vorstellen kann - egal, ich kann meine Zeit nicht damit verbringen, mich ständig selber zu analysieren. Noch haben wir eine Revolution und noch muss ich kämpfen. Noch ist es also gut, dass ich gerne mitten im Gefecht bin!

Trotz der jüngsten Rückschläge bin ich weiterhin optimistisch. Zu keinem Zeitpunkt, in der über 130-jährigen Geschichte der HUBs, war die Regierung so angreifbar wie jetzt. Wir haben mit unserer Botschaft etwas ins Rollen gebracht. Und auch wenn der CutOut noch nicht wieder unter unserer Kontrolle ist, der Souverän die Grauen auf uns hetzt und die Sonne den Planeten malträtiert, sind wir nicht gewillt aufzugeben. Die Division ist nicht so weit gekommen, um jetzt den Kopf einzuziehen.

An Tag 6 nach Veröffentlichung der Botschaft haben wir Sawyer, Jo und die anderen aus den Fängen der Blauen gerettet. Wir haben uns gegen die Soldaten im HUB behauptet und konnten in die alte Stadt fliehen. Von dort aus war es Sawyer möglich, sich einen Überblick zu verschaffen.

Wir konnten die verschlüsselten Daten, welche wir aus dem HUB mitgenommen haben, sichten und wissen nun, dass die interstellaren Raumschiffe fertiggestellt wurden. Dass die Regierung plant, alle Bewohner der gelben HUBs auch auf unserem neuen Planeten Salgaia in riesigen Bienenstöcken unterzubringen. Sie weiterhin zu belügen und auszubeuten. Und wir mussten herausfinden, dass wir es nicht nur mit den Blauen zu tun haben, sondern auch mit dieser ominösen grauen Gruppe von Menschen. Von denen wir kaum etwas wissen, außer der Tatsache, dass sie keinen Drift haben.

Ich folge Jo und Mailo in eines der Treppenhäuser. Wir arbeiten uns weiter vor, tief in das Innere unseres besetzten Hauptquartiers. Es ist jetzt nicht mehr weit. Trotzdem bin ich wachsam und erwarte hinter jeder Kurve, jeder Tür eine Horde Soldaten.

An Tag 23 nach Veröffentlichung der Botschaft wurde ein Prätor hingerichtet. Es geschah aus heiterem Himmel. Die Nachricht verbreitete sich wie ein Lauffeuer. Sawyer war so bestürzt, dass er sich stundenlang in seiner improvisierten Kommunikationszentrale, in dem Wolkenkratzer mitten in der Stadt, eingeschlossen hat und mit niemandem reden wollte. Die Hinrichtung wurde von Commons vollzogen. Es geschah in einem gelben HUB. Der Prätor hatte nichts Besonderes getan, um diese harte Strafe zu verdienen. Er war einfach, was er eben war. Jemand, der andere Menschen Zeit seines Lebens belogen hat und nun plötzlich auf sich allein gestellt war.

Die Bewohner des HUBs gehörten weder direkt der Division an, noch hatten sie sonderlich engen Kontakt zu anderen, besetzten HUBs. Sie waren aufgebracht. Das Wissen, welches sie in so kurzer Zeit übermannt hatte, war zu viel für sie gewesen. Diese Menschen schlugen einen Weg ein, den die Division niemals tolerieren oder gar unterstützen würde. Sie haben sich wie Blaue verhalten, wenn nicht noch etwas grausamer.

Bevor wir die Botschaft in die Welt hinausschickten, hat Arros mir etwas prophezeit. Er wusste, was geschehen würde, und dass nicht alle Menschen die erforderlichen Entscheidungen mit Bedacht treffen würden. Er sagte, es würden viele sterben und er hat recht behalten.

Wir passieren eine weitere, kleine Schleuse. Sie ist nicht bewacht. Überhaupt wurden kaum Sicherheitsvorkehrungen getroffen. Die Besetzer erwarten wohl nicht, dass wir so dumm sind, in den CutOut zurückzukehren. Aber wir sind so dumm.

Ich setze meinen Drift ein und öffne die Schleuse. Dahinter erstreckt sich die Galerie. Mailo unterbricht seine Illusion, um Kräfte zu sparen, und wir halten uns dicht an der Wand, um nicht von den Soldaten auf den unteren Ebenen gesehen zu werden.

Als wir an einer Stelle näher an das Geländer herantreten müssen, um einen schmalen Durchgang zu erreichen, kann ich einen Blick nach unten werfen. Ich schnappe nach Luft, als ich Numes Gesicht für den Bruchteil einer Sekunde in der Menge unter uns aufblitzen sehe. Mailo hat sie auch entdeckt. Seine Hände ballen sich zu Fäusten und hätte er die Illusion nicht ohnehin platzen lassen, wären wir spätestens jetzt für alle sichtbar, so sehr wühlt ihn der Anblick seiner Freundin auf. Unsere Sicht ist jetzt wieder eingeschränkt, aber es sieht ganz so aus, als würden sie die ehemaligen Bewohner des CutOuts auf der großen Ebene festhalten. Vielleicht ist gerade auch einfach Essenszeit. Schwer zu sagen, nach nur einem Blick. Ich kann es kaum noch erwarten, den CutOut endlich wieder unter Kontrolle zu haben. Am liebsten würde ich Nume zurufen, dass wir kommen. Dass sie keine Angst mehr haben muss.

An Tag 27 nach Veröffentlichung der Botschaft schafften es unsere Leute endlich, zwei HUBs ausfindig zu machen, die SOLAR SUITS herstellen. Einer von ihnen war bereits befreit, wie wir es nennen, wenn die Bewohner die HUB-Leitung aus eigener Kraft oder mithilfe der Division überwältigen konnten.

Arros nahm Kontakt zu einem blauen HUB in der Nähe des zweiten auf und vereinbarte die Aussendung einer Gruppe von Division-Anhängern, die sich dort aufhielten. Sawyer wollte so schnell es geht ausreichend SOLAR SUITS bereitstellen, damit alle Menschen ohne Drift sich endlich auch für längere Zeit im Freien aufhalten könnten.

Damit sich die Gelben besser organisieren und den Anhängern der Regierung im Feuerland entgegentreten können, brauchen sie die entsprechende Ausrüstung. Ohne sie haben sie keine Chance, sich effektiv zur Wehr zu setzen.

An Tag 34 flog unser neues Versteck im Hochhaus auf. Eine hitzige Diskussion entbrannte zwischen Sawyer, T.J. und Arros. Sollten wir die Stellung halten oder fliehen? Und wenn ja, wohin?

Sawyer und T.J. setzten sich gegen Arros durch und wir bereiteten den Abzug vor. Dank des inzwischen relativ gut ausgebauten Überwachungsnetzwerks konnten wir die vier herannahenden Einheiten blauer Soldaten rechtzeitig bemerken und so blieb uns genügend Zeit, um das Wichtigste zusammenzupacken und klammheimlich zu verschwinden.

Dass sie vier Einheiten geschickt haben, zeigt uns, dass es ihnen zwar wichtig ist, die Anführer des Aufstands zu eliminieren, sie aber in genügend Gefechte verwickelt sind, um nicht mehr Männer entbehren zu können.

Wir erreichen den Eingang der Kommunikationszentrale. Davor befinden sich drei Soldaten und ein Techniker. Sie scheinen ein lockeres Gespräch zu führen und bemerken uns nicht. Natürlich ist diese Tatsache Mailo geschuldet, aber ich glaube, sie würden uns auch nicht beachten, wenn wir nicht durch seinen Drift geschützt wären. Der ganze CutOut ist voller Leute.

Ich hatte mir die Situation bedrohlicher vorgestellt. Bis an die Zähne bewaffnete Soldaten, ein dämonischer Souverän mit einem besonderen Drift. Aber nichts davon trifft zu. Der Souverän hält sich Hunderte Kilometer weit weg auf. Das wissen wir dank des Netzwerkes der Division. Und die Soldaten hier im CutOut benehmen sich eher, als hätten sie dienstfrei. Wahrscheinlich glaubt wirklich keiner, dass wir ernsthaft erwägen, uns unser Heim zurückzuholen.

»Bereit?«, flüstert Mailo Jo, Sawyer und mir leise zu und wir nicken entschlossen.

Hinter uns gehen Zoe, Gibbs und Arros in Stellung. Nicht weit entfernt vom CutOut warten 70 Mitglieder der Division auf unser Zeichen. Doch noch ist es nicht so weit. Zuerst müssen wir in die Kommunikationszentrale und dafür sorgen, dass die Soldaten außer Gefecht sind.

Mailo schnellt vor und überwältigt einen der Soldaten. Zoe belegt die anderen mit einer Halluzination und

Jo schlägt den Techniker k. o. Wie immer geht alles sehr schnell.

Ich bin bereits an der Konsole neben dem Zugang und öffne die Tür. Mit einem leisen Zischen gleitet sie auf und dahinter kann ich auf den ersten Blick etwa ein Dutzend Männer ausmachen. Da Mailo mich und die anderen weiterhin unsichtbar bleiben lässt, können wir ungehindert eintreten. Allerdings blicken nun bereits einige der Männer irritiert zu der offenen Tür, die aus ihrer Sicht wie von Geisterhand aufgegangen sein muss und durch die niemand eintritt.

Wir sind nun alle in Position. Jeder ist bereit, jeweils zwei der Anwesenden zu überwältigen. Ich schaue zu Sawyer und erwarte sein Zeichen. Er scheint noch einen Moment zu brauchen, um sich sicher zu sein, doch dann hebt er die rechte Hand und wir stürzen uns auf unsere Opfer.

Zehn Minuten später sind alle Personen bewusstlos und in einen der Serverräume verbannt. Gibbs hat sich die Hand verletzt, aber sonst ist keinem von uns etwas geschehen.

»Arros, gib den anderen Bescheid. Es kann losgehen«, sagt Sawyer mit einem beinahe kindlich aufgeregten Unterton in seiner Stimme.

Arros nickt und gibt etwas in seinen Kommunikator ein. Draußen, im Feuerland, beginnen unsere Leute also in diesem Moment sich auf den Weg in den CutOut zu machen.

Ich stelle mich neben Jo und drücke meine Nase gegen seinen Oberarm, bis sie ganz platt ist. Seine Haut ist weich und warm. Durch den Kampf sind seine Arme angespannt und seine Hände sind nicht, wie sonst, lässig in seinen Taschen vergraben. Er tippt mit seinem Zeigefinger gegen mein Schlüsselbein und zieht dann eine Linie zu meiner Schulter und meinen Arm hinab.

»Ihr sagt Bescheid, wenn ihr mal kurz nach nebenan gehen wollt?«, fragt Arros gehässig.

Ich laufe rot an, zumindest fühlt es sich so an und entferne mich ein Stück von Jo. Dieser grinst nur selbstzufrieden. Es scheint ihm nicht peinlich zu sein. Mir dafür schon.

Seitdem das Kampfgeschehen um uns herum immer unkontrollierter und blutrünstiger zu werden scheint, sind Jo und ich uns noch viel näher gekommen.

Ich genieße es.

Die gemeinsamen Minuten, die wir uns ergaunern, uns von den anderen absetzen und Zeit miteinander verbringen. Die Berührungen, manchmal ganz unschuldig, erkundend, dann wieder so intensiv und fordernd. Ich weiß natürlich, dass dieses Verhalten nichts Gutes bedeuten kann. Wir steuern geradewegs auf einen Punkt in unserer Beziehung zu, der unser Glück perfekt machen würde. Aber wir tun dies nicht, weil die Zeiten gerade so furchtbar romantisch sind. Im Gegenteil. Dreckig und müde, wie wir in den letzten Wochen waren, wäre keiner von uns auf den Gedanken an verliebte Stunden gekommen. Es ist etwas anderes, das uns dazu treibt, einen Schritt weiterzugehen. Es ist die Ungewissheit.

Weder Jo noch ich wissen, wie unsere unmittelbare Zukunft aussieht. Einer von uns oder wir beide hätten heute beim Einmarsch in den CutOut umkommen können. Oder morgen. Oder am Tag danach. Die ganze Welt ist aus den Fugen geraten und wir sind mittendrin. Es ist, als würden wir noch mal alles auf eine Karte setzen wollen und jede Erfahrung mitnehmen, die wir können.

Während Sawyer sich an einer Tastatur hinter dem wuchtigen Steuerpult der Zentrale zu schaffen macht, beobachte ich Jo heimlich von der Seite.

Schon als wir ihn damals in der verlassenen Stadt kennengelernt haben, kam er mir sehr erwachsen vor.

Nicht immer, natürlich. Er hatte von Anfang an auch eine jungenhafte, verspielte Seite. Doch spätestens nachdem er und ich uns nähergekommen waren, wusste ich, dass er ein sehr ernsthafter Mensch ist. Hier und heute, nach allem, was geschehen ist. Nach den Kämpfen, dem Vorfall in der Sendestation und der Zeit außerhalb des CutOuts – erscheint er mir hart, beinahe kühl. Das angeberische Lächeln von eben ist verschwunden und sein markantes Profil wirkt männlich und gefasst. Ich komme mir mit einem Mal total jung vor. Mädchenhaft und albern.

Plötzlich erinnere ich mich daran, wie meine Mutter mir einmal von der Liebe erzählt hat. Damals war ich vielleicht elf Jahre alt gewesen und neugierig. Ich wollte erfahren, woher sie wusste, dass mein Vater der Richtige für sie gewesen ist. Ich erinnere mich an den Ausdruck auf ihrem Gesicht. Diese Ruhe, eine Gewissheit, die sich darauf abzeichnete. Sie sagte mir, es wäre nicht immer einfach für eine Frau herauszufinden, wie sie empfinde. Wir wären kompliziert. Sie sei sich selber anfangs nicht sicher gewesen, zumal es noch andere Verehrer gab. Sie hätte oft in sich hineingehorcht und sogar Pro- und Contra-Listen erstellt. Allerdings ohne messbaren Erfolg.

Ich fragte sie, wieso sie sich am Ende für meinen Vater entschieden hat, und sie antwortete: »Weil ich in seiner Gegenwart immer ein schrecklicher Tollpatsch war.«

Dabei verzogen sich ihre vollen Lippen zu einem breiten Grinsen und ihr Blick wurde trüb. Als würde sie sich selbst in der Zeit zurückschicken und meinen Vater erneut kennenlernen.

Ich verstand nicht, was die Tatsache, dass sie ungeschickt wirkte, mit der Liebe zu meinem Vater zu tun haben sollte. Aber meine Mutter streichelte mir nur sanft über den Kopf und meinte: »Du kannst dich vor allen Menschen im HUB verstellen, Nova. Vor deinen Lehrern, vor mir und vor Nume. Aber wenn du diesen einen Menschen findest, den Richtigen, dann bist du echt. Du könntest dich auf den Kopf stellen und wie verrückt versuchen, besonders elegant oder besonders beherrscht zu sein. Es wird nicht funktionieren. Vor ihm wirst du dein wahres Ich entblößen und das bedeutet leider auch, dass du das eine oder andere Mal etwas Falsches sagst oder ein Glas Milch auf seine Hose verschüttest und dich dafür schämst. Wo du andere Jungs um den Finger wickeln kannst, wirst du dich bei ihm fragen, was er gerade denkt, ob er dich mag oder ob er dich hübsch findet. Du wirst unsicher und ungeduldig sein. Und wenn es so weit ist, weißt du, dass du verliebt bist.«

In mir schmerzt die Erinnerung an meine Mutter, während ich gleichzeitig sehr froh darüber bin, Jo neben mir zu haben. Sie hatte recht. In seiner Gegenwart bin ich oft unsicher, ungeschickt und nervös. Ich will ständig wissen, was in seinem Kopf vorgeht und wenn er mir etwas nicht sagen will, macht es mich wahnsinnig. Er ist mein Rätsel auf zwei Beinen, das Wichtigste in meinem Leben und der Mensch, für den ich alles riskieren würde. Wirklich alles!

»In Ordnung. Kann losgehen«, informiert uns Sawyer.

Er gibt ein paar Befehle ein und vor die Tür, die ohnehin schon geschlossen war, schiebt sich eine weitere, deutlich massivere Luke.

Ein seltsames Geräusch erklingt, als die Verriegelung greift. Wie, als wäre ein Vakuum entstanden. Über unseren Köpfen klickt es leise. Die Sauerstoffzufuhr schaltet sich um. Die Kommunikationszentrale wird nun durch ein externes System gespeist, welches nicht mit dem Lüftungssystem des CutOuts verbunden ist. Wir sind isoliert.

»Ziehen wir es durch …«, sagt unser Anführer. Und dann gibt er einen weiteren Befehl ein, drückt eine Taste zur Bestätigung und holt sich seinen CutOut zurück!

# 2. SÄUBERUNG

Ich helfe Arros und Gibbs dabei, die letzten drei Soldaten auf der großen Ebene zu verschnüren. Die Übernahme des CutOuts ist vollzogen. Wir sind wieder Herr über unser Hauptquartier.

Nachdem Sawyer die Sequenz in der Kommunikationszentrale eingeleitet hat, wurde diese abgeriegelt und im kompletten CutOut ein Gas freigesetzt, welches ausnahmslos alle betäubt. Durch die Isolierung der Kommunikationszentrale geschah mir, Jo und den anderen nichts und die knapp 70 herannahenden Division-Mitglieder, die Arros zuvor aktiviert hatte, warteten geduldig vor der großen Schleuse, bis sich das Gas verflüchtigt hatte.

Dass dieser fiese Sicherheitsmechanismus überhaupt existiert und wir ihn für die Eroberung des CutOuts nutzen konnten, haben wir den Erbauern des Komplexes zu verdanken.

Der CutOut war von jeher nicht als gewöhnlicher HUB konzipiert. Diejenigen, die ihn ins Leben gerufen haben, hielten nicht viel von Rettung. Sie wollten mit dem Verkauf von Lebensraum Geld verdienen. Da mir noch immer schleierhaft ist, was ein paar Fetzen Papier für einen Wert haben sollen, kann ich diese Haltung kein bisschen nachvollziehen. Genauso wenig, wie ich es verstehe, weshalb sich eine Gruppe von Menschen mitten in einer weltweiten Krise zusammentut und Profit aus dem Leid anderer schlagen sollte. Umso schöner ist es, dass der CutOut inzwischen die Heimat für Freiheitskämpfer ist. Ein Musterbeispiel an Ironie und in meinen Augen: ausgleichende Gerechtigkeit. Eigentlich wollten Arros und Pete die Gastanks schon im letzten Jahr demontieren, aber jetzt sind wir alle froh, dass sie nie dazu gekommen sind. Was auf den ersten Blick wie ein grausames Instrument zur Kontrolle der »Insassen« erschien, hat uns heute - grob ausgedrückt - den Arsch gerettet.

Einziger Nachteil dieser Aktion: Auch Nume und mit ihr alle anderen Bewohner des CutOuts liegen nun bewusstlos am Boden. Doch dieser Preis ist gering, um im Gegenzug wieder in unsere Zentrale einziehen zu können. Noch einmal werden wir sie uns nicht wegnehmen lassen!

»Haben Sawyer und Joaquim bereits alles vorbereitet?«, fragt Gibbs mich nun.

»Ich glaube, sie müssten inzwischen so weit sein«, erwidere ich und versuche mir eine verirrte Strähne aus der Stirn zu streichen.

Vor ein paar Tagen wollte ich mir die Haare abschneiden. Sie behindern mich im Kampf und überhaupt, sehne ich mich nach einer Veränderung. Die Revolution, mit all ihren Umwälzungen und neuen Erkenntnissen löst in mir diesen Drang nach etwas Neuem aus. Als ich Jo von meinem Vorhaben erzählt habe, riss er schockiert die Augen auf. Zwar formulierte er keine Einwände - niemals würde er mir vorschreiben, wie ich auszusehen habe -, aber sein Blick allein genügte schon. Als hätte ich statt von einer neuen Frisur, über die Abtrennung eines Körperteils gesprochen.

Jetzt gerade bereue ich es ein wenig, nicht doch zur Schere gegriffen zu haben. Ich schnappe mir eines der Kunststoffbänder, die wir zum Fesseln der Soldaten benutzen, und binde mir einen improvisierten Zopf. Es ist ja nicht so, als würde ich meine inzwischen bis zur Taille reichenden Haare nicht mögen, aber feuerland- und kampftauglich sind sie nicht gerade. Vielleicht über- gehe ich Jos Meinung doch noch und trenne mich von ein paar Zentimetern?

Jo und Sawyer stoßen zu uns und verkünden, dass der »Kerker« nun bereit sei. Eigentlich handelt es sich dabei um eine Art Lagerhalle in den Tiefen des CutOuts auf der Maschinen-Ebene. Ursprünglich zur Lagerung von Bauteilen und anderen technischen Utensilien gedacht, bieten die langen Reihen mannshoher Drahtkörbe einen idealen Aufbewahrungsort für ehemalige Anhänger ei- nes diktatorischen Regimes.

»Wo ist der Hover-Buggy?«, frage ich Jo und er be- antwortet meine Frage mit einem kurzen Kopfnicken nach rechts.

Ich sehe Zoe und T.J. mit zwei der schwebenden Bug- gys herannahen und beginne damit, einen der Soldaten mühsam auf die Seite zu drehen, damit wir ihn auf das Transportmittel wuchten können.

Das letzte Mal, als ich so ein Ding zu Gesicht bekom- men habe, mussten Jakob und ich uns in zwei Kisten quetschen, um wieder einmal aus einem blauen HUB zu fliehen. Ich frage mich, wie oft ein Mensch solch eine Kamikaze-Aktion noch durchziehen kann, ohne drauf- zugehen. Und mit »einem Menschen« meine ich mich!

Jo legt mir eine Hand auf die Schulter und sagt: »Lass mich das machen.«

Ich trete dankbar zurück und beobachte ihn dabei, wie er einen Soldaten nach dem anderen auf der brei- ten Ablagefläche des Hover-Buggys platziert. Wie so oft ist sein Drift enorm praktisch. Und wie so oft schaue ich ihm fasziniert zu, registriere, wie sich diese kleine Falte zwischen seinen Augenbrauen bildet. Wie immer, wenn er sich konzentriert. Seine Lippen öffnen sich dann stets ein kleines Stück. Bei diesem Anblick überkommt mich meist das Bedürfnis, ihn mit Haut und Haaren aufzufressen. Ich könnte stundenlang dabei zusehen. Es ist, als wenn er einen Moment lang vergisst seine Maske aufzusetzen und stattdessen einfach nur ein Typ mit verzückend magischen Fähigkeiten ist. Nicht der kampftaugliche, mittlerweile ziemlich abgestumpfte und schweigsame Feuerland-Wanderer.

Merdock kommt dazu und unterstützt meinen Freund. Da die beiden ein identischer Drift verbindet, ist die Räumung der großen Ebene schnell erledigt.

Danach arbeiten wir uns durch den Rest des CutOuts. Ebene für Ebene durchkämmen wir unser Hauptquartier und »säubern« es.

Zum Schluss bleiben nur noch die bewusstlosen Mitglieder der Division, die sich tatsächlich alle auf der großen Ebene befinden. Nur zwei liegen auf der Medi-Station. Vermutlich weil sie im Chaos der feindlichen Übernahme vor ein paar Wochen schwerere Verletzungen davongetragen haben.

»Ich bin total alle!«, sage ich und lasse mich gegen Jo fallen, der wiederum gespielt schwach tut und einfach nachgibt.

Übereinander landen wir auf einer der gepolsterten Bänke, die unweit der Aufzüge stehen und lachen ausgelassen. Wir haben es geschafft. Der CutOut ist unser!

»Na, ihr habt wohl Spaß?«, merkt Arros grinsend an, als er unser kindisches Verhalten aus sicherer Entfernung beobachtet.

»Wieso?«, ruft Jo ihm zu, »willst du dich dazulegen?«

Ich pikse Jo meinen Finger in die Rippen und er zuckt erschrocken zusammen.

»Willst du Krieg, du Biest?«

»Als hätten wir den nicht längst«, sagt Jakob, der das Schauspiel nun neben Arros beobachtet. Zwar lächelt er, aber ich weiß, dass er es kaum erwarten kann, bis Nume endlich aufwacht. Dumm nur, dass Mailo das Vorrecht der ersten Umarmung meiner besten Freundin hat. Trotzdem ist Jakob sichtlich erleichtert, seine geheime »Geliebte« in Sicherheit zu wissen. Wie er sich mit der stummen Rolle als heimlicher Verehrer zufriedengeben kann, verstehe ich noch immer nicht. Ich würde so etwas nie aushalten. Immer zu wissen, dass sie mit einem anderen glücklich ist. Nicht einen Tag könnte ich damit leben. Aber Jakob hat Übung darin. Ihm ist nur wichtig, dass Nume heil und gesund im CutOut ihr Gemüse anbauen kann. Dass sie dabei mit Mailo zusammen ist, scheint er weiter heldenhaft zu ertragen.

Während Jo sich in meinem Nacken festbeißt und ich ihn halbherzig davon abhalte, betritt Sawyer die große Ebene. Ein Blick auf uns und er wechselt die Richtung. Offenbar macht er nie Pause.

Arros und Jakob wenden sich nun ebenfalls ab und gesellen sich zu Sawyer und den noch immer bewusstlosen Bewohnern des CutOuts.

»Ich glaube, ich gehe mal nachsehen, ob meine Wohneinheit noch existiert«, sage ich und schiebe Jo, dessen Arme und Beine inzwischen völlig mit meinen verkeilt sind, von mir weg.

»Alles klar. Ich sehe mal, ob ich den anderen noch irgendwo behilflich sein kann. Kommst du wieder her? Es wird sicher später irgendwas zu essen geben«, er grinst breit. »Endlich wieder richtige Nahrung! Das allein war schon Grund genug hier einzufallen.«

Ich verdrehe die Augen und verunstalte seine Haare mit einer Hand. Dann mache ich mich auf den Weg zu meiner alten Behausung.

Es ist seltsam, wieder hier zu sein. Seit unserem Aufbruch zur Sendestation sind Wochen vergangen und die ganze Welt steht Kopf. Trotzdem sieht meine Wohneinheit aus, als wäre ich nur kurz beim Training gewesen.

Auf dem Bett liegt ein Shirt. Neben der Tür lehnt meine Tasche und im Bad stoße ich auf meine Bürste. Sie liegt da, wo sie seit eineinhalb Jahren liegt, und scheint zu sagen: Hey! Wo bist du gewesen?

Ich betrachte mich im Spiegel und beginne mit einer kleinen Wäsche. Spritze mir Wasser ins Gesicht und über die Unterarme. Das tut gut. Ich bin wieder zu Hause.

Mit einem Seufzer lasse ich mich aufs Bett fallen und schließe die Augen.

Was wird als Nächstes geschehen? Ich weiß, dass unsere Späher morgen aufbrechen und die geflüchteten CutOut-Bewohner suchen werden. Viele sind es nicht, die während des Übergriffs der blauen Soldaten fliehen konnten, aber sie verstecken sich irgendwo da draußen und unsere Späher werden sie finden.

Ich weiß auch, dass wir uns neben all unseren Strategien und revolutionären Plänen endlich um die Eltern von Nume, Jakob und Mailo kümmern müssen.

Und dann ist da noch die Sonne. Die immer häufiger auftretenden Hitzepeaks sind nicht gerade hilfreich, wenn man vorhat, knapp zwei Millionen Gelbe in das Feuerland hinauszuschicken.

Was wir brauchen, ist ein wenig Glück. Hilfe vom guten, alten Kumpel Schicksal.

Ich rappele mich hoch und beschließe zu den anderen zurückzugehen. Ich freue mich auf Nume und habe Hunger. Von meinem Bett aus bekomme ich offenbar keinen direkten Draht zum Schicksal.

Auf dem Weg zu den Aufzügen kommt mir Ruben entgegen. Schnell senke ich den Blick. Seit er uns in der Sendestation so mies verraten hat, meide ich ihn, wo ich nur kann. Wenn es nach mir gegangen wäre, hätten wir ihn einfach in dem feindlichen HUB gelassen. Zusammen mit all den blauen Soldaten. Seinesgleichen, in meinen Augen. Aber es ging nicht nach mir und irgendwie kann ich durchaus verstehen, dass Jakob seinen Onkel nicht zurücklassen wollte. Und wenn ich noch einen Schritt weitergehe und ganz ehrlich zu mir bin, wollte Ruben mich und Jakob ja wirklich bloß retten. Er wusste von Kieran. Ihm war klar, dass wir geradewegs in eine Falle tappten. Seine Methode war irritierend dämlich, aber er wollte nur das Beste für seinen Neffen und die Tochter seiner alten Freundin Anabelle.

Das Bild meiner Mutter blitzt vor mir auf. Noch ein Grund, sich nicht die Haare abzuschneiden. Ich verdanke sie ihr. Die lange, dunkelbraune Mähne hat ihren Ursprung eindeutig in den Genen meiner Mutter. Mein Vater hatte blondes Haar. Wie immer, wenn ich an die beiden denke, frage ich mich, welches meiner Elternteile wohl das Drift-Gen in sich trug. Wem habe ich diesen elektromagnetischen Impuls zu verdanken? Oder hatten sie es beide und die »Mischung« ist verantwortlich für meine verrückten Fähigkeiten?

Ich werde es wohl nie erfahren.

Als Jakobs Onkel und ich uns auf einer Höhe des Gangs befinden, streckt er vorsichtig den Arm vor und will mich auf diese Weise zum Anhalten zwingen, doch ich weiche aus, ohne aufzublicken.

»Nova.«

Ich gehe weiter.

»Nova, warte doch bitte«, er bleibt stehen. »Lass uns kurz reden.«

Ich bin am Aufzug, betätige den Sensor.

Stille.

Erst als die Türen des Fahrstuhls sich öffnen und ich mich in Richtung Gang drehen muss, wage ich es, zu ihm hinüberzusehen. Aber der Gang ist leer. Ruben hat seinen halbseidenen Versuch aufgegeben. Gut so.

Auf der großen Ebene herrscht jetzt völliges Chaos. Etwa die Hälfte der bewusstlosen Menschen ist wach und alle sind damit beschäftigt, sich in die Arme zu fallen und sich gegenseitig über das Erlebte zu berichten.

Ich bahne mir einen Weg zu Mailo und Nume. Sie muss gerade erst wach geworden sein. Ihr Blick wechselt hektisch zwischen Mailo und den anderen Menschen, die sich um sie herum tummeln.

Ein freudiges Gefühl durchzuckt mich. Nume geht es gut. Wieder eine Sache auf meiner Dinge-die-ich-un-bedingt-bewältigen-muss-Liste, welche ich nun getrost abhaken kann.

Kurz bevor ich sie und Mailo erreiche, halte ich inne. Irgendwie möchte ich nicht stören. Sie ist sicher durcheinander und Mailo ist ja bei ihr.

Ich scanne den Raum automatisch nach Jakob ab. Sicher hat er die ganze Zeit irgendwo ausgeharrt und darauf gewartet, dass Nume endlich aufwacht.

Ich entdecke ihn nur wenige Meter entfernt, halb hinter einer weißen Säule versteckt. Als ich ihn erreiche, tut er ganz lässig und schaut nicht länger in Numes Richtung.

»Alles in Ordnung?«, frage ich freundschaftlich.

»Jup.«

Wir schweigen eine Weile und beobachten das Treiben.

»Warst du in deiner Wohneinheit? Alles noch da?«

Ich nicke und beobachte dabei fasziniert, wie Sawyer einige Tücher vereist, um sie den Erwachenden auf die Stirn zu legen. Offenbar verursacht die Betäubung Kopfschmerzen.

»Sah aus, als wäre ich nie weg gewesen«, ich zögere. »Auf dem Rückweg bin ich Ruben begegnet.«

»Oh.«

»Ich weiß nicht, Jakob. Irgendwie kann ich den Mann nicht mehr sehen. Ich bin so wütend auf ihn. Keine Ahnung, ob das besser wird …«

»Habt ihr … geredet?«, fragt er mich und schaut dabei auffällig nervös auf seine Füße.

»Er hat es versucht, aber ich wüsste nicht, was es nach allem noch zu reden gibt«, ich halte inne. Die Körperhaltung meines Freundes sendet mir kleine Warnhinweise. Irgendwas stimmt nicht. »Jakob? Was ist?«

»Nichts. Gar nichts. Hast ja recht.«

Jetzt tut er doch tatsächlich so, als würde er etwas auf seinem Kommunikator suchen. Meint er das ernst? Seit ich denken kann, sind Jakob und ich beste Freunde gewesen. Jede noch so kleine Geste an ihm ist mir vertraut. Und jetzt, in diesem Moment, schreit jeder Muskel, jedes Haar an seinem Körper »Ich verheimliche dir etwas«!

»Hallo?«, sage ich und wedele mit einer Hand vor seiner Nase herum. »Gibt es etwas, das ich wissen müsste? Über Ruben, meine ich?«

Er wird rot. Was geht hier vor?

»Jakob!«

»Ich glaube nicht, dass ich es dir erzählen sollte. Das ist Rubens Sache. Also ich meine, das ist etwas zwischen ihm und dir.«

»Bitte was?«, fahre ich ihn an und gebe dabei einen kehligen Laut von mir. »Nun red schon!«

»Ich wollte es dir schon die ganze Zeit erzählen, aber ich glaube nicht, dass es ihm recht wäre, und irgendwie hat sich die Gelegenheit auch nie ergeben …«

Ich platze vor Neugier und beginne jetzt sogar ein wenig sauer zu werden.

»Du meinst in all den Wochen, die wir gerade gemeinsam im Feuerland verbracht haben, hattest du nie die Möglichkeit ein paar Worte mit mir zu wechseln?«

Ich stemme meine Hände in die Hüfte und starre ihn wütend an.

»Ach Nova! Das geht mich im Grunde gar nichts an und vermutlich dachte Ruben, ich würde es vergessen.«

»Jakob«, presse ich leise hervor, »rede!«

Er verdreht die Augen, packt mich am Arm und zieht mich in eines der Treppenhäuser. Genau wie im HUB 1 hält sich hier praktisch nie jemand auf und es bietet sich daher für geheime Treffen geradezu an.

Nachdem sich der Zugang hinter uns geschlossen hat, setzt Jakob sich auf die unteren Stufen der Treppe und kratzt sich am Kinn. Ich bleibe halb verärgert, halb beunruhigt stehen.

»Als wir in Rubens HUB waren, nachdem Kieran diese Sache in der Sendestation durchgezogen hat«, beginnt er und vermeidet dabei zu sagen »nachdem Kieran Marzellus und die anderen kaltblütig ermordet hat«, »da wollten sie uns doch das Gedächtnis löschen.«

Ich kann mich gut an die wenigen Tage im HUB erinnern. Rubens schockierendes Geständnis in dem schmucklosen Raum. Ein großer Tisch zwischen mir, Jakob und ihm. Dann das heimliche Treffen mit Daniel, die Flucht, bevor sie uns »löschen« konnten.

»Und?«

»An dem einen Tag sollte ich mit ihm gehen, weißt du noch?«

»Sicher«, erwidere ich ungeduldig, »du warst danach ziemlich fertig.«

Ich sehe Jakobs Gesicht wieder vor mir. Die roten Augen und das matte Lächeln, während er mir eine Räuberleiter macht, damit ich zu Daniel gehen kann.

Er zögert wieder.

»Was hat er dir damals erzählt?«, frage ich so versöhnlich wie möglich.

»Ich glaube, er wollte sich alles von der Seele reden. Ich meine, er dachte, ich würde mich schon am nächsten Tag an nichts mehr erinnern. Also hat er die Karten auf den Tisch gelegt.«

»Weiter ...?«, fordere ich Jakob auf.

»Er versicherte mir, dass er wirklich nur unser Bestes wollte. Dass er alles tun würde, um dich und mich vor den Blauen zu schützen. Und dann hat er hat mir von seiner Zeit in HUB 1 erzählt. Wie er seinen Drift bekam und es verheimlichen musste. Und von deiner Mutter. Weil sie ihm dabei geholfen hat.«

Ich horche auf. Auf einmal kann ich mir denken, worum es geht. Dass Ruben in meiner Mutter mehr als nur eine gute Freundin sah, habe ich bereits vermutet.

»Jedenfalls war das damals wohl alles etwas komplizierter, als wir dachten. Genaugenommen ... Nova, was ich dir jetzt erzähle, wird nicht einfach für dich sein. Bitte versprich mir, dass du nicht sofort zu Ruben rennst und ihn schlachtest.«

Ein Kribbeln zieht sich über meinen Rücken und meine Arme. Eine leise Stimme in meinem Kopf will plötzlich gar nicht mehr wissen, was Ruben Jakob erzählt hat.

»Ich verspreche es«, höre ich mich halbwegs ehrlich klingend sagen.

»Ruben war in deine Mutter verliebt. Und sie wusste es. Aber da gab es eben noch deinen Vater. Die drei sind zusammen aufgewachsen. Waren beste Freunde. So wie du, ich und Nume.«

Er blinzelt kurz, als er den Namen meiner besten Freundin ausspricht.

»Anabelle hat sich gegen Ruben und für deinen Vater entschieden. Aber sie und Ruben blieben eng befreundet. Was auch der Grund war, warum er ihr die Sache mit dem Drift beichtete. Sie half ihm über die erste Zeit.

Er hatte Angst, war verwirrt. Na ja, du kennst das ja«, fügt er achselzuckend hinzu.

Und wie ich es kenne. Plötzlich einen Drift zu haben, ist wie mit einem Mal drei Beine zu besitzen. Es überfordert einen auf vielerlei Ebenen. Jakob fährt sich nervös durch das Haar und sucht scheinbar nach den richtigen Worten.

»Wie du weißt, hat Ruben es geschafft, mehrere Jahre unentdeckt im HUB zu leben. Nie zum Außeneinsatz geholt zu werden. Anabelle und er hüteten das Geheimnis und so schien es, als würde alles gut ausgehen. Doch dann stritten sich dein Vater und Ruben.«

Wieder zögert er, während ich vor Aufregung fast platze. Irgendwo in meinem Inneren tut es ein leises »Knack«. Ein winziger Riss entsteht, nur kenne ich die Ursache noch nicht.

»Ruben war so sauer, dass er sich für einen kurzen Moment nicht unter Kontrolle hatte. Sein Drift …«

Ich schlucke.

»Dein Vater bekam ganz schön was ab und auf der Medi-Station konnten sie nicht mehr viel für ihn tun.«

Er verstummt. Wartet, ob ich die Informationen verstehe. Offenbar will oder kann er nicht noch mehr ins Detail gehen.

»Du willst sagen, Ruben ist schuld am Tod meines Vaters?«, hauche ich.

Er nickt vorsichtig.

Der Riss wird größer, breiter, länger. Er teilt mich in zwei Hälften.

»Es war ein Unfall, Nova. Gleich danach haben sie ihn geholt und in den blauen HUB geschickt.«

Ich höre seine Worte kaum noch. Mein Kopf ist erfüllt von einem tosenden Sturm. In meinen Ohren rauscht es.

Ruben hat meinen Vater umgebracht. Ruben HAT meinen Vater umgebracht.

Ich schließe kurz die Augen. Versuche den Riss notdürftig zu kitten. Dann sehe ich Jakob an. Ist er fertig? Kommt jetzt noch irgendwas oder war dies der letzte Punkt auf Rubens Liste der grauenvollen Taten?

Jakob blickt unsicher drein und macht Anstalten aufzustehen.

Und dann bin ich auch schon weg. Durch den Zugang, auf die große Ebene, in Richtung der Aufzüge.

Auf der Suche nach dem Mörder meines Vaters. Auf der Suche nach Ruben, um ihn zu schlachten.

# 3. RACHE

Während ich durch die Gänge haste und wie eine Verrückte jede Ecke und jeden infrage kommenden Raum nach Ruben durchsuche, versuche ich im Geiste die neuen Informationen mit den alten zu kombinieren.

Ruben hatte uns bereits kurz nach seiner Entführung aus dem blauen HUB von seinem Drift und seiner Zeit in HUB 1 berichtet. Wie er es geschafft hat, volle fünf Jahre lang unentdeckt dort zu leben, und sich die ganze Zeit über nur meiner Mutter anvertraut hat. Doch dann ist er aufgeflogen. Ich erinnere mich an den Abend im CutOut. Wie wir alle gemeinsam gegessen und gelacht haben. Jos Hand auf meinem Rücken. Jakob, der auf einmal so glücklich war. Glücklich über die Anwesenheit seines verschollenen Onkels. Und an Ruben, der langsam auftaute. Damals dachte ich, er würde sich vielleicht unwohl fühlen, weil so viele neue Gesichter um ihn herum waren und seinen Erzählungen lauschten.

Was habe ich mich geirrt, ich dummes, dummes Ding!

Ruben fühlte sich nicht unwohl, weil er nervös oder schüchtern war. Er musste aufpassen, den Teil seiner Geschichte auszusparen, in welchem er meinen Vater tötet. Ihn auf die menschenunwürdigste Weise mit seinem verfluchten Pyro-Drift umbringt. Ich mochte Pyros noch nie. Keine Ahnung wieso.

Gut …, T.J. ist in Ordnung und schließlich kann man sich seinen Drift ja auch nicht aussuchen, aber Ruben!

Ruben ist im wahrsten Sinne des Wortes brandgefähr-
lich. Fieberhaft versuche ich mich an seine Worte zu
erinnern. Wie hat er sich ausgedrückt, als er uns berichtete, wie sie ihn am Ende doch noch erwischt haben?
Ein Feuer zu viel?

Ich koche, schäume, bebe! Mein Vater war ein Feuer
zu viel?!

Irgendwie gehorchen mir meine Beine plötzlich nicht
mehr. Beinahe stolpere ich durch den Eingang des Trainingsraums auf dem Fitness-Level. Der einzige Ort, an
dem ich noch nicht nach dem Mörder meines Vaters
gesucht habe. Er ist fast leer. Fast.

Ruben unterbricht sein Training, als er mich herein-
wanken sieht. Im ersten Moment sieht es so aus, als
würde er sich freuen. Wahrscheinlich denkt er, ich sei
weich geworden und wolle nun doch mit ihm reden.
Doch spätestens, als ich so nahe bin, dass er einen Blick
in meine tränenerfüllten Augen werfen kann, trübt sich
auch sein Ausdruck.

Keiner von uns sagt etwas. Von meiner Warte aus gibt
es auch nichts zu bereden. Was Jakob mir erzählt hat,
genügt mir. Mehr muss ich nicht wissen.

Noch während ich den langen Weg von der Tür bis
zu der Trainingskonsole, an welcher Ruben sich aufhält,
zurücklege, nehme ich Kontakt zu meinem Drift auf.
Liebkose ihn beinahe.

Komm raus. Zeig dich. Es ist Fütterungszeit.

Und er gehorcht. Die Energie schwillt in meinem Inneren an wie ein glühender Draht, der mich auflädt,
mich leuchten lässt.

Währenddessen regt Ruben sich kein Stück. Obwohl
er mehr Erfahrung hat als ich und sicher auf den ersten
Blick erkennt, wenn jemand gerade dabei ist, seinen
Drift zu aktivieren, bleibt er ungerührt stehen. Nur seine Hände, die eben noch etwas auf den Screen vor ihm

eingegeben haben, lässt er langsam sinken. Es ist, als hätte er seit über einem Jahrzehnt auf diesen Moment gewartet. Auf den Tag der Abrechnung. Den Tag, an dem er endlich seine gerechte Strafe für den Mord an meinem Vater erhält. Dem Mann seiner besten Freundin.

Die so vertraute, zuckende, funkensprühende Kugel in meinem Inneren ist jetzt bereit und ich verschwende keine Sekunde.

Mit ausgestrecktem Arm lasse ich meinen Impuls zuerst auf die tief hängenden Lampen über Ruben los. Dann ändere ich den Winkel und setze den großen, computergesteuerten Arm in Bewegung, an welchem ein grauer Sandsack befestigt ist, der normalerweise als bewegliches Nahkampfziel herhält. Keine Ahnung, warum man es Sandsack nennt. Ich glaube nicht, dass sich wirklich Sand in der länglichen Hülle befindet.

Ruben bleibt weiter still stehen und lässt die Dinge auf sich zukommen.

Funken regnen auf ihn herab, eine der Lampen löst sich von der Decke und fällt nur wenige Meter neben ihm krachend zu Boden. Der mechanische Arm zuckt und bäumt sich auf, wechselt die Richtung und schnellt dann auf Ruben zu.

Ich feuere auf die Trainingskonsole. Sie zischt und qualmt, bevor eine Stichflamme emporschießt.

Ich bin jetzt fast bei Jakobs Onkel angelangt. Jakobs Onkel ...

Plötzlich plagen mich Zweifel. Ich darf ihm nichts tun. Es würde Jakob fertigmachen.

Hin- und hergerissen bleibe ich stehen, lasse den Computer-Arm noch ein paar überflüssige Runden drehen. Ich zögere, denke nach. Doch dann tauchen plötzlich die Bilder der Beerdigung auf. Ich war noch so klein. Vielleicht fünf Jahre alt. Meine Mutter hielt mich an der Hand. Alle weinten. Nume, ihre Eltern, meine Mutter.

Mein Vater war tot. Ich verstand es eigentlich gar nicht. Dachte, er käme bald wieder zurück.

Doch das tat er nie.

Ich stoße einen wilden Schrei aus, schmettere einen weiteren Impuls auf die Konsole und nehme verzückt zur Kenntnis, dass Ruben nun doch ein wenig von ihr abrückt. Dann sende ich der Sandsackhalterung eine leise Botschaft: Du bist dran!

Der riesige Arm aus Nieten, Stahlplatten und Hydraulik hebt den schweren Sandsack empor, vollzieht eine Drehung und steuert geradewegs auf die fackelnde Trainingskonsole zu.

Wenn Ruben nicht ausweicht, wird der schwingende Arm ihn samt der brennenden Konsole umreißen. Gleich. Gleich wird es geschehen.

Mit bebenden Nüstern stehe ich da und spüre den Drift bereits abklingen, während das Szenario vor meinen Augen seinen Höhepunkt erreicht.

Doch dann, im allerletzten Moment, stoppt der bewegliche Arm mitten in seiner Bewegung. Nur wenige Zentimeter, bevor er sein Ziel erreicht hat.

Ich stutze, trete irritiert einen Schritt zurück.

Ruben, der sich noch immer nicht dazu durchgerungen hat, seinem Schicksal zu entfliehen und aus der Bahn des Geschosses zu verschwinden, scheint durch mich hindurchzublicken. Oder an mir vorbei?

Ich wirbele herum. Jo und Jakob stehen im Eingang des Trainingsraums.

Jakobs Augen sind weit aufgerissen, er atmet schwer. Genau wie Jo. Offenbar sind sie hergerannt.

Jo hat beide Arme in die Luft gestreckt, was auch das Misslingen meines Anschlags erklärt. Er hat den mechanischen Arm unter Kontrolle. Zum zweiten Mal, seit wir uns kennen, will er mich mit seinem Drift davon abhalten, etwas Unüberlegtes zu tun.

Ich zittere am ganzen Körper. Auf einmal fällt alles von mir ab. Die Wut. Die Trauer. Mein verbissener Wunsch nach Vergeltung löst sich in Luft auf und ich gehe frustriert in die Knie. Mit einer Hand stütze ich mich auf dem Boden ab und beginne zu schluchzen.

Wie durch einen Tunnel sehe ich Jakob auf mich zueilen. Sein Gesicht verschwimmt. Es zerfließt vor meinen Augen zu einer merkwürdigen Grimasse.

Jo bringt derweil den Trainingsarm wieder in eine ungefährlichere Position. Ich drehe mich nicht zu Ruben und dem Arm um, aber ich kann es an Jos Bewegungen erkennen.

Irgendwie bin ich dankbar, dass Jakob sich um mein Wohlergehen sorgt und nicht um das von Ruben. Es wäre nur logisch, wenn er jetzt sauer auf mich ist. Aber wie immer ist mein bester Freund ein Ausbund an Fairness, was mein schlechtes Gewissen nur noch verschlimmert.

Was habe ich da nur getan? Wäre Jo nicht dazwischengegangen ... ich beiße die Zähne zusammen.

»Nova? Alles o. k.? Komm her«, sagt Jakob und geht vor mir in die Knie.

Ich lasse mich sofort in seine Arme fallen und vergieße bittere Tränen.

»Schon gut. Alles ist gut«, redet Jakob auf mich ein, doch ich fühle mich mit jeder Sekunde jämmerlicher.

Aus dem Augenwinkel sehe ich Jo unschlüssig herumstehen. Die Hände in den Hosentaschen scheint er sich am liebsten schnell aus dem Staub machen zu wollen. Ich kann das nur zu gut nachvollziehen. Die ganze Situation ist grotesk.

Rubens Verrat in der Sendestation. Seine seltsame Beziehung zu meiner Mutter. Die Tatsache, dass er Jakobs Onkel ist und ich eben im Begriff war, ihn zu attackieren. Das alles ist so irreal. Ich würde selber gerne einfach im Boden versinken.

Plötzlich spüre ich eine Hand auf meiner Schulter. Ruben steht unmittelbar hinter mir. Ich habe nicht die Kraft, sie abzuschütteln. Ich lasse es zu, dass Jakob mich wieder auf die Beine zieht, und drehe mich langsam zu Ruben um. Es dauert einige Sekunden, bis ich in der Lage bin, die letzten Schluchzer abebben zu lassen, und es wage, ihm direkt in die Augen zu sehen. Der Anblick wirft mich beinahe um.

Ruben weint. Dieser gestandene Mann, der schon so viel erlebt und ertragen hat, gibt sich vor mir und seinem Neffen die Blöße. Zwar wirkt er nicht halb so aufgelöst wie ich, aber einzelne Tränen rinnen über seine Wangen.

Ich wische mir mit dem Handrücken unter den Augen entlang und erlange Stück für Stück meine Selbstbeherrschung zurück. Es kostet mich einige Überwindung, auch nur ein artikuliertes Wort herauszubringen, aber schließlich schaffe ich es zumindest in Teilen.

»Es … Ich weiß nicht, wie … Ich wollte das nicht …«

Er nickt. Nicht einmal, mehrmals. Hektisch bewegt er den Kopf und dann, völlig unerwartet, zieht er mich an sich und hält mich ganz fest.

Ein Teil von mir will sofort zurückspringen, weglaufen, schreien oder irgendetwas gegen diese plötzliche Nähe unternehmen. Doch dann lasse ich es einfach zu.

Um uns herum scheint die Welt leiser zu werden. Das Knistern der kokelnden Konsole verschwindet. Ich spüre, wie Jakob meine Hand loslässt, die er die ganze Zeit über festgehalten hatte, bereit, mich von hier wegzubringen, sollte ich dies wollen. Als hätte jemand eine nicht unerhebliche Menge Wasser in meine Ohren gegossen, verstummt alles und ich schließe die Augen.

Ruben riecht seltsam. Nach Sand, Seife und etwas, das ich nicht bestimmen kann. Seine Arme schließen sich fester um mich, während er eine Hand um die Rundung meiner Schulter legt. Es wirkt ganz so, als hätte er sich diesen Moment seit Langem herbeigesehnt. Als würde er mit dieser Umarmung um Verzeihung bitten. Ich frage mich, ob die Geste nur mir oder auch Anabelle gilt? Vermutlich uns beiden.

Der Mann, dessen Arme mich gerade enger und immer enger umschließen, ist noch immer der Mörder meines Vaters. Dass er sich deswegen schlecht fühlt, ändert nichts an dieser Tatsache. Jedoch muss ich mir eingestehen, dass ich eben im Begriff war, meinen Drift genauso gnadenlos einzusetzen wie er. Nein. Schlimmer! Ich habe mit Vorsatz gehandelt. Wenn man dem, was Ruben Jakob erzählt hat, glauben kann, war der Mord an meinem Vater ein Unfall. Er hat nicht, wie ich, 30 Stockwerke durchforstet, um sein Opfer ausfindig zu machen und zu stellen.

Ich fühle mich wie Abschaum. Wie Schimmel. Wie etwas Grünlich-klebriges, das es nicht verdient hat, einen Drift zu besitzen.

Aber vor allem bringe ich es nicht weiter fertig, Ruben ernsthaft böse zu sein. Die Emotionen, welche ihm ins Gesicht geschrieben stehen, sein Verhalten, als er Jakob und mir den Hergang seines Verrats geschildert hat vor ein paar Wochen im HUB. Das Zittern, das ihn in diesem Moment durchfährt. Eine Mischung aus Erleichterung und Schuldgefühlen. Ruben ist kein böser Mensch. Und er ist Jakobs Onkel. Es ist nicht richtig, ihn für immer als miesen Typen abzustempeln. Er ist kein Kieran!

Ein letztes Mal schniefe ich. Dann winde ich mich zaghaft aus seiner Umarmung und will gerade versuchen, irgendetwas zu sagen. Eine Rechtfertigung, eine Entschuldigung? Was sagt man in solch einer Situation?

Doch ich muss mein Brainstorming vertagen, denn in diesem Augenblick summt mein Kommunikator und das kleine Display leuchtet auf. Neben mir geschieht an

Jakobs Handgelenk dasselbe und auch Jo und Ruben heben automatisch ihren Arm.

Ich wische mir noch einmal über die Augen und versuche, die Nachricht an meinem Handgelenk zu entziffern. Es sind nur zwei Worte.

"Zentrale. Sofort."

Die Nachricht kommt von Sawyer. Wir schauen uns gegenseitig an und während Ruben noch versucht, die Spuren der Tränen mit ein paar hastigen Handbewegungen zu vertuschen, macht Jakob bereits Anstalten in Richtung Ausgang zu gehen.

Um ehrlich zu sein, bin ich ziemlich erleichtert, dass unser Anführer uns ausgerechnet jetzt zu sich ruft. So bleibt mir der überaus peinliche Moment erspart, welcher unweigerlich auf die innige Umarmung gefolgt wäre.

Ich sehe Ruben nicht mal mehr direkt an, als ich ein Stück zur Seite weiche und Jakob betreten folge.

Jo ist sofort neben mir. Ich habe das Gefühl, er möchte einen Arm um mich legen, verzichtet aber darauf. Als glaube er, ich würde in meine Einzelteile zerfallen, wenn mich noch mal jemand berührt. Ich weiß selber nicht, was mir in diesem Moment lieber wäre. Meine Ruhe haben? Nicht weiter darüber reden? Oder will ich mir Jo schnappen und mich ins Bett verkriechen? In mir herrscht das totale Chaos. Die vergangene Stunde war wie ein Trip durch eine Feuerland-Simulation auf Stufe sechs. Nur schlimmer. Ich bin vollkommen durcheinander.

Plötzlich sind wir im Aufzug. Ruben steht direkt neben mir. Es fühlt sich ... nach gar nichts an. Nicht richtig. Nicht falsch. Neutral.

Wir steigen aus und gelangen zur Kommunikationszentrale. Drinnen erwarten uns Arros, Pete und Sawyer. Sawyer sieht ernst aus, Arros wütend und Pete erschrocken.

Ich verdränge meinen Wutanfall und alles, was damit zusammenhängt, und frage mich, was wohl so wichtig ist, dass wir alle antreten müssen. Was könnte passiert sein?

Arros deutet auf die Sessel und wir setzen uns alle hin. Wie Kinder im Schul-Bezirk. Gespannt und ein wenig verunsichert.

Sawyer lehnt mit verschränkten Armen an einem Ser-verschrank und beobachtet Arros dabei, wie er beginnt, vor uns auf und ab zu schreiten.

»Wisst ihr, dieser Tag war anstrengend. Ich glaube, ihr könnt euch vorstellen, wie müde und erledigt hier alle sind. Mich eingeschlossen.«

Mein brummiger Trainer wirft jedem von uns einen Blick zu. So als wolle er sichergehen, dass wir seinen Ausführungen auch artig folgen. Jetzt fühle ich mich wirklich wieder wie ein Schulkind.

»Ich dachte mir, Arros, dachte ich, Arros, du hast heute viel geleistet. Alles läuft prima. Aber bevor du dich jetzt mit einem Teller Eintopf befasst«, er hebt mahnend den Finger, »und Leute! Diesen Teller habe ich mir redlich verdient!«

Der Finger verschwindet und Arros setzt seinen Weg vor unseren Plätzen fort.

»Also bevor du dir jetzt endlich was zu essen gönnst, schau doch lieber noch mal auf die Bildschirme und sieh nach, ob da nicht doch noch irgendwo ein Blauer im CutOut umhergeistert. Nur zur Sicherheit. Falls wir einen übersehen haben.«

Er bleibt stehen und verschränkt nun ebenfalls die Arme vor der Brust. Dabei starrt er mir grimmig ins Gesicht.

Obwohl ich noch immer etwas aufgewühlt bin und Schwierigkeiten habe, meinen Verstand richtig zu benutzen, ahne ich, was mir blüht.

Arros redet von den Kameras. Ebenfalls ein Relikt der alten Zeit, ein Kontrollmechanismus der Erbauer, gibt es sie überall im Komplex. Schon als Jenkins, der feindliche Soldat und für kurze Zeit unser Gefangener, damals das erste Mal Freigang hatte, nutzte Arros sie, um ihn zu überwachen.

Das klägliche Häufchen Elend, das von meinem Verstand noch übrig ist, zählt eins und eins zusammen. Arros hat meine dramatische Rache-Engel-gegen-Mörder-Aktion auf den Screens der Zentrale verfolgt. Deswegen hat Sawyer uns hergerufen. Deswegen ist Arros so sauer und Pete so verängstigt.

Obwohl es im Raum keinen Spiegel gibt, bin ich mir hundertprozentig sicher, dass ich rot anlaufe. Der befriedigte Ausdruck, welcher augenblicklich über das Gesicht meines Trainers huscht, bestätigt meine Vermutung nur noch.

»Und was muss ich da sehen? Keine Blauen. Kein verliebtes Pärchen beim heimlichen Schäferstündchen. Das wäre schön gewesen … NEIN! Was ich sehen muss, sind zwei Sektionsleiter, ein Gelber und ein Pyro, die sich gegenseitig den Schädel einschlagen wollen!«

Seine Stimme wird mit jedem Wort lauter und ich zucke automatisch zusammen. Der Begriff »Moralpredigt« bekommt durch Arros' Ausbruch eine ganz neue Bedeutung.

»Seid ihr denn von allen guten Geistern verlassen, verdammte Scheiße noch mal? Haben wir nicht genug Probleme? Reicht euch der ganze Mist, den wir am Hals haben, etwa nicht?«

Er ringt die Hände und brüllt jetzt so laut, dass ich unwillkürlich das Bedürfnis habe, mir die Ohren zuzuhalten.

»Ich fasse es nicht! Ich erwarte augenblicklich eine Erklärung für dieses Verhalten«, er beugt sich leicht nach vorne, sodass seine Barthaare beinahe mein Gesicht berühren. »Und eines lass dir gesagt sein, junges Fräulein.

Diese Erklärung muss von epischer Überzeugung sein. Umwerfend überzeugend. Reif für die Geschichtsbücher! Alles andere lasse ich nicht gelten!«

Damit endet seine Ansprache. Hinter ihm bilde ich mir ein, den Anflug eines Lächelns an Sawyer wahrzunehmen. Nur ganz kurz. Mir hingegen ist keineswegs zum Lachen zumute. Ängstlich bin ich auch nicht, aber ich schäme mich so sehr.

Ich lecke mir über die Lippen, bereit meine Geschichte vorzutragen, als Ruben sich neben mir räuspert und mir zuvorkommt.

»Arros. Das war nicht das, wonach es aussah. Nova ist zu Recht wütend auf mich. Ich nehme es ihr nicht übel. Bitte versteht, dass dies eine Sache zwischen mir und ihr ist.«

»Pah! Nichts verstehe ich. Ich will Klartext. Jetzt und hier!« Auffordernd sieht er mich an und ignoriert Ruben gekonnt.

»Ruben hat meinen Vater getötet.«

So. Nun ist es raus. Ich habe es laut und deutlich gesagt. Dass ich Ruben nicht in Stücke gerissen habe, bedeutet nicht, dass ich ihm seine Tat innerhalb eines Augenblicks verziehen habe. Sollen es ruhig alle wissen. Mein theatralisches Schauspiel auf dem Fitness-Level rechtfertigt es zwar immer noch nicht, aber Arros hat nach einer epischen Erklärung verlangt. Nun hat er sie.

»Was?«

Nicht Arros stößt diese knappe Frage aus, sondern Pete. Danach sagt erst mal niemand mehr etwas.

»Pete, Jakob, Joaquim? Raus!«, grollt Arros.

»Aber ...«, setzt Jakob an, doch Arros schmettert ihm einen wütenden Bären-Blick entgegen und er verstummt sofort wieder.

»Alle raus. Sofort!«

Die anderen schieben sich mit hängenden Köpfen in Richtung Tür und zurück bleiben nur Sawyer, Arros,

Ruben und ich. Das Schulmädchengefühl nimmt exorbitante Ausmaße an. Die Tür schließt sich hinter meinen Freunden und ich nestele nervös am Saum meines Shirts.

Sawyer, von dem ich mir sicher bin, dass er die Aufzeichnung meiner kleinen Darbietung gesehen hat, dreht uns nun den Rücken zu und tippt etwas auf einer kleinen Tastatur ein.

»Ich will jetzt nur zwei Dinge hören«, sagt Arros, sichtlich bemüht, dabei halbwegs ruhig zu klingen. »A: stimmt das?«

Die Frage geht an Ruben, welcher, ohne zu zögern, nickt.

»Und B: Kann man euch zwei in einem Raum alleine lassen, ohne dass ihr euch an die Gurgel geht?«

Ich bin mir sicher, er hat keine Bedenken. Er muss gesehen haben, wie Ruben und ich uns umarmt haben. Vermutlich will er mir zu verstehen geben, dass er zu mir steht, sollte ich Angst vor Ruben haben oder nicht mit ihm allein sein wollen.

»Könnt ihr das?«, fragt er ein zweites Mal.

»Ja«, antworten Ruben und ich gleichzeitig.

»Gut.«

Arros tritt einen Schritt zurück und dreht sich zu Sawyer um. Dieser nickt nur kurz.

»Dann werdet ihr euch jetzt unterhalten. Und ich MEINE unterhalten, nicht bekriegen. Ihr werdet über alles sprechen. Und wenn ihr fertig seid, sprecht ihr noch mal drüber. Und dann noch mal. Bis die Sache klar ist!«

Er nähert sich der Tür, genau wie Sawyer. Beide gehen hinaus, doch bevor sich der Zugang wieder schließt, sagt Arros noch: »Diese Sache ist erledigt, wenn ihr hier wieder rauskommt. Was gesagt wird, bleibt in diesem Raum und nur zwischen euch.«

Damit sind Ruben und ich unter uns. Irgendwann werde ich ihn ansehen müssen, also lieber jetzt als später.

Er sieht so aus, wie ich mich fühle. Am Boden zerstört, verunsichert, müde, traurig.

Ich weiß nicht, ob Arros' Strategie die richtige für Ruben und mich ist. Wie sollen wir miteinander sprechen? Wie beginnen? Doch Jakobs Onkel überrascht mich mit seiner plötzlichen Direktheit. Ohne viel Zeit zu verschwenden, stützt er die Ellenbogen auf die Knie, verschränkt die Finger ineinander und beginnt damit, mir alles zu erzählen.

Alles.

Jedes Detail seiner Zeit im HUB 1. Jede Facette der Freundschaft zu meinen Eltern und insbesondere zu Anabelle. Wie er seinen Drift bekam, wie er sich dabei gefühlt hat und wie Anabelle ihm geholfen hat, damit umzugehen.

Und dann erzählt er mir alles über seinen letzten Tag im HUB 1. Den letzten Tag im Leben meines Vaters.

# 4. FAKTEN

»Bist du sicher, dass ich nicht lieber bleiben soll?«

Jo stellt mir diese Frage nun schon zum dritten Mal in nur zwei Stunden. Und zum dritten Mal schüttele ich heftig den Kopf und versichere ihm, dass bei mir alles in bester Ordnung sei.

Eine glatte Lüge.

Seit Ruben und ich uns gestern bis in die Nacht hinein ausgesprochen haben, fühle ich mich, als lebe ich in einer Seifenblase. Eine falsche Bewegung, eine spitze Attacke von außen und ich falle ins Nichts.

Trotzdem möchte ich Jo nicht davon abhalten, sich den anderen Spähern anzuschließen. Sie werden gleich aufbrechen, um die geflüchteten CutOut-Bewohner ausfindig zu machen. Es würde rein gar nichts ändern, wenn Jo hierbliebe. Da draußen hingegen sind seine Fähigkeiten Gold wert.

»Alles ist gut, Jo. Ich bin nur müde und ein wenig durcheinander, aber es macht mir wirklich nichts aus. Geh ruhig.«

»Ganz sicher?«

»Ganz sicher.«

»Ich würde mich wohler fühlen, wenn du nicht mit Ruben allein hier wärst.«

Ich lächele zaghaft. Obwohl Jo und ich schon in lebensgefährlichen Situationen Seite an Seite gekämpft haben, ist er stets um meine Sicherheit besorgt.

»Verwechsele Trauer nicht mit Angst«, sage ich bestimmt. »Und außerdem bin ich nicht ALLEIN mit Ruben. Ich weiß nicht mal, wo er sich gerade befindet.
Wahrscheinlich könnten wir ein Jahr zusammen hier
drinnen verbringen und würden uns nie begegnen.«

»Na gut. Dann werde ich also gehen. Aber gib auf
dich acht, ja?«

»Immer«, erwidere ich.

Er streichelt die ganze Zeit über meinen Arm und
sieht mich an, als wäre ich ein hilfloses, jämmerliches
Etwas. Es ist schön, dass er versteht, wie nahe mir die
ganze Sache mit Jakobs Onkel geht. Das allein ist schon
Trost genug.

Ich schlinge meine Arme um seine Taille und presse
mich an ihn. So stehen wir eine Weile einfach da. Bis
die anderen Späher Anstalten machen, in den Lift zu
steigen. Da löst Jo sich aus der Umarmung, gibt mir
einen zärtlichen Kuss und wendet sich dann langsam
ab, um ihnen zu folgen.

Ich bleibe so lange stehen und winke, bis der Aufzug
vollständig vom Schacht verschluckt wird. Dann bin
ich mit meinen Gedanken wieder allein. Und es sind
so viele …

Auf der großen Ebene entdecke ich Jakob. Er unterhält sich mit Zoe. Es scheint, als hätte sie gerade etwas
enorm Witziges gesagt, denn er wirft den Kopf in den
Nacken und lacht laut auf. Die beiden wirken seltsam
vertraut, beinahe wie alte Freunde. Natürlich stimmt das
auch irgendwie. Immerhin sind wir Zoe in den letzten
zwei Jahren ständig begegnet und haben eine Menge
zusammen erlebt. Trotzdem verspüre ich nicht das Bedürfnis, mich zu ihnen zu gesellen. Irgendwie komme
ich mir überflüssig vor.

Schnell wende ich mich ab und suche mir ein neues
Ziel.

Ich beschließe zu Nume zu gehen. Etwas Ablenkung kann sicher nicht schaden.

Sie hat sich nicht abhalten lassen, ihre Arbeit auf der Agrar-Ebene gleich heute Morgen wieder aufzunehmen. Mailo hätte es sicher lieber gesehen, wenn meine Freundin sich nach all den Strapazen noch einen Tag Ruhe gegönnt hätte, aber Nume war nicht aufzuhalten.

Schon allein der Gedanke an meine beste Freundin stimmt mich gleich fröhlicher. All die Wochen im Feuerland habe ich sie so sehr vermisst. Besonders ihr glockenhelles Lachen und ihre impulsive, oft emotionale Art fehlten mir unendlich.

Nume und ich sind so verschieden, wie zwei Menschen es sein können. Wo ich stets über alles nachdenke, es hinterfrage und mir immer viel zu viele Gedanken mache, ist sie spontan, ehrlich und spricht immer alles offen aus. Allerdings verbindet uns beide von jeher ein neugieriger Wesenszug. Schon als wir kleine Mädchen waren, belauschten wir heimlich unsere Eltern, spionierten anderen Mädchen aus dem Schul-Bezirk hinterher und stellten den Lehrern tausend Fragen.

Als wäre keine Zeit vergangen, als hätte zwischenzeitlich kein feindlicher Übergriff stattgefunden, schlendere ich wieder einmal über die Galerie und freue mich über den Anblick der grünen Felder unter mir. Zwar hat auch die Agrar-Ebene ein wenig gelitten, was mit Sicherheit auf die ausbleibende Arbeit während der Besatzung zurückzuführen ist, aber Nume wird schon dafür sorgen, dass schon bald wieder alles seinen gewohnten Gang geht.

Ich nehme immer zwei Stufen auf einmal und sause hinab in das grüne Refugium meiner Freundin. Sie hat mich bereits entdeckt und lässt aufgeregt eine Handvoll welker Blätter zu Boden segeln, während sie sich in Bewegung setzt, um mir entgegenzukommen. Unsere Schritte beschleunigen sich und auf halber Strecke mitten zwischen Karotten und warzigen Kürbissen fallen wir uns lachend in die Arme. Vor überschäumender Freude stoßen wir gegen eines der Podeste und Erde rieselt auf meine Füße. Doch Nume beachtet den unabsichtlichen Angriff auf ihre Zöglinge gar nicht. Immer noch glucksend und jubelnd drückt und rüttelt sie an mir herum.

»Da bist du ja! Ich dachte schon, Mailo lügt mich an. Er hat gesagt, du wärst im CutOut, aber ich konnte dich gestern Abend nirgends finden!«

Sofort fällt mir der Grund für meine Abwesenheit am Vortag wieder ein und Rubens Gesicht erscheint vor mir. Ich senke den Blick und lasse Nume los.

»Was ist? Was hab ich verpasst?«

»Oh Nume. So einiges.«

Ich will nicht gleich mit der Tür ins Haus fallen. Nume hat selbst eine harte Zeit hinter sich und ich möchte alles hören.

»Wo können wir reden? Hier? Oder wollen wir woanders hingehen?«, frage ich schnell, bevor sie mich löchern kann.

Obwohl sie müde und dünner aussieht als sonst, flammt sofort der alte, wissbegierige Blick in ihren Augen auf. Sie will alles wissen und ich werde Rede und Antwort stehen müssen.

»Gehen wir auf die große Ebene. Mailo hat mir schon sooooo viel berichtet.«

Ich folge ihr, als sie sich plappernd und händeringend auf den Weg zur Treppe macht.

»Ihr habt in der Stadt gelagert? Wie war es da? Hast du Sachen aus diesem - wie hieß das noch - aus dem Hochhaus mitgenommen? Souvenirs? Nennt man doch so, oder?«

Sie redet und redet. Stellt Fragen, ohne die Antwort abzuwarten, und plötzlich sind wir auf der großen

Ebene, zwei dampfende Tassen Tee stehen vor uns und Nume kennt kein Halten mehr.

Sie will wissen, wie es Jo geht, wie der Souverän aussah, ob Arros inzwischen mehr über die Hitzepeaks weiß, wie die Sendestation von innen aussah und ob ich meinen Drift oft einsetzen musste.

Ich beantworte alle Fragen gewissenhaft. Von Rubens Verrat in der Sendestation zu berichten, ist nach seinen jüngsten Enthüllungen gleich doppelt so schwer. Nume bemerkt jedoch nicht, wie blutrot das Ruben-Tuch für mich ist.

Irgendwann drehe ich den Spieß um und quetsche sie aus.

»Wie war die Übernahme? War es sehr schlimm, als die Blauen hier eingefallen sind?«

Sie reißt die Augen auf und schüttelt wild den Kopf, sodass ihre blonden Haare wie goldene Flügelspitzen umhertanzen.

»Schlimm? Wahrscheinlich klingt das komisch, für jemanden, der draußen mit Blauen gekämpft hat, aber es war die Hölle! Diese Leute waren plötzlich überall! Von einer Sekunde auf die andere. Der ganze CutOut war voll mit grobschlächtigen, bis an die Zähne bewaffneten Soldaten. Und wie die redeten! Abartig, Nova. Einfach abartig. Ich dachte, ich bin in einem schlechten Traum gefangen. Ich frage mich ernsthaft, ob dreistes Verhalten und ein Hang zum Sadismus Voraussetzung für die Aufnahme in die blaue Soldatentruppe ist? Ich meine, solche einsilbigen, völlig emotionslosen Herdentiere habe ich echt noch nie gesehen. Die haben das knallhart durchgezogen. Und Maja! Du hättest sie sehen sollen, Nova! Das Mädel hat echt Biss! Eiskalt hat sie sich den Blauen in den Weg gestellt, als einer auf Alex losgehen wollte. Und was glaubst du, haben diese Mistkerle gemacht? Die haben ihr einfach eine geklebt. Direkt ins Gesicht! Ich hätte schreien können, aber wir hatten überhaupt keine Chance dem etwas entgegenzusetzen. Und es ging so unfassbar schnell! Kaum jemand konnte sich absetzen. Innerhalb von 30, vielleicht 40 Minuten war alles gelaufen. Schrecklich! Echt übel, sag ich dir.«

Ich höre gebannt zu und versuche mir nicht zu genau vorzustellen, wie sich Maja mit ihrer Engelstimme und den dünnen Ärmchen gegen einen der Soldaten zur Wehr setzt. Sie wollte unbedingt mit uns kommen, als wir damals ins Feuerland aufbrachen. Ich habe ihr gesagt, dass sie noch ein wenig älter werden und trainieren müsse. Ich hatte ja keine Ahnung, wie bald sie unseren Feinden gegenüberstehen würde.

Nume ist jetzt verstummt. Sie sieht aus, als würde sie sich die Geschehnisse selber noch mal vor Augen führen, alles noch mal durchleben. Doch dann blinzelt sie ein paar Mal und setzt ein leicht unecht wirkendes Lächeln auf.

»Aber was rede ich da. Du hast ja noch viel Schlimmeres durchmachen müssen, nicht wahr? Allein, dass Kieran wieder da ist! Ich dachte, Mailo will mich nur aufziehen. Unser Kieran! Ich meine, fies war er ja schon immer, aber DAS? Ich dachte, ich hab mich verhört, als Mailo mir von ihm erzählt hat.«

Ich zucke mit den Schultern. Was soll ich darauf erwidern? Soll ich ihr beschreiben, wie ich Marzellus beim Sterben zusehen musste? Selbst wenn sie es wirklich wissen wollte, wäre ich kaum dazu fähig, dieses Erlebnis noch einmal aus den Tiefen meiner Erinnerungen heraufzubeschwören. Der Tod meines gewieften Freundes ist so ziemlich das Grauenvollste, was ich jemals mit ansehen musste. Es ist mit nichts zu vergleichen.

Genauso wenig will ich Darrels Gesichtsausdruck beschreiben, kurz bevor Kieran ihn kaltblütig erschossen hat, oder Mischas verdreht daliegenden Körper. Achtlos von den Soldaten zurückgelassen, die sich in Kierans Auftrag den Weg in die Sendestation bahnten.

Nichts davon möchte ich mit Nume teilen. Am liebsten möchte ich es löschen. Doch dann würde ich ihren Tod herabwürdigen. Sie sind für die Sache, für mich und für meine Freunde gestorben. Für eine bessere Welt. Ich hoffe, es war nicht vergebens.

»Hat Mailo dir von den Grauen erzählt?«, frage ich vorsichtig.

»Er hat gesagt, die wären ein Problem.«

»Pffft«, ich mache eine wegwerfende Handbewegung, »das ist leicht untertrieben.«

»Ist es denn wahr?«, fragt Nume angestachelt, »sind es wirklich so viele?«

Offenbar kann sie sich nicht vorstellen, dass die Regierung den etwa zwei Millionen Gelben irgendwas entgegenzusetzen hat. Doch ganz so simpel ist diese Rechnung nicht.

Ich drehe meine Teetasse langsam hin und her. Das Gebräu aus Numes Lieblingskräutern ist längst erkaltet.

»Ja. Es sind viele. Zu viele.«

»Oh.«

Eine Weile bleiben wir stumm. Keine von uns will die Möglichkeit in Betracht ziehen, dass all unsere Bemühungen, die Botschaft, die Kämpfe, all die Jahrzehnte, in denen die Division unsere Sache vorangetrieben hat, umsonst gewesen sein sollen.

»Ich kenne mich ja nicht aus, in solchen Dingen … aber sieht es denn wirklich so mies aus? Ich meine, es gibt doch so viele Gelbe. Und Mailo sagt, es wären locker 50 der blauen HUBs auf unserer Seite.«

»Sicher«, seufze ich matt, »stimmt ja auch.«

»Und glaubst du nicht, dass wir eine Chance haben? Du warst draußen. Du hast Kieran und den Souverän gesehen. Sieht es wirklich so schlecht aus?«

Der hoffnungsvolle Unterton in ihrer Stimme macht mich nervös. Natürlich habe auch ich nicht aufgegeben und natürlich glaube ich weiterhin an unsere Sache. Leider haben sich die Bedingungen sehr zu unserem Nachteil verändert.

»Das hängt von vielen Variablen ab«, beginne ich erklärend. »Klar, gibt es viele Gelbe. Aber nicht alle HUBs sind bereits befreit. Laut Sawyer befinden sich erst etwa 150 auf der Seite der Division. Und ungefähr vierzig wurden wohl durch Erdbeben zerstört.«

»Was? Oh nein! Weißt du, ob …?«

Nume führt den Satz nicht zu Ende, aber ich weiß, wie ihre Frage lautet.

»HUB 1 ist intakt«, sage ich schnell.

Erleichtert lehnt sie sich zurück.

»Aber selbst wenn wir noch nicht Zugang zu allen gelben HUBs haben. Das müssen doch trotzdem schon an die 750.000 Gelbe sein. Ich meine 150 HUBs ist doch keine kleine Zahl.«

»Sicher«, stimme ich ihr zu.

»Aber es gibt mehr Graue, oder was?«

»So einfach ist das nicht, Nume. Du musst auch die Umstände beachten. Von unseren, sagen wir jetzt einfach mal pauschal, 750.000 Gelben können ja nicht alle an die Oberfläche und kämpfen. Es gibt alte Menschen, kranke und Kinder.«

Sie nickt verständnisvoll. So weit kann Nume mir folgen.

»Und dann ist da noch die Sache mit den SOLAR SUITS. Wir haben zwar einen HUB, der auch schon nonstop produziert, aber es ist nur ein HUB. Arros sagt, das Ding war von Anfang an nicht auf Produktion im großen Stil ausgelegt und selbst wenn. Wir bräuchten unzählige Anzüge und anderes Equipment. Momentan geht Sawyer davon aus, dass es in den HUBs vielleicht 300.000 bis 400.000 SOLAR SUITS gibt. Was nicht bedeutet, dass wir alle für uns beanspruchen können. Wie gesagt, es sind längst nicht alle gelben HUBs befreit. Der blaue HUB ist seit vier Wochen Tag und Nacht in Produktion. Er wird wahrscheinlich noch mal 30.000 Anzüge bereitstellen können, aber das war's dann.«

»So ein Mist!«, flucht Nume und haut mit der flachen Hand auf den Tisch, sodass zwei Männer, die nicht weit von uns entfernt sitzen, sich erschrocken zu uns umdrehen. »Aber warte mal!«, sagt Nume dann, »die Grauen brauchen die Anzüge doch auch. Die haben doch auch keinen Drift, oder etwa nicht?«

Ich seufze. Das ganze Thema habe ich in den letzten Wochen wieder und wieder durchgekaut. Wie man es auch dreht und wendet, wir haben keinen blassen Schimmer, wie gut oder schlecht wir tatsächlich aufgestellt sind.

»Nume, wir wissen so gut wie nichts über die Grauen. Wir gehen davon aus, dass sie keinen Drift haben. Aber auch nur aufgrund irgendeiner winzigen Markierung auf den Krankenakten der blauen HUBs. Sie könnten wie du sein, sie könnten aber auch eine ganz andere Art Mensch sein. Keiner weiß das genau. Und selbst wenn sie genau wie die Gelben wären, ist es höchst unwahrscheinlich, dass sie über Jahrzehnte an den Raumschiffen gebaut haben und keine Feuerlandausrüstung haben.«

»Und wenn unterirdisch gebaut wurden? Da wäre es doch sicher genau wie in den HUBs? Da bräuchten sie keine Anzüge«, kontert Nume.

»Ja, aber wissen wir das?«, erwidere ich gereizt. »Und Sawyer meint außerdem, dass zum Bau noch ein wenig mehr gehört, als irgendwelche Stahlplatten aneinanderzuschrauben. Er sagt, es gibt bestimmt Bergwerke, Transportstrecken und wer weiß was noch. Worauf ich hinauswill, die Grauen könnten alles sein. Das kann niemand mit Sicherheit sagen, aber ganz sicher würde der

Souverän sie nicht auf uns hetzen, wenn sie nicht in der Lage wären, sich an der Oberfläche zu bewegen.«

»Auch wahr. So hatte ich das gar nicht gesehen.«

Nume verschränkt die Arme vor der Brust. Ich sehe, sie ist noch nicht bereit, das Handtuch zu werfen. Meine sture, dickköpfige Nume.

»Was bedeutet das jetzt in Zahlen? Wie viele Graue geistern da draußen rum?«

»Die Daten aus dem HUB haben uns verraten, dass zu jeder Zeit etwa 20.000 Menschen an den Schiffen gebaut haben. Und das bereits seit etwa 100 Jahren«, berichte ich.

»So lange schon?«, entfährt es Nume.

»Offenbar. Du weißt ja, dieser Bezier hatte große Pläne. Genforschung und HUBs waren nicht das Einzige, was auf seinem Zettel stand«, sage ich und mache ein gleichgültiges Gesicht.

»Klar. Hatte Jo ja gesagt. Aber so lange? 100 Jahre … Das ist verdammt viel Zeit.«

»Richtig. Genauso viel Zeit, wie man braucht, um sieben interstellare Raumschiffe im Jahr fertigzustellen«, erkläre ich weiter.

»Und dafür braucht man 20.000 Menschen?«, fragt Nume mit blitzenden Augen.

»Scheint so. Also zumindest lassen die Dokumente, die wir aus dem HUB haben, darauf schließen.«

»Pah!«, macht Nume nun. »Das ist doch nichts! Gegen die kommen wir doch locker an! Was soll die ganze Panik?«

Ich versuche geduldig zu sein. Meine Freundin hat das ganze Ausmaß der Lage noch nicht erfasst.

»Man braucht zwar nur diese Anzahl an Arbeitern pro Jahr, aber die haben schließlich auch noch Familien. Und dann gibt's da noch die älteren, die vielleicht nicht mehr an den Schiffen arbeiten. Es sind also ein paar mehr Graue. Ungefähr 1,2 Millionen, um genau zu sein.«

Jetzt sagt Nume erst mal nichts mehr, also fahre ich fort.

»Der Einsatzbefehl des bescheuerten Souveräns lautet, 900.000 von ihnen auszusenden, um uns aufzumischen. Wir wissen also, dass der Mann bereit ist, jeden, der alt und kräftig genug ist, eine Waffe zu halten, in den Krieg zu schicken.«

Bei dem Wort »Krieg« zuckt Nume leicht zusammen. Offenbar sieht sie das Ganze bisher eher wie ein Strategiespiel.

»Bei uns liegt die Sache anders«, erkläre ich. »Sawyer würde niemals jemanden, der sich nicht richtig verteidigen kann, kämpfen lassen. Wenn wir also davon ausgehen, dass die 150 befreiten HUBs in die Schlacht ziehen werden, ergibt das trotzdem nur knapp 450.000 Leute.«

»Plus die Menschen aus den blauen HUBs«, ergänzt Nume schnell.

»Richtig. Das sind dann noch mal so 60.000«, stimme ich zu.

»Und die hätten einen Drift. Das ist doch gleich doppelt so effektiv«, stellt Nume fest und hält die Arme weiter eng vor der Brust verschlungen.

»Trotzdem kämen auf einen von uns, zwei von ihnen«, halte ich dagegen. »Keine besonders schönen Aussichten.«

»Das stimmt natürlich«, gibt Nume zu.

Wir schweigen frustriert. Es liegt mir gar nicht, die Überbringerin dieser entmutigenden Informationen zu sein, aber beschönigen kann ich die Tatsachen auch nicht. Es ist, wie es ist.

»Und was heißt das jetzt für uns?«, fragt Nume schon deutlich weniger enthusiastisch.

»Für Sawyer war die Bereitstellung der SOLAR SUITS und die Rückeroberung des CutOuts erst mal am wichtigsten. Ich nehme an, er wird uns heute Abend erzählen, wie es weitergeht.«

»Tagt das Forum heute? Das wusste ich gar nicht«, erwidert Nume gekränkt.

»Arros hat so was erwähnt, aber sie erwarten sicher nicht, dass du dabei bist. Gestern hast du noch bewusstlos auf dem Boden gelegen«, sage ich und deute mit der Hand auf selbigen. »Sicher dachte Sawyer, dass du noch nicht wieder voll da bist, und außerdem hast du ja anscheinend eine Menge auf der Agrar-Ebene zu tun«, füge ich zwinkernd hinzu.

»Natürlich bin ich dabei! Keine Frage!«, zischt Nume.

Ich grinse breit. Ich habe ihre lebendige Art so vermisst. Ich bin froh, dass sie heute Abend an der Sitzung teilnehmen will, obwohl sie eigentlich kaum etwas beitragen kann. Trotzdem freue mich aufrichtig darüber.

»Gut«, sagt Nume und will offenbar das leidige Thema wechseln. »Was liegt sonst noch an?«

Ich stöhne auf. Jetzt oder nie. Irgendwann muss ich ihr ja davon erzählen.

»Da wäre noch die Sache mit Ruben.«

Sie hebt eine Augenbraue.

»Klingt nicht, als gehe es um seine Spionagetätigkeiten. Was hat der Mann denn jetzt wieder angestellt?«, fragt Nume und beugt sich neugierig vor.

»Es geht dabei eigentlich weniger darum, was er JETZT angestellt hat, als um Dinge, die er vor rund dreizehn Jahren verbrochen hat ...«

# 5. ALTE LIEBE

»Da stand mein Name drauf!«, brummt Arros, als ich ihm das letzte Stück Gebäck vor der Nase wegschnappe.

Der kleine Klumpen in meiner Hand hat keine richtige Form, ist weder als ein Muffin noch als Kuchen oder Brot zu identifizieren. Offenbar ist auf der Nahrungs-Ebene irgendwas gehörig schiefgelaufen oder der, der für das Backen zuständig ist, gehört zu den noch im Feuerland Verschollenen.

Sofort denke ich an Jo, der in diesem Moment nach den verschwundenen CutOut-Bewohnern sucht. Ich hoffe, er und die anderen Späher finden unsere Freunde bald. Nur Bobby können sie gerne draußen lassen. Mein ungeliebter Trainingsgegner soll ruhig noch ein paar Tage an der Oberfläche ausharren.

»Teilen?«, frage ich Arros und er grunzt zustimmend.

Ich breche das krümelige Etwas in zwei Hälften und übergebe Arros seinen Anteil. Dann setze ich mich zu den anderen. Jos Platz bleibt leer. Ich winke Nume zu und sie füllt die Lücke freudig.

»Und? Ist dein Agrar-Level wieder unter Kontrolle? Läuft alles?«, frage ich sie.

»Das wäre schön, aber ich fürchte, es wird noch eine Weile dauern, bis der Rückstand aufgeholt ist. Vieles ist eingegangen, und um nachzusäen, müssen wir die Felder erst vorbereiten. Ich hoffe, ich krieg das schnell wieder in den Griff.«

Sie seufzt und scheint in Gedanken schon wieder bei der Arbeit zu sein. Ich beneide sie ein wenig darum. Mir persönlich fehlt gerade ein Ziel.

Als damals alles anfing, war mein einziges Ziel, heil aus HUB 1 zu flüchten. Dann wollte ich mich der Division anschließen und die wichtigste Botschaft der Welt unter das Volk bringen. Danach dachte ich nur noch an Jo und dann an den CutOut und Nume. Jetzt bin ich etwas orientierungslos. Ich kann nur hoffen, dass Sawyer nicht untätig war und uns einen meisterhaften Plan vorlegt. Aber so wie ich ihn kenne, muss ich mir da keine Sorgen machen.

»Pete? Können wir?«, fragt Sawyer seinen Protokollanten und dieser nickt eifrig.

Genau wie ich ist Pete ein Common mit Drift. Und beinahe wie ich hatte er das große Glück der Gehirnwäsche zumindest in Teilen zu entgehen. Ein angenehmes Gefühl überkommt mich, als er sein mobiles Terminal zückt und sich neben Sawyer niederlässt.

Das Forum tagt wieder.

Ein Stück Normalität kehrt ein und damit hoffentlich auch unser Glaube an den Sieg über die Regierung.

»Gut«, beginnt Sawyer und lässt seinen Blick zunächst über die Teilnehmer schweifen. »Da sind wir also wieder. Ich freue mich, zurück zu sein, und vor allem freue ich mich, dass die Übernahme des CutOuts so hervorragend funktioniert hat.«

Er wirft Nume und Pete einen glücklichen Blick zu und sie strahlen ihn unverhohlen an.

»Wie ihr wisst, sind die Späher noch draußen und suchen nach den anderen. Ich bin mir sicher, dass sie bald mit unseren Freunden zurückkehren werden, und dann sind wir endlich wieder komplett.«

Er setzt sich gerade hin und verschränkt die Arme vor der Brust. Offenbar ist der rührende Teil nun vorbei.

»Bevor wir uns mit Taktik befassen, muss ich erst noch etwas zur Abstimmung stellen.«

Er sieht zu mir rüber.

»Es geht um Ruben. Der Mann könnte ein Problem werden. Ich kann unmöglich alleine entscheiden, ob er bleiben darf oder nicht. Wir müssen abstimmen.«

»Aber Jo ist nicht da!«, wirft Nume sofort ein. »Und auch wenn Jakob kein Sektionsleiter ist, sollte er ebenfalls eine Stimme haben, oder nicht?«

Ich nicke eifrig, um die Einwände meiner Freundin zu unterstützen, obwohl ich mir selbst nicht mal sicher bin, wie ich stimmen werde.

»Ich habe Jo bereits um seine Meinung dazu gebeten und werde für ihn mitstimmen. Was Jakob angeht, der bleibt außen vor.«

»Das ist nicht fair, Sawyer«, setze ich an.

»Jakob hatte seine Chance, über Rubens Schicksal zu bestimmen, als er die Entscheidung traf, ihn aus seinem HUB zu entführen. Seitdem hat sein Onkel eine Spur der emotionalen Verwüstung hinterlassen. Von den verräterischen Aktivitäten mal ganz abgesehen«, stellt Sawyer ernst fest.

»Ich hab ja gleich gesagt, wir hätten ihn nicht mitnehmen sollen«, brummt Arros, »aber hört hier mal einer auf mich? Nein!«

»Wie auch immer«, sagt Sawyer und wedelt alle Argumente mit der Hand weg, »wir werden also abstimmen.«

Pete hält sein Terminal so hoch, dass er sich fast dahinter verstecken kann. Ob er so in der Lage ist, die Abstimmung besser zu dokumentieren oder einfach bloß Angst vor dem Ergebnis hat, kann ich nicht deuten.

»Wenn wir entscheiden, dass Ruben bleibt, dann ist das keine halbe Sache. Entweder der Mann gehört zu uns oder nicht. Steht es unentschieden, urteilen wir zu seinen Gunsten. Wenn er bleibt, werden wir ihn weder meiden noch von weiteren Plänen ausschließen. Einen internen Zwist können wir uns gerade nicht erlauben. Ganz oder gar nicht also.«

Sawyer lehnt sich zurück und fragt: »Wer ist dafür, dass Ruben geht?«

Pratap hebt als erster die Hand. Dann Arros und Sawyer. Drei Stimmen gegen Ruben. Ich bin auf einmal sehr aufgeregt. Wie soll ich mich entscheiden?

»Ich bin dafür, dass er bleibt!«, sagt Nume schnell und ich stelle eine seltsam kameradschaftliche Entschlossenheit in ihrer Stimme fest.

Obwohl ich ihr erst vor wenigen Stunden alles über Rubens Tat im HUB 1 erzählt habe, scheint sie sich auf seine Seite stellen zu wollen. Ich bin nicht sicher, ob ich wütend oder dankbar sein soll? Hin- und hergerissen rechne ich nach. Es steht drei zu eins gegen Ruben. Nun hängt alles von Jo und mir ab.

»Wie hat Joaquim gestimmt?«, will Nume wissen, als hätte sie meine Gedanken gelesen.

»Er ist dafür, dass Ruben bleibt«, erwidert Sawyer.

Mein Gesicht beginnt zu kribbeln, als alle Anwesenden mich anstarren. Ich bin nun für Rubens Schicksal verantwortlich. Soll er bleiben oder schicke ich ihn in die Verbannung?

Fieberhaft horche ich in mich hinein. Soll er weiter zur Division gehören? Was würde geschehen, wenn ich gegen ihn stimme? Könnte er sich draußen durchschlagen? Er würde nirgends mehr dazugehören, wäre auf sich allein gestellt.

Die anderen warten auf meine Entscheidung. Ich platzte fast vor Unsicherheit. Am liebsten würde ich Jo fragen, warum er sich FÜR Ruben entschieden hat. Vielleicht würden mir seine Beweggründe bei dieser Entscheidung helfen? Doch Jo ist gerade nicht verfügbar und ich bin auf mich gestellt.

»Ich …«, stoße ich unsicher aus, »ich …«

»Wenn du dir nicht sicher bist, Kind, dann schick ihn weg. Vielleicht ist das nur gut für dich«, rät Arros mir.

Ich fühle mich total unter Druck gesetzt. Hier geht es nicht darum zu entscheiden, ob der CutOut neue Lampen bekommt oder wir regelmäßige Spieleabende veranstalten sollen. Es geht um einen Menschen.

»Ach verdammt!«, fluche ich. »Dann bleibt er eben!«

Über Sawyers Gesicht huscht ein Lächeln. Nur für den Bruchteil einer Sekunde. Das irritiert mich. Habe ich seine Erwartungen gerade erfüllt? Oder, unvorstellbar, hat er mich manipuliert?

Während Pete das Abstimmungsergebnis unnötigerweise noch einmal laut vorträgt, grüble ich. Ich hätte wetten können, dass Sawyer für Rubens Anwesenheit stimmt. Warum weiß ich nicht, aber ich war mir sicher. Dadurch, dass er es nicht getan hat, blieb die Entscheidung an mir hängen. Ansonsten hätte ich mich auf dem Urteil der anderen ausruhen können. Aber so musste ich den Ausschlag geben. Ich traue es Sawyer zu, dermaßen auf Risiko zu spielen. Immerhin hätte Nume sich auch anders entscheiden können. Oder Pratap.

Die Abstimmung lässt mich nachdenklich zurück. Zum Glück bleibt keine Zeit, die Sache weiter zu hinterfragen, denn Sawyer schneidet bereits das nächste Thema an.

»Es gibt ausnahmsweise mal gute Neuigkeiten«, beginnt unser Anführer.

Entweder hat mich meine Menschenkenntnis inzwischen vollends im Stich gelassen oder irgendetwas stimmt nicht. Sawyers Körperhaltung, sein Blick und die Tonlage seiner Stimme lassen mich darauf schließen, dass er Schlechtes zu berichten hat. Seine Aussage, es gäbe gute Nachrichten und sein Verhalten passen absolut nicht zueinander.

»Wir haben einen neuen Kontakt aufgetan. Mit dessen Hilfe werden wir nicht nur den Ort ausfindig machen, an dem die Raumschiffe gebaut werden beziehungsweise wurden«, korrigiert er sich, »wir finden dank der hilfreichen Unterstützung auch heraus, wo diese grauen Horden leben.«

»Horden?«, fragt Nume leicht belustigt.

Ich selber kann mir nur knapp ein Grinsen verkneifen, dabei gibt es eigentlich keinen Grund über das Thema »Graue« zu lachen. Es muss an Nume liegen. Ihr Verhalten erinnert mich an die gemeinsame Zeit im Schul-Bezirk. Dort hatten wir auch immer unseren Spaß.

»Dann eben Menschen. Wir finden heraus, wo diese grauen Menschen leben«, sagt Sawyer und betont das Wort »Menschen« dabei übertrieben.

Er scheint heute leicht reizbar. Keine Wunder, so viel wie er in letzter Zeit um die Ohren hat. Trotzdem bleibe ich misstrauisch. Irgendetwas ist im Busch. Mit Sawyer stimmt was nicht. Ich kneife neugierig die Augen zusammen.

»Sawyer ... ich will nicht kritisieren, aber das letzte Mal als du -«, beginne ich kleinlaut, doch Sawyer schneidet mir sogleich das Wort ab.

»Ich WEIß! Das letzte Mal habe ich von einem tollen, neuen Kontaktmann geschwärmt und dieser entpuppte sich später als sadistischer Soziopath, der uns alle hat auffliegen lassen. Schon klar.« Er macht eine abwehrende Handbewegung und wirft mir einen grimmigen Blick zu. »Das müssen wir jetzt nicht wieder aufwärmen.«

Ich zucke zusammen. Was ist nur in ihn gefahren?

»Ich wollte dich nicht angreifen«, entschuldige ich mich verhalten. »Es ist nur - ich meine, bist du dir sicher, dass der neue Mann in Ordnung ist? Ist er vertrauenswürdig?«, hake ich weiter nach.

»Frau«, erwidert Sawyer plötzlich einsilbig.

»Was?«, frage ich.

»Es ist eine Frau. Kein Mann.«

»Gut, dann eben eine Frau. Können wir ihr trauen?«, stichele ich weiter. Meiner Meinung nach zu Recht.

Während Sawyers Miene immer finsterer wird, übernimmt Arros die Beantwortung meiner Frage. Er scheint zu fürchten, dass Sawyer gleich der Schädel platzt und das nicht unbegründet. Der Mann hat inzwischen eine pochende Ader auf seiner Schläfe und presst die Lippen aufeinander.

»Wir, ähm …, also wir kennen sie schon ziemlich lange. Von früher. Ich halte meine Hand für sie ins Feuer«, berichtet Arros und versucht dabei möglichst gelassen zu klingen, um Sawyers Verhalten entgegenzuwirken.

»Das hier ist was anderes als damals, mit Will … Kieran. Punkt.«

Mein Trainer reckt herausfordernd das Kinn in meine Richtung, während er dies sagt. So als wolle ich die unbekannte Dame miesmachen. Dabei kenne ich sie doch gar nicht. Was geht hier eigentlich vor?

»Was macht ihr denn so ein Geheimnis um die Tante?«, fragt Nume spitz. Offenbar ist sie allmählich genauso verwirrt ob des seltsamen Verhaltens unserer Gegenüber.

Sawyer springt auf und tut, als würde er etwas auf den Monitoren suchen. Ihn scheint die ganze Situation nervös zu machen.

»Keiner macht hier ein Geheimnis aus irgendwas!«, sagt Arros, schüttelt dabei hektisch den Kopf und hebt beschwichtigend die Hände.

Da sein Gesicht so unfassbar behaart ist, bin ich nicht völlig sicher, aber es scheint, als würde er rot anlaufen.

»Sie sitzt an geeigneter Stelle, ist bereits seit Jahren für die Regierung tätig. Sie weiß 'ne Menge über die Schiffe und die Grauen, weil sie zum Forscher-Team gehört und saumäßig schlau ist. Sie kann uns alle nötigen Informationen geben und ist zu 100 % vertrauenswürdig«, er hält kurz inne und weicht meinem Blick aus. »Ihr Name ist Anny.«

Ich beiße mir fast die Zunge ab, als ich den Namen aus seinem Mund höre. Sein merkwürdiges Verhalten und Sawyers verdächtiger Versuch, dem Thema aus dem Weg zu gehen, unterstreichen meine Vermutung nur noch. Sawyers ehemalige Freundin hieß Anny.

»Und?«, fragt Nume verständnislos. »Ist doch super! Was macht ihr so einen Wind darum? Klingt doch vielversprechend, diese Anny?«

Anny.

Anny, die Sawyer das Herz gebrochen hat.

Anny, die ihn vor ein Ultimatum gestellt hat.

Anny, die die Division hasst!

Nume und Pratap blicken verwirrt in die Runde. Klar. Sie kennen die anrührende Geschichte ja auch nicht. Und ich sollte sie eigentlich auch nicht kennen, realisiere ich in diesem Moment. Deswegen weicht Arros mir aus. Sawyer hat keine Ahnung, dass sein hünenhafter Kumpel den Abschied von Anny, damals in der verlassenen Stadt, als das Traurigste bezeichnete, das er jemals erlebt hat. Und vor allem weiß Sawyer nicht, dass Arros mir, Jackson und Jo davon erzählt hat.

Schnell setze ich eine ungerührte Miene auf und lehne mich gespielt entspannt zurück.

»Ist doch toll. Wann treffen wir sie? Oder kommt sie her?«, frage ich gelassen.

»Hier her?«, fragt Sawyer fast schon erschrocken. Seine Stimme klingt schrill, beinahe wie die eines Mädchens. Ich verkneife mir ein Schmunzeln.

»Na, wenn sie so dermaßen vertrauenswürdig ist, kann sie doch herkommen. Was sollen wir da auf die alten Sicherheitsvorkehrungen pochen und sie irgendwo in der Wildnis treffen?«, füge ich hinzu.

Es ist gemein, aber ich habe beinahe ein wenig Spaß daran, Sawyer noch anzustacheln. Seine geradezu körperlich wahrnehmbare Reaktion auf diese Anny ist irgendwie niedlich. Arros ergreift erneut das Wort, weil Sawyer mich nur noch mit großen Augen anstarrt und keinen Ton mehr herausbekommt.

»Könnten wir so machen. Natürlich muss Sawyer sie fragen, ob sie herkommen kann. Immerhin ist das nicht ganz ungefährlich. Sie arbeitet schließlich noch immer für die Gegenseite. Das sollte sie entscheiden. Vielleicht wäre ein Treffen, in der Nähe ihres HUBs oder wo immer sie sich befindet, geeigneter?«

Alle sehen Sawyer an. Dieser scheint sich in diesem Moment Anny im CutOut vorzustellen. Ganz offensichtlich ist der bloße Gedanke an ihre Anwesenheit für ihn so verstörend, dass man auch aus drei Meter Entfernung sehen kann, wie sich jedes einzelne Haar auf seinen Unterarmen aufstellt. Ich beschließe der Sache den Stachel zu ziehen und die Unterhaltung in andere Bahnen zu lenken. Zum einen, weil ich endlich wissen will, wie es für die Division weitergeht, und zum anderen, weil ich fürchte, unser Anführer könnte vor lauter Emotionen das Bewusstsein verlieren. Sawyer sieht seit ich ihn kenne zum ersten Mal richtiggehend hilflos aus.

»Was versprechen wir uns denn von den neuen Informationen. Ich meine, was unternehmen wir, wenn wir wissen, wo diese Grauen sind?«, frage ich also.

Sawyer schleicht zu seinem Platz zurück und geht dankbar auf meine Vorlage ein.

»Wir vermuten, dass der Regierungssitz ganz in der Nähe der ›Baustelle‹ sein muss. Man könnte eine Auseinandersetzung mit der grauen Armee aus dem Weg gehen und der Schlange einfach den Kopf abschlagen«, erklärt er uns.

»Aber ich dachte, wir gehen inzwischen davon aus, dass der Souverän und seine engsten Vertrauten mobil agieren? Immerhin waren sie in diesem HUB, wo Joaquim und die anderen gefangen gehalten wurden. Da wo sie diese Aufnahmen gemacht haben«, wirft Nume ein.

»Laut … Anny«, ihren Namen auszusprechen, kostet Sawyer einiges an Überwindung, »ist unser Regierungsoberhaupt zwar momentan permanent unterwegs, lässt sich aber immer wieder bei den Raumschiffen blicken. Darum vermuten wir auch, dass sie irgendwo in der Nähe ihre Basis haben.«

»Na, das klingt doch nach einem Plan?«, sagt Nume erfreut und klatscht in die Hände. »Gehen wir hin, machen sie nieder und das war's dann!«

»Sachte, sachte. Ungefähr so sollte es laufen, aber wir müssen zuerst wissen, wo die Grauen sich befinden und sichergehen, wo sich der Souverän aufhält. Es sollte beim ersten Versuch klappen. Wir wollen die Verluste so gering wie möglich halten«, erklärt Sawyer sachlich.

»Und wenn wir es nicht schaffen? Wie lautet Plan B?«, frage ich ihn.

»Dann werden wir es auf herkömmlichen Wege erledigen müssen.«

»Der wäre?«, fragt Nume neugierig.

»Wir kämpfen.«

Die Art, wie Sawyer dies sagt, lässt vermuten, dass wir definitiv den Kürzeren ziehen würden.

»Ich dachte, das Verhältnis zwischen Grauen und Gelben ist zu unausgewogen?«, spreche ich meine Bedenken aus.

»Das stimmt. Die Alternative wäre, aufzugeben«, sagt Arros.

»Kommt nicht infrage!«, ruft Nume sofort. »Wir haben schon zu viel erreicht. Wir müssen uns durchsetzen!«

»Sehe ich auch so«, pflichtet Arros ihr bei.

»Sehen wir erst mal, wohin uns die neuen Informationen von Anny führen«, schlägt Pratap vor.

Alle nicken. Keiner von uns will weitere Freunde im Kampf verlieren oder überhaupt sinnlos Blut vergießen. Wenn es wirklich eine Möglichkeit gibt, die ganze Sache mit einem punktgenauen Angriff zu regeln, wird dies unsere erst Option sein.

In diesem Moment geht die Tür auf und Maja stürmt herein.

Ich habe sie seit unserem Aufbruch vor einer gefühlten Ewigkeit nicht mehr gesehen. Es mag Einbildung sein, aber sie wirkt viel größer und erwachsener als noch vor ein paar Wochen.

»Sie sind zurück!«, ruft sie völlig außer Atem.

»Was?«, frage ich aufgeregt und springe auf.

»Die Späher! Sie sind zurück und sie haben alle gefunden. Wirklich alle!«

Selbst hechelnd und kurz angebunden, wie sie die Worte herausbringt, klingt ihre Stimme noch wie die einer Fee. In ein paar Jahren wird sie das begehrteste Mädchen des CutOuts sein, denke ich. Sofern es den CutOut dann noch gibt und wir uns noch auf der Erde und nicht längst auf Salgaia befinden.

Maja macht eine Pause und versucht wieder zu Atem zu kommen. Ich bin bereits auf dem Weg zum Ausgang. Jo ist wieder da! Ich kann es kaum erwarten, ihn zu sehen, dabei war er nur ganz kurz weg.

»Wo willst du hin?«, fragt Nume.

»Ich hole Jo. Er wird bestimmt beim Rest der Sitzung dabei sein wollen.«

Maja schüttelt den Kopf und hält mich am Arm zurück, als ich schon beinahe aus der Tür bin.

»Er ist nicht bei ihnen gewesen«, sagt sie kleinlaut.

Mein Herz setzt einen Moment aus. Jo ist nicht zurückgekehrt? Ich fasse mir unwillkürlich an den Hals, bekomme keine Luft mehr. Maja sieht meinen verstörten Blick und hebt schnell die Hände.

»Nein, nein! Es geht ihm gut! Keine Sorge. Jackson sagt, Jo hätte noch etwas zu erledigen gehabt, und käme später nach. Alles o. k.? Du siehst blass aus?«

Ich schließe die Augen und habe Mühe, Maja nicht ihren zierlichen Hals umzudrehen. Wie konnte sie mich nur so erschrecken? Und wieso zum Teufel ist Jo nicht mit den anderen zurückgekommen?

»Was wollte er denn erledigen?«, frage ich misstrauisch.

»Keine Ahnung. Musst du Jackson fragen«, erwidert Maja achselzuckend.

Ihre ganz Art hat sich verändert. Ich bemerke es jetzt ganz deutlich. Ihre Haltung, lässig und selbstsicher zugleich. Der wache Blick, zu allem bereit. Der Übergriff auf den CutOut muss ihr zugesetzt haben. Sie wollte sich uns schon vorher anschließen. Ein leises Gefühl sagt mir, dass sie beim nächsten Mal gar nicht erst fragen, sondern einfach mitkommen wird.

»Danke für die Info, Maja. Wir haben gerade eine Sitzung, also würdest du …?«

Sawyer deutet mit dem Kinn auf die Tür. Er will sie rauswerfen.

Maja kneift die Augen zusammen und starrt ihn grimmig an.

»Wer ist Anny?«, fragt sie bissig.

Nume prustet und hält sich schnell die Hand vor den Mund. Jeder von uns weiß, dass Maja Gedankenlesen kann. Und obwohl das Thema Anny eigentlich bereits erledigt war, scheint sie Sawyer noch immer durch den Kopf zu geistern. Nun dürfte auch Nume klar sein, dass unser Anführer sie wohl wirklich sehr gut kannte.

»Raus!«, sagt Sawyer leise, aber bestimmt.

Maja wirft mir einen kurzen Blick zu und ich habe das unbestimmte Gefühl, dass ich ihr in diesem Moment die Antwort auf ihre Frage liefere. Verbissen versuche ich nicht an Anny zu denken, aber es gelingt mir nicht sonderlich gut. Schließlich wendet Maja sich ab und folgt Sawyers Aufforderung.

Als die Tür sich hinter ihr schließt, fällt es mir plötzlich ganz leicht, nicht mehr an Anny zu denken. Stattdessen frage ich mich, wieso Jo sich noch immer im Feuerland aufhält. Noch dazu ganz alleine. Er hat sicher seine Gründe, aber ich bin trotzdem mehr als beunruhigt. Es war geplant, die anderen zu finden und mit ihnen zum CutOut zurückzukehren. Wieso hat er es nicht getan?

# 6. ENTFLAMMT

Als ich gerade weit aushole, um einen dritten Impuls auf einen bis zur Unkenntlichkeit verrosteten Minivan vor mir zu schleudern, höre ich ein lautes Rufen hinter mir.

»Nova? Was treibst du denn hier? Komm mal wieder runter!«

Es ist Sawyer. Ich ignoriere sein Gebrüll und fahre mit meinem Wutausbruch fort. Ich bin gerade so schön in Fahrt! Der Wagen vibriert und bäumt sich unter meinem Angriff auf. Staub und Sand wirbeln durch die Luft. Ich fühle mich mächtig und stark. Trotzdem bin ich kein Stück befriedigt. Meinen Drift auf Gegenstände zu feuern, genügt einfach nicht, um das immer größer werdende Loch in meinem Herzen zu stopfen. Ich brauche eine bessere Ablenkung.

»Wieso?«, entgegne ich, ohne Sawyer dabei anzusehen, »du wolltest doch heute trainieren? Ich mach mich eben schon mal warm.«

Er hat mich inzwischen erreicht und stemmt die Hände in die Hüften, als er neben mir stehen bleibt, um das sinnlose Gewaltschauspiel zu beobachten. Ich kann seine Missbilligung förmlich spüren, auch ohne ihn direkt anzusehen.

»Das ist kein Training, das ist reine Kraftverschwendung. Und wenn du vorhast, diesen Stil beizubehalten, ist es für mich auch noch Zeitverschwendung. Weißt du, ich -«

Ich drehe mich erbost um und gifte ihn an: »Jaaaa, ich weiß! Du hast Besseres zu tun. Genauso wie Jo ... offenbar!«

Damit wende ich mich wieder meinem Hassobjekt zu und feuere weiter blindlings drauf los. Wenn Sawyer mich nicht verstehen will, ist Training vielleicht heute eine ganz dumme Idee. Ich bin sozial inkompatibel, ja geradezu streitsüchtig. Ich brauche ein Ventil für meine Wut. Oder ist es Angst?

»Daher weht der Wind also?«

Sawyer legt mir eine Hand auf die Schulter und versucht freundschaftlich auf mich einzureden.

»Jetzt hör doch mal auf damit. Komm. Reden wir darüber.«

Ich will eigentlich nicht reden. Aber meinen Drift weiter ohne Sinn und Verstand auf das Feuerland loszulassen, bringt Jo auch nicht wieder zurück. Es sind nun bereits zwei Tage vergangen, seit die anderen Späher wieder da sind. Ich habe Jackson ausgequetscht, ihn richtig in die Mangel genommen, aber er wollte oder konnte mir einfach nicht sagen, wieso Jo an der Oberfläche geblieben ist. Angeblich wollte er noch einen Checkpoint ausspähen. Zumindest hat er es Jackson so verkauft. Ich würde gerne wissen, ob Jackson wirklich nur diese Informationen hat oder meinen Freund aus irgendeinem Grund deckt? Aber was sollte Jo ganz allein da draußen zu tun haben? So etwas ist noch nie vorgekommen.

»Was gibt's da zu reden? Mein Freund will mich um meinen Verstand bringen. Das ist doch offensichtlich!«

»Joaquim hat sicher seine Gründe. Es wird sich alles klären, du wirst schon sehen.«

Ich stehe noch immer mit dem Rücken zu Sawyer. Und ich bin noch immer stinksauer. Seine Versuche meine Aggression zu beschwichtigen, machen mich nur noch unruhiger.

»Bist du jetzt Experte auf dem Gebiet?«, frage ich gereizt.

»Ich sage ja nur, dass du dich nicht so aufregen solltest. Am Ende wird Joaquim dir alles erklären und du hast dich völlig umsonst aufgeregt. Ihr solltet in einem Team spielen und euch vertrauen.«

»So wie du Anny vertraust?«

Noch während ich die Worte ausspreche, bereue ich es bereits.

Sawyer erwidert nichts. Dafür verschwindet die Hand von meiner Schulter.

Großartig! Nicht nur, dass ich keinen blassen Schimmer habe, wo sich mein Freund in diesem Moment aufhält oder ob er überhaupt noch lebt, jetzt zettele ich auch noch einen Streit mit dem Oberhaupt der Division an. Vor lauter Wut könnte ich meinen Drift schon wieder abfeuern, aber ich halte an mich.

»Tut mir leid. Das geht mich nichts an«, sage ich kleinlaut und drehe mich zu Sawyer um. Ich fürchte mich vor seinem Blick, aber er sieht gar nicht böse aus. Eher traurig.

Plötzlich habe ich das Gefühl, wir sollten uns eher umeinander kümmern, als meinen doofen Drift zu trainieren und zu streiten.

»Was weißt du über Anny?«, fragt er mich nun.

Während er Anstalten macht, sich in Bewegung zu setzen, überlege ich fieberhaft, wie viel ich preisgeben soll.

Vorsichtig folge ich Sawyer und wir schlendern durch die grau-braune Einöde. Der CutOut ist nur wenige hundert Meter entfernt und doch würde ein ungeübtes Auge seine Zugänge nicht ausmachen können. Feuerland bleibt Feuerland. Ob nun nahe beim CutOut oder kilometerweit davon entfernt.

Ich beschließe, ehrlich zu sein. »Ihr wart ein Paar, so viel weiß ich. Und dass sie dich praktisch zwingen wollte, der Division den Rücken zu kehren.«

Er nickt sachte und starrt auf die sanft geschwungenen Hügel vor uns. Dünen, die früher einmal Gebäude waren. Von ihnen sieht man nur noch hier und da eine Ecke oder einen Giebel aufblitzen.

»Sie war nicht gerade angetan von meinen Visionen.«

»Wieso taucht sie so plötzlich auf der Bildfläche auf, Sawyer? Hast du sie kontaktiert oder sie dich?«

»Sie war es.«

Wir erreichen eine Gruppe alter, knochiger Baumstämme, die nur noch wie leere Hüllen aussehen. Wie absichtlich platziert, liegen sie im Halbkreis da. Sie wirken einladend wie eine natürliche Sofaecke.

Sawyer lässt sich auf einem von ihnen nieder und ich mache es ihm nach. Mich wundert, dass er gar nicht überrascht ist über mein Wissen um Anny und ihn. Ob Arros ihm gestanden hat, dass er uns die Geschichte erzählt hat?

»Du musst wissen, Anny war nicht wirklich gegen die Division. Sie hatte einfach Angst um mich. Es ist wie bei dir und Joaquim. Du möchtest ja auch nicht, dass er in Gefahr ist.«

»Schon«, gebe ich zu, »aber ich möchte auch nicht, dass dieses System weiter Millionen von Menschen unterdrückt!«

»Damals war uns das ganze Ausmaß ihrer Taten ja noch gar nicht bewusst. Trotzdem war es riskant. Und Anny hatte solche Angst. Sie ist nicht wie du, Nova.«

Ich hebe eine Augenbraue.

»Wie bin ich denn?«

»Furchtlos. Bereit Risiken einzugehen und du hast genau das richtige Maß an Gewissenlosigkeit, um auch schwierige Entscheidungen treffen zu können.«

»Ich bin in deinen Augen also skrupellos?«, frage ich leicht schockiert über seine Beschreibung meiner Person.

»Nein. Natürlich nicht. Ich meine damit: Du stehst für deine Prinzipien ein, auch wenn das bedeutet, dass du Enttäuschungen oder Ängste in Kauf nehmen musst. Anny hingegen ... Sie wollte einfach ihr Leben leben. Zwar teilte sie meine Überzeugungen und je mehr Dinge ans Licht kamen, desto mehr verstand sie meine Intentionen, aber es genügte einfach nicht, um sie mit an Bord zu holen. Und irgendwann wurde es ihr einfach zu viel.«

Ich lausche seinen Worten gespannt, versuche mir diese Anny vorzustellen.

»Was hat sich geändert? Ich meine, wieso hat sie dich kontaktiert, wenn ihr doch alles egal ist?«

»Die Welt.«

»Hmm?«

»Die Welt hat sich geändert. Und auch Anny muss sich nun entscheiden, auf welcher Seite sie steht. Genau wie alle, die nicht schon von vorneherein der Division angehörten.«

»Und sie will jetzt also mit uns an einem Strang ziehen?«

»Ich denke ja.«

Vor unseren Füßen gräbt sich plötzlich ein kleiner Käfer aus dem Sand. Seine flinken Bewegungen faszinieren mich. Man sieht selten etwas Lebendiges im Feuerland. Eine Weile beobachten Sawyer und ich das glänzende Tierchen und sagen nichts.

»Sie war auf der Durchreise, in einem HUB, der dann wohl während ihres Aufenthalts von uns eingenommen wurde. Also von blauen Sympathisanten, meine ich. So hat sie Kontakt aufnehmen können. Die Botschaft erreichte mich sofort. Du kannst dir vorstellen, wie verrückt das für mich war? Wir hatten uns seit ...«, er überlegt kurz, »ach keine Ahnung wie lange es her ist, dass wir uns gesprochen haben. Jahre.«

»Aber du bist dir sicher, dass man ihr trauen kann?«, frage ich vorsichtig.

»Ganz sicher. Wie gesagt, sie war nie gegen die Division, nur gegen Gewalt«, er zögert, »und ein wenig egoistisch war sie wohl auch.«

Es muss ihm sehr schwerfallen, so über Anny zu reden. Trotzdem verstehe ich die Anschuldigung. Auch wenn man mich offensichtlich als gewissenlos bezeichnen kann, stelle ich das Wohl der unzähligen Gelben über mein eigenes. Das war vom ersten Moment an so. Gleich als Marzellus, Jakob, Nume und ich das ganze Ausmaß der Misere begriffen hatten, stellten wir uns auf die Seite der Division und das nicht bloß, weil wir auf ihren Schutz angewiesen waren.

Sawyer macht nicht länger den Eindruck, als wolle er weiter über Anny sprechen, also wechsele ich gekonnt das Thema.

»Gibt's was Neues über die Temperaturschwankungen?«

Erfreut hebt er den Kopf und bekommt gleich einen ganz anderen Gesichtsausdruck. Mit den allgemeinen Problemen des Widerstands lässt es sich ganz hervorragend von verflossener oder im Feuerland verschollener Liebe ablenken.

»Ja, tatsächlich! Arros und Pete konnten die gesammelten Daten analysieren. Diese Hitzepeaks haben ihre Ursache in Sonneneruptionen. Offenbar besteht da ein enger Zusammenhang. Noch ein paar Tage und wir können sie vielleicht sogar auf die Stunde genau vorhersagen.«

»Das ist ja großartig!«, erwidere ich erfreut.

»Zumindest wäre dann eine hinderliche Tatsache aus der Welt. Wenn wir die Ausschläge vorhersagen können, wird es leichter, sein Angriffe zu planen. Nicht auszudenken, was geschehen wäre, wenn wir ein paar Hunderttausend Gelbe im Feuerland hätten und alle brächen unter einer gewaltigen Hitzewelle zusammen.«

»Glaubst du denn wirklich, dass wir geschlossen in den Kampf ziehen müssen? Also dass es dazu kommen wird?«

»Ich hoffe es nicht, Nova. Ich setze alle meine Hoffnungen auf Anny beziehungsweise auf den Plan, die Sache im Keim zu ersticken.«

»Hoffentlich klappt es«, sage ich.

»Wir werden einfach alles versuchen, damit es das tut«, sagt Sawyer mit Nachdruck.

Ich seufze.

»Zumindest die von uns, die anwesend sind!«

Er lacht auf. »Du bist echt richtig sauer auf Joaquim, nicht wahr?«

Ich will gerade etwas Bissiges erwidern, als sich hinter uns jemand räuspert. Erschrocken springen Sawyer und ich auf. Ich habe niemanden kommen hören und man sollte meinen, in der Stille des Feuerlands ist es nicht möglich, sich an zwei Leute einfach so heranzuschleichen.

»Dann bekomme ich jetzt wohl Ärger?«, sagt Jo und setzt ein unsicheres, schiefes Grinsen auf.

Mir klappt die Kinnlade runter. Klar! Es gibt nur einen, der es fertigbringt, sich so leise zu bewegen, dass weder Sawyer noch ich ihn bemerken konnten.

Erleichterung und Wut ringen in meinem Inneren. Wie er so dasteht. Staubig und mit diesem reuevollen Blick. Findet er das witzig oder fühlt er sich tatsächlich schuldig? Ich kann keinen klaren Gedanken fassen, so sehr regt seine plötzliche Anwesenheit mich auf.

»Dann … ähm, mache ich mich wieder an die Arbeit«, sagt Sawyer, der sich merklich unwohl fühlt. Wahrscheinlich will er nicht zwischen die Fronten geraten. Ein guter Plan.

Weder Jo noch ich erwidern etwas auf seine Ansage und so schlurft unser Anführer in Richtung CutOut.

Erst als er schon so weit entfernt ist, dass man ihn mit bloßem Auge kaum noch erkennen kann, bricht Jo das Schweigen.

»Kann ich irgendetwas tun, um meine Strafe ein wenig abzumildern?«

Ich habe es inzwischen geschafft, meinen Mund wieder zu schließen, aber Herr über meine Emotionen bin ich noch lange nicht. So vieles geht mir durch den Kopf. Fragen, Anschuldigungen, Ängste.

Ich achte sonst peinlich genau darauf, mich vor Jo nicht wie eine aufgebrachte Göre zu benehmen, und ich werde auch jetzt nicht damit aufhören.

Dem Anschein nach gelassen, verschränke ich die Arme vor der Brust und starre ihm kühl entgegen. Jetzt bloß nicht ausrasten!

»Mich würde nur interessieren, wieso du erst einen auf liebevollen Freund machst, mir anbietest zu bleiben, und dann einfach nicht mehr wiederkommst!«

Verdammt! Das kam nun doch zickiger rüber, als geplant. Ich werfe alle Vorsicht über Bord und beschließe meine Gefühle offen zu zeigen. Aber zunächst will ich hören, was er zu sagen hat.

Er macht einen Schritt in meine Richtung, doch ich weiche sofort zurück. Wenn er mich jetzt berührt, wird die Erleichterung darüber, dass er lebendig und gesund vor mir steht, überwiegen und ich kann ihm nicht länger böse sein. Doch ich WILL böse sein. Also halte ich Abstand.

»Nova ...«

»Ich höre!«

»Das war vielleicht keine gute Idee. Es tut mir leid. Ich wollte nicht, dass du dir Sorgen machst.«

»Tja, das ist dann wohl ziemlich nach hinten losgegangen!«

Plötzlich will ich gar nicht mehr wissen, wo er die letzten zwei Tage lang war. Ich will auch nicht mehr reden oder mich vertragen. Ich will nur noch weg. Meine größte Angst, ihm könnte etwas zugestoßen sein, war unbegründet. Der Mann steht ohne einen Kratzer vor mir. Gut! Ich kann also verschwinden.

Damit drehe ich mich um und steuere den CutOut an.

»Nova!« Jo setzt sich ebenfalls in Bewegung und folgt mir, »warte doch.«

Ich denke gar nicht daran und beschleunige meine Schritte nur noch. Er ist jetzt neben mir und redet weiter auf mich ein. Soll er doch. Ich will es nicht hören.

»Ich weiß, du bist sauer. Natürlich bist du das.«

Ich gehe jetzt so schnell, dass jede ernsthafte Unterhaltung bei diesem Tempo lächerlich wirkt. Jo begreift das auch und macht Anstalten mich mit seinem Drift zu verlangsamen. Wahrscheinlich ist es nur ein Reflex. So ist das eben mit dem Drift. Man wendet ihn in ganz alltäglichen Situationen an, ohne wirklich darüber nachzudenken. Doch mein Freund sollte inzwischen wissen, wie empfindlich ich auf diese Maßnahme reagiere. Also wirbele ich herum und schleudere ihm den finstersten, eindeutigsten und mahnendsten Blick entgegen, welchen ich zustande bringe.

»Wage es nicht!«, zische ich und hebe dabei meinen Arm auf Brusthöhe.

Zwar scheint er nicht davon auszugehen, dass ich meinen Drift tatsächlich benutzen werde, aber trotzdem hebt Jo ergeben beide Hände in die Luft, um mir zu signalisieren, dass er seine Fähigkeiten ebenfalls schlummern lassen wird.

»Schon gut, schon gut. Ich will ja nur, dass du dich beruhigst und mit dir reden.«

Ich lasse den Arm sinken und setze meinen Weg fort. Jo bleibt zunächst stehen, trabt dann aber erneut hinter mir her, den ganzen langen Weg, bis wir den CutOut erreichen. Und er bleibt weiter in meiner Nähe, als ich den langen Gang passiere, in den Fahrstuhl steige und wir uns plötzlich mitten auf der großen Ebene befinden.

Ich ignoriere ihn die ganze Zeit über. Er wiederum hat es offenbar aufgegeben, mich zum Reden zwingen zu wollen. Die ganze Situation ist verrückt. Er trottet mir hinterher, als hätte ich ihn an einer unsichtbaren Leine.

Wir erreichen meine Wohneinheit, doch bevor ich den Sensor betätigen und die Tür öffnen kann, legt Jo mir eine Hand auf die Schulter und will mich zaghaft dazu bringen, mich zu ihm umzudrehen.

Ich atme langsam aus und folge der Aufforderung. Nun sehen wir uns endlich richtig an.

Mein Blick wandert an ihm herunter. Er macht den Eindruck, als hätte er in den vergangenen Tagen auf einem Müllberg übernachtet. Seine Kleidung ist sandig, seine Haare sind ein wenig zerzaust und ich kann überall an ihm Überbleibsel des Feuerlands entdecken. Staub und kleine, vertrocknete Plastikfetzen an seinen Schuhen. Ein sandiger Streifen zieht sich quer über seine rechte Wange. Ich widerstehe der Versuchung, mich in seine Arme zu werfen. Ich widerstehe so ziemlich JEDER Versuchung. Was ist nur los mit mir? In meinem Inneren schlagen die Gefühle Purzelbäume.

»Hast du eigentlich eine Ahnung, wie ich mich fühle, wenn du so was machst?«, presse ich hervor. Ich kann nicht verhindern, dass meine Unterlippe zu zittern beginnt. Ich habe völlig die Kontrolle verloren und bin froh, zumindest diesen einen Satz verständlich herauszubekommen.

»Doch, ich meine, es tut mir so leid. Wirklich!«

Er hebt eine Hand und will mir die einzelne Träne, welche sich überraschenderweise ihren Weg über mein Gesicht bahnt, wegwischen, doch ich zucke reflexartig zurück.

Irgendwie fällt mir nichts mehr ein, was ich ihm sagen könnte. Auf einmal will ich gar nicht mehr böse auf ihn sein. Ich bin völlig durcheinander.

»Nova ...«

»Nein!«, schreie ich. Wieso schreie ich? Wenn mich jemand hört? Wie peinlich! Doch die Worte bahnen sich grausam eigenwillig ihren Weg. »Jo, du verstehst es nicht, oder?«

Ich atme jetzt heftig und auch Jo sieht aus, als würde sein Puls gleich einen Salto machen.

»Ich LIEBE dich, Jo! Hörst du? Ich liebe dich. Und ich habe das nicht verdient!«

Die Worte fließen nur so aus meinem Mund und obwohl ich weitersprechen möchte, bringe ich nur noch ein ersticktes Keuchen zustande. Vielleicht ist das auch besser so.

In diesem Moment tut Jo einen schnellen Schritt auf mich zu und packt mich mit einer Hand im Genick. Ich rudere kurz mit den Armen, will mich aus seinem Griff lösen, aber er ist so viel stärker und offenbar nicht mehr zu bremsen.

Er zieht mein Gesicht näher zu sich heran und küsst mich auf eine Weise, die mir bis zu diesem Zeitpunkt völlig fremd war. Hungrig geradezu.

In meinem Kopf explodiert etwas und ich weiß intuitiv, dass es nicht mein Drift ist. Er ist verstummt, so als hätte es ihn nie gegeben. Ich mobilisiere meine letzten Kraftreserven, um mich aus seiner immer enger werdenden Umarmung zu lösen, doch es hilft nichts. Er ist zu allem entschlossen. Nach einem weiteren, atemberaubenden Kuss packt er meine Hand und legt meinen Daumen auf den Sensor. Die Tür gleitet leise auf und wir stolpern in den Raum. Ich fühle mich wie eine Stoffpuppe, die er jederzeit in die Ecke schleudern kann, sollte er sie leid sein. Ich will etwas sagen, etwas unternehmen, aber mein Körper gehorcht mir nicht länger. Nachdem Jo mich angehoben und direkt vor dem Bett wieder abgesetzt hat, begreife ich auch warum. Mein Körper gehört ihm! Jeder Quadratzentimeter, jedes Haar, jeder Faser meines Selbst gehört Joaquim. ICH gehöre Joaquim!

Ich vergesse meine Wut, meine Angst und alles andere auch.

Ich vergesse, was vergessen ist!

Wie in Trance kralle ich mich in die Falten seines Hemds und versuche verzweifelt, die Knöpfe aufzubekommen. Doch meine Finger fühlen sich taub und unbeweglich an. Die Aufgabe scheint unlösbar. Doch da kommt er mir zur Hilfe und reißt sich das hinderliche Stück Stoff einfach runter, um es, ohne den Blick von mir abzuwenden, in die Ecke meiner Wohneinheit zu feuern.

Meine Nackenhaare stellen sich auf. Stück für Stück entledigen wir uns unserer Kleider, bis ich nur noch in Unterwäsche und Jo barfuß, nur noch mit seiner staubigen Hose bekleidet, vor mir steht.

Jetzt passiert irgendetwas. Als hätte jemand die Pause-Taste gedrückt, stagniert die leidenschaftlich aufgeladene Situation und Jos, eben noch wilder, Blick wird weich.

»Unglaublich«, flüstert er.

Unsicherheit überkommt mich. Jo hat mich bereits unbekleidet gesehen. Trotzdem fühle ich mich jetzt, in diesem Moment, noch leidlich verhüllt durch meine schwarze, uniforme CutOut-Unterwäsche, unendlich verletzlich und splitterfasernackt. Entblößt geradezu!

»Ich …«, beginne ich stotternd.

»Schsch«, macht er und schnellt nach vorn, um mir einen Finger auf die Lippen zu legen.

Überrumpelt mache ich ganz große Augen und wage es kaum mehr zu blinzeln.

»Nova. Weißt du eigentlich wie unglaublich schön du bist?«

Mir stockt der Atem. Dieser kleine Satz fegt alle Selbstzweifel hinfort und ich kann gar nicht anders, als zu lächeln. Das Wort »schön« blinkt und flackert vor mir auf wie die Anzeigen an den Server-Racks in der Kommunikationszentrale.

Schön.

Ich habe mich nie für hässlich gehalten, auch nicht für hübsch. Ich bin einfach Nova. Sehe aus, wie Nova eben aussieht. Und natürlich muss Jo mich hübsch finden. Er ist mein Freund, mein Vertrauter, meine perfekte Ergänzung. Aber wie seine wunderschönen Lippen diese Worte formen, sie mir wie ein Gedicht ins Ohr schweben lassen ... es muss die Wahrheit sein! In seinen Augen bin ich schön. Und er wiederum ist für mich der schönste Mensch auf der Welt - nein, im ganzen Universum.

Er deutet mein Zögern offensichtlich als ein Zeichen der Unsicherheit und rückt wieder ein Stückchen von mir ab. Fast wirkt er ein wenig unbeholfen. So schnell wir uns in diese Situation gebracht haben, so rasend wendet sich das Blatt nun.

Sichtlich beunruhigt beginnt er ein paar verstümmelte Worte herauszupressen.

»Wir müssen nicht ... Ich meine, wenn du noch nicht -«

Dieses Mal bin ich es, die auf ihn zuschnellt, ihm die Arme um den Hals schlingt und seinen Mund mit einem langen Kuss verschließt. Sein Versuch, mir eine Wahl zu lassen, in allen Ehren, für mich gibt es jetzt kein Halten mehr!

Wie konnte ich nur je daran zweifeln, dass es gefährlich oder verfrüht sein könnte, diesen Schritt zu tun, frage ich mich, während er mich sanft auf das Bett legt.

Wie konnte ich nur glauben, dass ich noch Zeit bräuchte, denke ich, als er meinen Hals und meine

Schulter mit Küssen übersät. Obwohl meine Emotionen hochkochen und ich bereits vollends die Kontrolle über meinen Körper verloren habe, bleibt mein Drift stumm. Ich hinterfrage es nicht weiter. Es fühlt sich richtig an. Richtig und gut!

Eine starke Hand schiebt sich derweil meinen Rücken hinauf und hebt meinen Oberkörper leicht an. Ich seufze auf. Und dann klinkt sich mein Verstand endgültig aus. Ich brauche ihn nicht mehr. Ich brauche nur noch Jo.

# 7. GEHEIM

Als ich neben Jo erwache, ist es mitten in der Nacht.

Die ersten bruchstückhaften Erinnerungen blitzen vor mir auf. Mein Gespräch mit Sawyer, der Streit mit Jo und dann ... Dann dieses Gefühl, dieses Wunder! Diese unbeschreibliche Sache, die ich mir so vollkommen anders und doch genauso vorgestellt hatte.

Ich taste vorsichtig nach seiner Hand. Eng aneinandergeschmiegt liegen wir nebeneinander. Ich finde sie, nur wenige Zentimeter neben meinem Gesicht. Sie ist groß und warm. Ich schiebe meine Hand darunter.

Ob er auch schon wach ist? Was wird das Erste sein, das er zu mir sagt? Was werde ich sagen? Oder reden wir gar nicht und knüpfen einfach dort an, wo wir aufgehört haben?

Ich verziehe den Mund zu einem wissenden Grinsen. Jetzt ist alles anders. Ich bin anderes. Wir sind es.

Auf einmal überkommt mich das kindisches Bedürfnis, zu Nume zu laufen und ihr davon zu erzählen. Wie albern, wie dumm ... wie schön ...

Ich lasse meinen Blick über die total zerwühlte Bettdecke schweifen. Mein rechtes Knie schaut hervor. Aber mir ist nicht kalt. Mir könnte gar nicht wärmer sein.

Dafür habe ich Durst und schaue mich suchend im Halbdunkel um. Irgendwo müsste noch eine Wasserration herumstehen. Ich wollte sie mit zum Training ins Feuerland nehmen, hatte sie aber vergessen.

Ich scanne die Ablage neben dem Bett, dann den Rest des Raumes. Dabei fällt mein Blick auf unsere Klamotten. Ein textiles Schlachtfeld, vom Bett bis zu dem kleinen Tisch, an der Wand.

Jo bewegt sich leicht hinter mir. Gleich wird er definitiv aufwachen. Und dann durchzuckt mich plötzlich dieser unwillkommene Gedanke.

Es sind seine Schuhe, achtlos von den Füßen gestreift, während wir uns gegenseitig unserer Kleider entledigten. Sie befinden sich nur einen Meter entfernt und tragen noch immer die verräterischen Spuren der Erdoberfläche. Doch es sind nicht bloß Schuhe. Es ist ein Hinweis, eine Gedächtnisstütze. Jo war zwei volle Tage ohne erkennbaren Grund im Feuerland und ich weiß noch immer nicht warum. Zugegeben, es hat mich in den letzten Stunden auch nicht sonderlich interessiert, aber vergessen habe ich meine Sorgen und meine Zweifel nicht.

»Hey«, flüstert Jo hinter mir und holt mich zurück ins Hier und Jetzt.

Ich räuspere mich. Mangels Wasser ist meine Kehle noch immer ganz trocken. Ich gebe also nur einen kleinen Laut von mir, der auch von einem pelzigen Tier hätte stammen können, und winde mich aus seiner Umarmung.

Ein wenig schäme ich mich, nackt wie ich nun mal immer noch bin, den halben Raum zu durchqueren und sein Hemd vom Boden aufzulesen. Schnell streife ich es mir über und vergesse dabei, dass ein Großteil der Knöpfe sich ebenfalls noch auf dem Boden befinden. Erleichtert finde ich einen intakten Knopf und ziehe mich so notdürftig an.

Vom Bett kommt ein zaghaftes: »Alles o. k.?«

Ich nicke verstohlen und finde endlich die verdammte Wasserration. Nach ein paar Schlucken trage ich sie zu

Jo. Er nimmt sie dankbar entgegen und trinkt ebenfalls etwas. Im sanften Licht des Leuchtstreifens über meinem Bett sieht er makellos aus. Wahrscheinlich würde er es ebenso bei gleißendem Tageslicht tun. Aber die Schatten, die jeden einzelnen seiner definierten Muskel umzeichnen, lassen ihn wie eine der alten Skulpturen aussehen. So welche, wie es sie in den Städten gibt. Aus weißem Stein mit glatter Oberfläche.

Es kostet mich einige Überwindung, ihn nicht lüstern anzustarren.

»Auf die Gefahr hin, dass ich mich wiederhole«, beginnt er erneut, »alles o. k.?«

Ich lächele ihn an.

»Ja. Alles o. k. ... mehr als das, denke ich.«

Er streckt die Hand nach mir aus und schiebt sie an meinem Ohr vorbei in mein Haar. Wieder bin ich froh, es nicht abgeschnitten zu haben.

»Komm wieder her«, fordert er mich auf und zieht seine Hand zurück, um die Decke ein Stück anzuheben.

Ich krieche darunter und schmiege mich an ihn. In meinem ganzen Leben habe ich mich nicht so gut gefühlt, so sicher und so lebendig. Als wären die vergangenen Stunden nur das Resultat aus allem, was ich bisher getan und entschieden habe. Als hätte mein Leben nur den einen Zweck gehabt, nämlich hier im Hauptquartier der Division, mit diesem Feuerlandwanderer in genau diesem Bett zu liegen. Wieso also drängt mein Verstand mich dazu, die wohl perfekteste Situation der Welt mit nur einer Frage zu zerstören? Ich finde darauf keine Antwort und kann nicht verhindern, dass mein sagenhaft sadistischer Verstand die Worte formuliert. Sie mitten in die Stille des von Glück erfüllten Raumes entlässt.

»Wo bist du gewesen, Jo?«

Ich spüre sofort, wie er sich anspannt. Egal was er mir antworten wird - sofern er dies überhaupt vorhat -, es muss ihn ziemlich belasten. Er wird also entweder lügen oder mir gleich etwas sagen, das ich vielleicht gar nicht hören will. Beide Optionen gefallen mir kein bisschen.

Eine quälend lange Minute bleibt es still. Ich werde meine Frage nicht wiederholen. So viel Selbstachtung habe ich. Er muss es mir erklären. Er muss es einfach. Sollten Geheimnisse zwischen uns jemals akzeptabel gewesen sein, so hat sich diese Regelung heute Nacht geändert. Ich bin ein offenes Buch für ihn und erwarte umgekehrt dasselbe.

»Nova …«

Dann wieder nichts.

»Nova, ich will dich nicht anlügen. Wirklich nicht.«

»Dann tu es nicht«, erwidere ich kleinlaut.

Er zieht scharf die Luft ein.

»Es geht nicht anders. Du musst mir einfach vertrauen. Kannst du das tun? Bitte … vertrau mir einfach.«

Unter anderen Umständen hätte ich es getan.

Damals im Auto, mitten im Feuerland, als Jo sich weigerte, mir sein ominöses Geheimnis anzuvertrauen, habe ich stillgehalten. Und wahrscheinlich gibt es kaum einen Menschen auf dem Erdball, welchem ich mehr vertraue. Trotzdem! Jetzt und hier kann ich nicht einfach still sein und ihn weiter Rätselhaftes sagen und tun lassen. Ich muss es wissen!

»Vertrauen entsteht nicht einfach so. Vertrauen muss man sich verdienen. Und allmählich habe ich das Gefühl, dass du alles daran setzt, mein Vertrauen mit Füßen zu treten.«

Ich sage die Worte leise und so gefasst wie nur möglich. Ich will mich nicht wieder streiten. Ich will mich NIE wieder streiten. Aber er ist am Zug und ich werde nicht klein beigeben.

»Ich verstehe es ja. Aber bitte verzichte in dieser einen Sache auf eine Erklärung. Du musst das für mich tun.«

Ein kleiner Teil in mir will nachgeben. Seine Stimme klingt so ernst, so flehend. Aber der Teil ist zu klein und sein Gegenpart gigantisch. Ich kann nicht nachgeben.

»Du musst ehrlich zu mir sein, sonst …«

Ja, was eigentlich sonst? Lüge ich ihn dann auch an, nur um ihn zu strafen, oder will ich ihn nicht mehr sehen? Dazu wäre ich nicht mal fähig. Mir fehlt hier eindeutig ein Druckmittel.

»Nova …«

»Sonst machst du alles kaputt.«

So! Das trifft es auf den Punkt. Er riskiert unser beider Vertrauen, unsere unabwendbare Verbindung, die so viel mehr wert ist als sein blödes Geheimnis.

»Meinst du das ernst?«, fragt er unsicher.

»Ja.«

Darauf folgt eine weitere Minute Schweigen, welche sich allerdings wie eine Stunde anfühlt. Schließlich angelt Jo nach seiner Unterwäsche und streift sich sogar die dreckige Hose wieder über. Einen Moment lang befürchte ich, er könne einfach abhauen. Mich hier zurücklassen und die Bewahrung seiner düsteren Geheimnisse meiner Gesellschaft vorziehen. Doch dann beginnt er im Raum auf und ab zu laufen. Dabei fährt er sich immer und immer wieder durch die Haare und scheint geradezu körperliche Barrieren überwinden zu müssen, um sich selbst die Informationen zu entlocken und sie mir zu offenbaren. Plötzlich bleibt er stehen und deutet mit dem Finger auf die Armaturen neben der Tür.

»Mach das funktionsuntüchtig«, befiehlt er.

»Was?«, krächze ich verständnislos.

»Zerstöre es. Falls versehentlich irgendwas aufgezeichnet oder überwacht wird, ist es hier nicht möglich, offen zu sprechen.«

Ich staune nicht schlecht. Ist mein Freund jetzt wahnsinnig?

»Ich werde auf gar keinen Fall den CutOut demolieren, zumal es total irrsinnig ist. Arros überwacht niemanden von uns. Ganz sicher nicht!«

»Ich würde mich dann besser fühlen. Tu es einfach.«

»Nein!«, erwidere ich immer noch ehrlich erstaunt und springe aus dem Bett.

Schnell streife ich mir ebenfalls meine Hose über und tausche das Hemd gegen mein Tanktop. Dabei entgeht mir keinesfalls der kurze Blick, den Jo auf meinen entblößten Oberkörper wirft. Seltsamerweise verschafft er mir dieses Mal Selbstvertrauen, anstatt mich zu verunsichern.

»Komm. Es gibt andere Möglichkeiten, sich ungestört zu unterhalten.«

Damit öffne ich die Tür und rausche hinaus. Jo folgt wenige Sekunden später. Die Schuhe in der Hand, wollte er es offenbar nicht wagen, mit nacktem Oberkörper durch die Gänge des nächtlichen CutOuts zu schleichen.

Wir durchqueren die totenstille, große Ebene und ich führe Jo hinaus. Welcher Ort könnte für solch eine Unterhaltung geeigneter sein als unser Ort? Unser geheimer Platz an der Nachtsonne.

Jo sieht nicht begeistert aus. Trotzdem lässt er sich neben mir nieder.

Über uns befinden sich die Sterne. Ein Anblick, welcher schöner nicht hätte sein können, in einer Nacht, die eigentlich die bedeutendste meines Lebens hätte sein sollen. Nun wird sie vielleicht die enttäuschendste.

»Ist dir dieser Ort nicht recht?«, frage ich gespielt amüsiert. »Soll ich vielleicht nach Kameras oder Mikrofonen suchen?«

»Nein. Ist schon in Ordnung. Ich will nur nicht …«

»Was willst du nicht?«

»Ich verbinde hiermit nur schöne Erinnerungen. Ich will das nicht kaputt machen.«

Wieder überkommt mich das ungute Gefühl, dass ich gleich Dinge zu hören bekomme, die ich lieber nicht wissen möchte. Doch ich sage nichts weiter. Eine Weile starren wir in die Nacht. Ich habe Angst mich zu bewegen. Als könnte jede noch so kleine Geste von mir ihn umstimmen. Ich spüre, wie sehr er mit sich ringt.

Als er schließlich zu sprechen beginnt, fühlt es sich fast unnatürlich an, die Stille der Nacht mit unserer Unterhaltung zu stören.

»Du darfst es niemandem sagen, Nova. Hörst du? Niemandem! Auch nicht Jakob oder Nume.«

Ich nicke energisch. Wenn er mich darum bittet, werde ich mich an mein Versprechen halten. Schließlich ist das Motto dieser Nacht »Vertrauen«.

»Du wolltest wissen, wo ich die letzten zwei Tage war. Die Antwort darauf ist nicht einfach zu begreifen und zieht 'ne Menge anderer Fragen nach sich. Ich will versuchen, es so gut ich kann, zu erklären, aber du musst mir versprechen, absolutes Stillschweigen zu bewahren. Niemand darf es erfahren.«

Ich frage mich, wie oft er diese Ansage noch wiederholen will. Es scheint, als würde er nur Zeit schinden.

»Jo. Ich verspreche es. Ganz sicher. Ich werde es niemandem erzählen.«

»Es wird dir schwerfallen.«

»Ich strenge mich eben an.«

Er reibt die Hände aneinander, als wäre ihm kalt, dabei sind es gefühlte 1000 °C hier draußen.

»Jo?«, wage ich einen neuen Anlauf, »wo bist du gewesen?«

So sehr er sich um die Antwort gedrückt hat, so schnell schleudert er sie mir plötzlich entgegen.

»Ich war bei den Grauen.«

Unfähig darauf etwas zu erwidern, blinzele ich nur ein paar Mal und starre ihn verständnislos an.

»Das klingt jetzt ganz anders, als es eigentlich ist. Ich meine, es sind nicht die Grauen, an die du jetzt denkst. Nicht diese Armee, die an den Schiffen gebaut hat. Es sind … andere.«

Es dauert, bis ich einen zusammenhängenden Satz artikulieren kann.

»Nicht die … Grauen? Welche dann? Wovon redest du da?«

»Ich weiß etwas mehr über diese Menschen als du oder Sawyer«, gibt er zögerlich zu.

Ich bin noch nicht ganz sicher, ob mich das wütend oder bloß neugierig macht. Also hebe ich nur das Kinn, um ihm zu zeigen, dass ich mehr hören will.

»Es gibt Menschen da draußen, Nova. Ich meine RICHTIGE Überlebende. Menschen, die noch von den Leuten aus der alten Zeit abstammen.«

Ich habe keine Ahnung warum, aber ich lache plötzlich hysterisch auf. Es überkommt mich einfach. Wie ein Schluckauf.

»Was redest du da? Das ist nicht möglich! Wir wüssten davon. Die Regierung wüsste davon.«

»Die Regierung WEIß davon.«

Ich verstehe nun gar nichts mehr. Meine Fingerspitzen kribbeln, als ich mich schlagartig daran erinnere, wie ich Jo vor einiger Zeit von den grauen Markierungen auf den Krankenakten berichtet habe. Er konnte sich keinen Reim darauf machen. Genau wie ich und Sawyer.

»Du hast gelogen!«, keuche ich. »Als ich dir von den Grauen erzählt habe, hast du mich angelogen. Du wusstest, dass es sie gibt! Warte! Noch mehr als das, oder? Du weißt, was sie sind!«

Meine Worte überschlagen sich beinahe, so durcheinander bin ich.

»Ja. Das versuche ich ja gerade zu erklären. Die Menschen, die ihr und unser idiotischer Souverän als ›Graue‹

bezeichnet, sind nichts anderes als die Überreste der alten Zivilisation. Es sind Menschen wie du und ich. Aber sie leben hier draußen. Schon von Anfang an.«

»Das ist nicht möglich«, erwidere ich kopfschüttelnd, »hier kann nichts und niemand überleben. Es gibt einen Grund, warum die HUBs existieren!«

»Sicher. Der Grund ist Kontrolle.«

»Nein, Jo. Es ist mehr als das. Auch wenn die Regierung fragwürdige Methoden hat, so wurden die HUBs doch nur aus einem Grund gebaut: Um unser Überleben zu sichern.«

»Du meinst, um EIN Überleben zu sichern. Das die HUBs existieren, schließt andere Überlebende ja nicht aus.«

Ich starre ihn ungläubig an.

»Und du warst bei ihnen? Zwei Tage lang?«

Er schüttelt den Kopf.

»Nein. Nicht die ganze Zeit. Der Weg ist lang und ich musste aufpassen, wegen der Soldaten. Ich war nur ein paar Stunden dort.«

Ich bekomme es einfach nicht in den Schädel. Was versucht Jo mir hier zu sagen?

»Woher wusstest du, wo sie sind? Wie kamst du überhaupt auf die Idee? Und wann? Wann hast du beschlossen, diese Menschen aufzusuchen.«

»Vor etwa fünf Jahren.«

Mein Hirn scheint im Inneren meines Schädels zu rotieren. Obwohl ich auf der Erde sitze, habe ich das Gefühl, das Gleichgewicht zu verlieren.

»Was?«, zische ich.

»Ich kenne diese Leute schon eine ganze Weile. Wenn man Späher ist, oder werden will, kommt man viel rum. Das weißt du ja. Und so bin ich eines Tages eben auf sie gestoßen.«

»Im Vorbeigehen oder was? Jo! Das kann doch nicht dein Ernst sein!«

»Es ist eine lange Geschichte«, sagt er abweisend.

»Ich hab die ganze Nacht Zeit!«

»Ich meine ja nur, es genügt doch, wenn ich versuche, dir zu erklären, wieso mir das alles so wichtig ist.«

»Ich bin ganz Ohr!«

»Die Grauen, wie ihr sie nennt, sind wie gesagt Menschen, die im Feuerland leben. Über die Jahrzehnte haben auch sie sich weiterentwickelt, sich ihrer Umgebung angepasst. Sie sind anders als wir. Ich will es nicht primitiv nennen … eben anders. Sie haben gelernt, sich der Situation anzupassen, und nachdem das System der HUBs sich zu dem entwickelt hat, was wir heute kennen, wurde es für sie immer schwerer.«

Er schaut nach oben zu den Sternen und überlegt kurz. Ich habe vergessen, wie man spricht. Ich bin nur noch eine nutzlose Hülle, die fassungslos zuhören kann.

»Du weißt ja, anfangs ließen sie niemanden in die HUBs hinein und dann, später - und ich meine viel später - begannen sie, die Überlebenden zu jagen. Sie sammelten sie praktisch ein und verfrachteten sie an einen anderen Ort.«

»Wie ›an einen anderen Ort‹?«

»Ich würde auf denselben Ort tippen, den Sawyer versucht zu finden. Da, wo sie die Schiffe bauen.«

Plötzlich fällt mir ein, dass Jo noch gar nichts von Anny weiß, aber ich will ihn nicht unterbrechen. Anny, der Souverän und Sawyers Pläne sind mir gerade herzlich egal.

»Das bedeutet, es gibt Graue, die an den Schiffen bauen, die wiederum nichts anderes sind als entführte Menschen aus den Reihen deiner … Freunde?«

»Genau.«

»Wie viele von ihnen gibt es? Ich meine da draußen?«, frage ich und deute mit dem Finger in die dunkle Weite.

»Ne Menge.«

Das ist ziemlich ungenau, aber ich will nicht zu fordernd wirken.

»Aber wie haben sie überlebt? Ich meine, wie ist das möglich?«

»Es ist eine Entwicklung. Sie haben sich angepasst, haben Mittel und Wege gefunden.«

»Und leben sie auch unter der Erde, so wie wir?«

»Die meisten schon. Also nicht in HUBs, aber unter den alten Städten und in Höhlen. Aber sie können die Temperaturen ebenfalls besser ab als die Commons. Es hat sich über die Generationen hinweg so entwickelt. Es ist wie eine natürliche Version des Drift-Gens, nur eben ohne Drift ...«

Er zuckt mit den Schultern.

»Ich weiß nicht, wie ich es besser beschreiben soll. Es ist einfach so. Sie sind da und sie kommen gut klar.«

»Jo?«

»Hmm?«

»Wieso hast du mir das nie erzählt? Ich meine, was würde passieren, wenn Sawyer und die anderen es erfahren?«

Er versteift sich merklich unter meinem Blick und wirkt eine Sekunde lang richtig kampflustig. Ich wundere mich, dass meine simple Frage bei ihm diese Reaktion hervorruft.

»Ich muss sie schützen, verstehst du das nicht? Für sie sind wir alle gleich. Blaue, Gelbe, die Division. Ich bin der Einzige, dem sie vertrauen. Niemand darf von ihnen erfahren!«

Ich habe das Gefühl, diese Rechtfertigung ist nur die halbe Wahrheit.

»Und das ist es also? Das ist dein Geheimnis?«

Er wendet den Blick ab, nickt aber kurz.

»Da ist noch mehr, oder etwa nicht?«, stochere ich weiter.

Jo dreht sich langsam zu mir um und vermeidet es stoisch, mir direkt in die Augen zu sehen. Ich würde am liebsten schreien.

»Du musst das verstehen. Diese Leute sind für mich wie eine Familie. Sie sind ein Teil von mir und ich würde alles für sie tun. Du kannst dir das jetzt nicht vorstellen, weil sie für dich nur eine unbekannte Ziffer sind, eine imaginäre Vorstellung, aber für mich sind sie Brüder, Schwestern und … Eltern zugleich.«

Er nimmt meine Hand und schaut sie lange an. So als könne er in ihr etwas ablesen.

Seine Worte berühren mich. Ich kann verstehen, dass mein Freund, der in einem blauen HUB aufgewachsen ist und niemals erfahren durfte, was eine Familie ist, sich einen Ersatz gesucht hat. Trotzdem bleibe ich wachsam. Ich spüre, dass er noch nicht fertig ist. Das dicke Ende kommt erst noch.

»Nova«, er hebt den Blick und sieht mich ernst an, »ich kann hier nicht weg.«

Ich höre seine Worte, aber die Botschaft dringt nicht zu mir durch.

»Was meinst du damit? Wo nicht weg?«, frage ich unsicher.

»Ich kann nicht mit, nach Salgaia. Weil sie es auch nicht können und weil ich hierbleiben will!«

Der entfernte Planet war für mich nie greifbar. Überhaupt, die Vorstellung schon in naher Zukunft ein Raumschiff zu besteigen und die Erde zu verlassen - damit habe ich mich eigentlich nie genauer befasst. Zu vieles ist geschehen, zu viel ist noch zu tun, aber natürlich, wenn alles vorüber ist, wenn der Krieg geführt und die Fronten geklärt sind, dann werden die Menschen die Erde verlassen und nach Salgaia gehen. Das war schon immer der Plan. Schon zu Alois Beziers Zeiten war dies das Ziel. Und nachdem wir wissen, dass die Raumschiffe fertiggestellt und bereit sind, wäre es auch für Jo, mich und all die anderen Mitglieder der Division die letzte Etappe auf unserem Weg. Der Aufbruch nach Salgaia. Vereint. Blaue und Gelbe, gemeinsam.

»Du willst hierbleiben? Hier?«, stammele ich.

»Ja. Das will ich.«

Plötzlich ziehen die Bilder wie Schatten vor meinem inneren Auge vorüber.

Jo, der den CutOut schon ganz kurz nachdem Mailo, Sawyer und ich ihn aus dem HUB gerettet haben, immer öfter zum Spähen verlässt.

Er hat sich mit seiner »Familie« getroffen.

Jo, der meine Entdeckung der Grauen ungerührt abtut, als wäre es nicht wichtig.

Er wollte seine Freunde beschützen.

Jo, der in dem riesigen Gebäude in der alten Stadt auf ein Hologramm starrt und den Einsatzbefehl liest. Es war nicht der Schock über die große Zahl an Grauen, die der Souverän uns entgegensetzen wollte.

Er hatte Angst um sie. Er wusste, dass sie gegen ihren Willen dazu gezwungen wurden.

»Du hast mich die ganze Zeit über belogen. Mich und die anderen.«

Ein panischer Anflug huscht über sein Gesicht.

»Es musste sein. Ich konnte nicht anders.«

»Nein, du wolltest nicht anders. Du hättest es mir sagen können. Wie oft warst du draußen, um bei ihnen zu sein?«

Er senkt den Blick.

»Beinahe jedes Mal, wenn ich den CutOut verließ, ging ich zu ihnen.«

Da wird es mir klar. Wie blind ich doch war! Aber woher hätte ich es wissen sollen?

»Deswegen wolltest du mich nicht dabei haben. Jo, ich dachte du machst dir Sorgen um meine Sicherheit!

Ich hatte solche Angst, dich zu enttäuschen, als wir das erste Mal gemeinsam rausgingen, um die Soldaten zu belauschen. Gott war ich dämlich!«

Ich entziehe ihm meine Hand und springe auf.

»Aber ich HABE mir Sorgen gemacht!«, erwidert er und steht ebenfalls auf.

»Wohl eher um deine geheimen Treffen!«, gebe ich barsch zurück.

Ich bin plötzlich so sauer. So verletzt und überfordert mit all den neuen Informationen.

Jo weiß nicht, was er erwidern soll, und scharrt unsicher mit einem Fuß im Sand.

»Und jetzt erwartest du von mir, dass ich den anderen nichts von diesen Menschen sage, obwohl die uns möglicherweise den zahlenmäßigen Vorteil gegenüber den Blauen bieten könnten?«

Ein wütender Zug tritt in seine Miene.

»Du begreifst nicht, was ich versuche dir zu sagen, oder? Für diese Leute gibt es keine Platzreservierung. Sie können nicht mitkommen nach Salgaia. Selbst wenn wir gewinnen, müssten sie hierbleiben. Sollen wir sie dafür in die Schlacht schicken? Damit WIR hier wegkommen? Was würde uns dann noch von der Regierung unterscheiden?«

Frustriert und aufgebracht über diese irrwitzige Unterhaltung keife ich zurück: »Dann bauen wir eben noch mehr Schiffe, sobald das System gestürzt ist!«

»Die haben über hundert Jahre gebraucht, um diese Teile zu bauen, Nova! So was verdoppelt man nicht mal eben! Versteh doch: Es gibt hier keinen Plan B! Sie müssen hierbleiben oder die Gelben müssen es. Und das wird nicht geschehen.«

Die Verzweiflung droht mich unter sich zu begraben. Ich weiß nicht, was ich noch erwidern kann. Es ist alles so verrückt und so erschreckend.

Ich trete einen Schritt zurück, vergrößere den Abstand zwischen ihm und mir, dabei fühlt es sich ohnehin an, als läge eine breite Schlucht zwischen uns.

»Und dann ist deine Lösung also, das ich in ein paar Wochen oder Monaten eines dieser Schiffe besteige und du hier bleibst. Bei denen«, füge ich schroffer als geplant hinzu.

Als Antwort auf meine Frage, die eindeutig eher eine Feststellung ist, erhalte ich nur einen undurchdringlichen Blick.

Jo ist wieder zu Joaquim geworden und setzt seine Maske auf. Selbst wenn ich Majas Fähigkeiten hätte, würde ich nicht herausbekommen, was er denkt. Demnach habe ich ins Schwarze getroffen.

Nicht nur, dass Jo mich fast zwei Jahre lang hintergangen hat, er fühlt sich diesen Menschen mehr verpflichtet als der Division und vor allem … vor allem ist er bereit, mich gehen zu lassen, um bei ihnen zu bleiben.

Ich habe mir nie wirklich etwas unter einem gebrochenen Herzen vorstellen können. Wie soll ein Herz brechen? Liebe ist letztendlich auch nur ein chemische Reaktion. Wenn auch sehr komplex und einzigartig für jeden, der sie erfährt, ist es nur ein Überschuss an Hormonen und irgendwelchen Botenstoffen, die dem Gehirn sagen: Du bist verliebt!

Doch jetzt gerade, hier im Feuerland, unter der Nachtsonne, nachdem Jo und ich den Höhepunkt unserer Beziehung mit der wohl seltsamsten Unterhaltung aller Zeit gekrönt haben, weiß ich es genau. Ich erfahre am eigenen Leib, wie sich solch ein gebrochenes Herz anfühlt. Viel schlimmer ist aber, dass ich keine Ahnung habe, wie man es heilt.

# 8. BLAUE, GELBE, GRAUE

Ich betrachte die Metallstreben über mir. Um meinen Verstand mit etwas wunderbar Sinnfreiem, Banalem zu beschäftigen, frage ich mich, wer sie wohl dort oben angebracht hat? Die Erbauer? Arros? Sie sind ziemlich weit oben. An einigen sind Seile zum Hochklettern befestigt. Wie es wohl wäre, an ihnen empor, bis zu der Metallkonstruktion hinaufzuklettern? Ich könnte es probieren. Vielleicht falle ich runter und breche mir das Genick? Besser als hier nur herumzuliegen. Besser als nachzudenken. Besser als nichts.

»Was tust du hier?«

Ich wende den Kopf leicht nach links und sehe Nume mit erstaunter Miene über mir stehen. Von hier unten sieht sie riesig aus. Riesig und sauer.

Es wundert mich nicht, dass ihre Frage ein wenig vorwurfsvoll klingt. Ich mache mich rar in letzter Zeit.

»Ich bewundere die Architektur.«

»Aha.«

Ich drehe meinen Kopf wieder weg und starre weiter an die Decke. Eigentlich bin ich hergekommen, um an meiner Rechten zu arbeiten. Zumindest war das der Plan. Aber dann erschien es mir sinnvoller, mich in die Mitte des Nahkampfrings zu legen und vor mich hin zu grübeln.

»Und? Bist du dann jetzt damit fertig? Können wir gehen?«

Überhaupt grübele ich gerne und viel in den letzten Tagen. So viele Gedanken und Fragen. Ein wunderbar einseitiger, nie enden wollender, innerer Monolog.

Wie ich diesen Zustand hasse!

Aber ich kann mich niemandem anvertrauen. Nicht einmal Nume.

Plötzlich fällt mir auf, dass Nume eigentlich noch nie hier war. Das Fitness-Level und sie sind sich so fremd wie ich und ihre Agrar-Ebene. Sie hat mich offenbar gesucht. Das ist ungewöhnlich.

»Wohin gehen?«, frage ich matt.

»Die Sitzung, Nova! Wir verpassen das Treffen …«

Ich stöhne auf. Daran hatte ich gar nicht mehr gedacht.

»Ist die heute?«

»Nein, ist sie nicht! Ich stelle nur so zum Spaß den ganzen CutOut auf den Kopf, um dich zu finden! Komm jetzt!«

Ich wälze mich auf die Seite und stütze mich mit dem Ellenbogen ab. Das Gewicht meines Kopfes ist erschreckend. Lieber würde ich einfach liegen bleiben.

»Ich weiß nicht …«, nörgele ich.

Nume setzt ein beleidigtes Gesicht auf.

»Was weißt du nicht? Ob du hingehen sollst? Jetzt hör aber auf! Natürlich musst du!«

Sie stürzt auf mich zu und packt meine Hand. In Folge dieser groben Geste rutscht mein Kopf ab und prallt hart auf den Boden. Nun hänge ich wie ein nasser Sack, mit ausgestrecktem Arm an ihrer Hand.

»Schon gut!«, fluche ich, als sie damit beginnt, wie wild an mir zu zerren, und mich ein ganzes Stück über den Boden schleift.

»Gut! Ich habe auch überhaupt keine Lust dein Kindermädchen zu spielen!«, giftet sie mich an, aber ich merke sofort, dass sie eher besorgt als böse ist. Hinter jedem ihrer bissigen Worte steckt eine stille Frage. Sie will mehr über meinen Zustand erfahren und vor allem über dessen Ursache.

Ich rappele mich auf und folge meiner Freundin mit hängenden Schultern zu den Aufzügen.

»Es ist in Ordnung, wenn du mir nicht sagen willst, was zwischen dir und Joaquim vorgefallen ist. Und DAS etwas passiert ist, sieht ein Blinder, also leugne es nicht!«, plappert sie, während wir Stockwerk um Stockwerk in die Höhe schießen. »Obwohl ich als deine beste Freundin natürlich ein Anrecht auf sämtliche Informationen habe und schwer enttäuscht bin, weil du mich so grausam ausschließt, ist es o. k., wenn du ein bisschen für dich sein willst. Aber eine Woche, Nova? Das ist doch sonst nicht deine Art ...«

Sie schaut mich mitleidig an. Aber sie weiß ja auch nicht, dass mein »Freund« uns alle belogen hat und bereits an unserer Trennung arbeitet. Nur dass er dabei nicht wie andere Typen eine kurze Nachricht über den Kommunikator schickt oder sich irgendeiner Ausrede bedient - nein! Er hat vor, gleich ein paar Lichtjahre zwischen uns zu bringen!

Und als wäre das nicht schlimm genug, macht er auch keine Anstalten, mich zu besänftigen.

Seit unserer folgenschweren Unterhaltung im Feuerland, reden wir kaum noch. Er war nicht eine Nacht bei mir und wir beschränken uns auf das Nötigste. Kurze Blicke, Gerede über die Ausrüstung, die Hitzepeaks. Nichts, was auch nur ein wenig mit seinen dramatischen Geständnissen zu tun hat.

»Jetzt mal ehrlich, Nova! Was ist da passiert zwischen euch? Seit Joaquim wieder da ist, benehmt ihr euch wie zwei Zombies. Du kannst es mir doch sagen. Dazu bin ich doch da.«

Wenn sie wüsste, wie gerne ich darüber reden würde. Aber ich musste ja dieses dämliche Versprechen abgeben! Es ist zum Verzweifeln!

»Hey«, sagt Jakob, der auf einmal neben uns auftaucht, als wir den Fahrstuhl verlassen. »Zoe sagt, heute ist eine Sitzung? Sehen wir uns danach?«

Nume zuckt mit den Achseln und meint: »Weiß noch nicht. Ich hab noch ne Menge auf dem Agrar-Level zu tun. Vielleicht später?«

Ich nicke zustimmend und lächele Jakob an.

»Du verbringst ne Menge Zeit mit Zoe, oder?«

Ganz automatisch wirft er Nume einen Blick zu und läuft rot an.

»Keine Ahnung was du meinst. Dann bis später, ja?«

Er zieht den Kopf ein und saust davon.

Nume und ich passieren die Galerie und steuern auf die Kommunikationszentrale zu. Vor ihr steht - natürlich - Jo.

Ich senke sofort den Blick und mache mich unsichtbar. Nume verstummt. Sollte sie erwartet haben, dass ich ihr irgendwas erzähle, ist der Moment definitiv vorüber. Solange Jo in Hörweite ist, bin ich nicht mal in der Lage zu sprechen. Selbst wenn es nur um Schutzbrillen oder Klopapier ginge.

Wir passieren Jo am Eingang der Zentrale und ich nehme dankbar zu Kenntnis, dass Nume ihm einen bitterbösen Blick zuwirft. Obwohl die keinen blassen Schimmer hat, was zwischen uns vorgefallen ist, stellt sie sich automatisch auf meine Seite. Ich verkneife mir ein Lächeln. So schwer ist das nicht, denn in Jos Nähe ist jede positive Gefühlsregung seit Tagen nicht mehr möglich.

Da ich ihm nicht ins Gesicht schauen mag, kann ich nicht einschätzen, ob er mich ansieht oder mich gleichermaßen ignoriert. Ich fühle mich erbärmlich. Niemals hätte ich gedacht, dass es überhaupt möglich wäre, NICHT mehr mit Jo zu reden. Mit ihm herumzuwitzeln, ihn zu berühren. Das ist einfach unvorstellbar und doch so schnell geschehen. Von einem Tag auf den anderen waren wir Fremde füreinander. Einfach so.

»Setzt euch, es geht gleich los«, sagt Sawyer und deutet auf die Sessel.

Erst beim zweiten Hinschauen bemerke ich die blonde Schönheit neben ihm. Wer sie ist, kann ich mir denken. Trotzdem bin ich enorm überrascht, sie so schnell hier im CutOut zu sehen zu bekommen.

Anny.

»Ist das …?«, flüstert Nume mir zu und ich nicke verhalten.

»Wow!«, entfährt es ihr, glücklicherweise ziemlich leise.

Ich setze mich hin und taxiere Anny unauffällig. Doch da alle im Raum dies tun, dürfte sie sich ohnehin schon extrem beobachtet fühlen.

Nume hat recht. »Wow« beschreibt es ganz treffend. Anny ist groß, schlank, blond, hat kristallklare, blaue Augen und selbst wenn sie eine andere, langweiligere Farbe hätten, wäre ihr Blick dennoch überwältigend fesselnd. Sie strahlt eine Ruhe und Freundlichkeit aus, die in einem augenblicklich den Wunsch nach einer Umarmung oder einer ähnlich vertrauten Berührung aufkeimen lässt. Und obwohl ich diesen Effekt soeben an mir selber festgestellt habe, macht es mich rasend, dass Jo sie ebenso fasziniert anhimmelt wie wir anderen.

Meine Finger krallen sich in die Armlehnen meines fluffigen Sektionsleiter-Sessels. Seltsamerweise bin ich kein Stück sauer auf Anny. Obwohl meine Eifersucht praktisch dreidimensional im Raum schwebt, kann sie ja nichts dafür, dass sie eine Augenweide mit überdurchschnittlich sympathischer Aura ist.

Ich wende den Blick ab und versuche beide, sowohl Anny als auch meinen Freund von nun ab zu ignorieren. Das ist sicherer für uns alle.

»Ich glaube, wir sind dann komplett«, stellt Pete fest und die Sitzung beginnt.

Obwohl es gänzlich überflüssig ist, stellt Sawyer uns Anny vor. Während er noch einmal die Fakten aufzählt und erklärt, was Annys Funktion innerhalb des Forscherteams rund um die Raumschiffe ist, bleibt sie kerzengerade stehen und blickt zaghaft lächelnd in die Runde.

Sawyer hingegen ist alles andere als zaghaft. Er wirkt geradezu ungestüm. Er stößt versehentlich mit dem Fuß gegen Stuhlbeine, beginnt zwischendurch zu stottern, und fährt sich immer wieder mit der Hand durch die Haare. Hierbei fällt mir auf einmal ein Muttermal an seiner rechten Hand auf. Es ist eigentlich ziemlich unübersehbar, aber zuvor war es mir nie aufgefallen. Allerdings achtet man bei Sawyers charismatischer Erscheinung auch meist auf die Augen und seine Mimik, nicht auf die Hände. Weil er so wild herummacht, kann ich es nicht genau erkennen, aber auf den ersten Blick sieht es ein wenig aus wie eine Spinne mit vielen Beinen, oder eine Sonne, wie sie ein kleines Kind malen würde.

»Ähm, Anny? Willst du ein paar Worte sagen?«, fragt Sawyer zögerlich, als er mit seiner kleinen Ansprache fertig ist.

Sie nickt und tritt einen Schritt vor. Sawyer setzt sich erleichtert hin und schluckt mehrmals. Obwohl er ziemlich fröhlich auf mich wirkt, scheint ihn das ganze Anny-Thema weiterhin aufzuwühlen.

»Wie gesagt. Mein Name ist Anny«, beginnt die Elfe und alle hängen an ihren Lippen, so als hätte sie gesagt: »Ich schenke euch ewiges Leben.«

Wieder blicke ich verstohlen zu Jo hinüber und versuche herauszufinden, ob seine Zunge bereits aus seinem Mund hängt. Erleichtert stelle ich fest, dass dies nicht der Fall ist. Er sieht sogar plötzlich ziemlich abwesend aus.

»Ich denke, Sawyer hat euch bereits erzählt, dass ich mich glücklicherweise in einem der HUBs befand, die in jüngster Zeit von der Division übernommen wurden, und so Kontakt zu ihm aufnehmen konnte. Später bin ich dann mit einer kleinen Gruppe Forscher geflüchtet, um den Anschein zu wahren, dass ich noch immer auf der Seite der Regierung stehe.«

»Wieso sollten wir dir das glauben?«, wirft Nume ein und ich muss mich schwer zusammenreißen, um nicht loszuprusten.

»Bitte?«, erwidert Anny überrascht.

»Na ja, woher sollen wir wissen, dass du nicht tatsächlich noch für sie arbeitest und uns nur ausspionieren sollst?«, hakt Nume weiter nach.

»Wir haben da in jüngster Zeit ein paar ganz miese Erfahrungen gemacht«, fügt Arros erklärend hinzu und wendet sich dann direkt an Nume, »aber ich habe es ja bereits gesagt, für Anny lege ich meine Hand ins Feuer. Sie ist auf unserer Seite. Punkt!«

Anny legt ihm dankbar eine Hand auf den Unterarm und lächelt meinen Trainer an. Wieder durchzuckt mich Eifersucht. Irgendwie gefällt es mir nicht, dass Arros Anny schon so lange kennt und sie offenbar mehr als nur gern hat. Doch dann erkenne ich, wie albern das ist. Wieso sollte Arros sie denn auch nicht gerne haben? Anny scheint wirklich nett zu sein und Arros ist ein gutmütiger Kerl, auch wenn er das nicht oft heraushängen lässt.

»Danke Arros. Aber ich verstehe, ähm …«, sie starrt Nume hilfesuchend an.

»Nume!«, sagt meine Freundin kurz angebunden.

»Also ich verstehe Numes Bedenken durchaus. Kaum einer von euch kennt mich. Daher ist es nur logisch, dass ihr vorsichtig seid.«

Die anderen nicken wohlwollend, als würde die Tatsache, dass Anny Verständnis zeigt, schon genügen, um alle Bedenken wegzufegen.

»Ich kann euch kaum einen Beweis für meine Loyalität liefern, daher befinden wir uns in einer schwierigen Situation. Aber wenn ihr gewillt seid, mir ein Stück weit zu vertrauen, werde ich euch nicht enttäuschen. Und … nach allem, was ich von Sawyer weiß, habt ihr ansonsten nicht viele Alternativen«, fügt sie kleinlaut hinzu.

Nachdem erst mal niemand weiter etwas einzuwenden hat, holt Anny tief Luft und fährt mit ihrer ursprünglichen Rede fort.

»Ich arbeite jetzt sein einigen Jahren mit am Projekt Salgaia. Es ist und war das bedeutendste Vorhaben, das die Menschheit jemals auf die Beine gestellt hat. Ein Jahrhundert Forschung, Entwicklung und Wissen stecken darin. Und nun sieht es ganz so aus, als wären wir am Ziel angelangt.«

Ihrer Stimme entnehme ich einen gefährlichen Stolz. Sie steht zu 100 Prozent hinter dem Projekt. Wie kann sie ihre Leute verraten, wenn sie ihre Arbeit so liebt?

»Ich weiß nicht, wie viel Sawyer euch von mir erzählt hat«, sie wirft ihm einen schüchternen Blick zu und er wird sofort knallrot, »aber ich war vom Gedanken der Division nie sonderlich überzeugt.«

Nume zieht scharf die Luft ein und Pratap beugt sich gespannt ein Stückchen nach vorne.

»Versteht mich nicht falsch«, fügt sie schnell hinzu, »ich befürworte die Verhaltensweise der Regierung in der Sache der gelben HUBs keinesfalls. Nicht ein bisschen! Aber ich neige dazu, stets den friedlichen, wenn man so will, den einfachen Weg zu wählen, und habe mich daher bisher aus diesen politischen Dingen rausgehalten. Für mich ist es wichtig, den Menschen eine Zukunft zu bieten. Und hier auf der Erde existiert diese nicht.«

»Und darum sorgst du lieber dafür, dass man uns Gelbe auch auf Salgaia in Käfige sperrt?«, fragt Nume herausfordernd.

Arros will schon wieder dazwischengehen, aber Anny hebt sofort eine Hand. Offenbar will sie keinen Personenschutz.

»Ich wusste es nicht. Ich habe nichts mit dem Aufbau der Infrastruktur auf Salgaia zu tun. Mein Bereich sind die Schiffe. Die Navigation, genauer gesagt. Das klingt jetzt sicher wie eine Ausrede und ich gebe zu, ich hätte mir denken können, dass die Commons auch auf dem neuen Planeten wieder den Kürzeren ziehen«, sie seufzt frustriert, »aber wie gesagt, ich habe mich nie mit derlei Dingen beschäftigt. Das ist nichts, worauf ich stolz bin«, wieder ein Seitenblick zu Sawyer, »aber so war es nun einmal. Ich bitte euch trotzdem, mir zu vertrauen. Ich habe gesehen, wie es da draußen zugeht. Ich habe Dinge gesehen …«, sie schluckt. »Ich möchte unbedingt, dass die Division diese Auseinandersetzung gewinnt!«, schließt sie energischer, als ich es ihr zugetraut hätte.

Alles an dieser Frau strahlt Zuversicht und Ehrlichkeit aus. Nur ein emotional verkrüppelter Mensch würde ihr misstrauen. Und ganz offensichtlich sitzt genauso ein Mensch direkt neben mir.

»Was weißt du über die Grauen?«, fragt Jo tonlos.

Jeder im Raum würde ihn für direkt halten, ein wenig unhöflich vielleicht. Doch keiner von ihnen würde bemerken, wie sehr Jo diese Frage auf der Seele brennt.

»Sie haben die Schiffe gebaut. Nach unserer Anleitung natürlich«, beantwortet Anny die Frage ehrlich.

Der Unterkiefer meines Freundes ist angespannt und er scheint sich redlich bemühen zu müssen, um weitere Worte herauszubringen.

»Aber was sind sie? Ich meine, woher stammen sie?«, hakt er weiter nach.

Er will sie dazu bringen, zuzugeben, dass die Regierung die Grauen genauso unterdrückt wie die Gelben, ohne dabei preiszugeben, dass er es längst weiß.

Gespannt starre ich Anny an. Was weiß sie? Was wird sie zugeben?

»Es sind Menschen. Sie ... sie arbeiten, ich meine, sie leben ...«, sie gerät ins Schlingern. Beinahe hätte ich Jo anerkennend auf die Schulter geklopft. Dieses manipulative Geschick kenne ich von ihm gar nicht.

»Sie leben nicht in HUBs, so wie der Rest von uns. Es gibt Lager, nahe der Werften.«

Nume macht große Augen.

»Lager? Werften? Oberirdisch, oder was? Dann haben diese Grauen also doch einen Drift?«

Meine Freundin schmettert die Fragen nur so heraus, während ich bemerke, wie Jo sich zurücklehnt. Er hat sein Ziel erreicht. Anny wird uns alles über die Grauen erzählen und er musste nichts weiter tun, als es ein bisschen anzufeuern.

»Nein, nein. Sie haben keine Fähigkeiten. Sie sind einfach, wie soll ich das beschreiben? Sie haben sich an die Witterung gewöhnt.«

»Und wie genau ist das geschehen? Hat die Regierung sie dahin gehend modifiziert? Ich meine, sind sie ein weiteres Genexperiment?«, fragt Pratap neugierig.

Als Mediziner sind Annys Ausführungen für ihn natürlich außerordentlich interessant.

»Nun, sie leben schon eine ganze Weile an der Erdoberfläche. Seit mehreren Generationen.«

Wieder ist es Nume, die das Offensichtliche anspricht.

»Warte. Du meinst, sie kommen nicht aus den HUBs und sind auch nicht erst nach dessen Erbauung ›kreiert‹ worden?«

Anny wirkt beunruhigt.

»Nein. Sie waren wohl schon immer da draußen. Schon seit damals ...«

»Du meinst, es sind die Nachfahren der Menschen, von denen wir denken ... ähm, ich meine, dachten, dass die längst ausgestorben sind? Überlebende der Krise? Ist das überhaupt möglich?«, fragt Pratap sichtlich aufgeregt.

»Pah!«, macht Arros. »Als wäre es das erste Mal, dass eine Behauptung der Regierung sich als unwahr herausstellt. Ich für meinen Fall würde es sofort glauben«, er hält kurz inne, »aber Anny? Bist du dir da sicher? Diese Leute sollen wirklich ein ganzes Jahrhundert im Feuerland gelebt haben und niemand hat sie bemerkt? Ich meine, die Transporte, die Späher ... Ist das sicher?«

Ich werfe Jo einen verstohlenen Blick zu, aber in seinem Gesicht ist keine Regung zu sehen.

»Ja. Das ist definitiv möglich. Natürlich leben sie ganz anders als wir und sie wissen kaum etwas über die HUBs. Ich kann mir vorstellen, wie das alles für euch klingen muss. Bevor ich mich der Forschung angeschlossen habe, wusste ich ja selber nichts über die Grauen. Aber wenn man es von außen betrachtet, ist es nicht so verrückt, wie es scheint.«

Nume hat sich von ihrem ersten Schock erholt und setzt nun eifrig nach.

»Und dann haben sich diese Leute eines Tages einfach dazu entschlossen, bei 'nem blauen HUB vorbeizuschauen und ihre Arbeitskraft anzubieten? Das klingt für mich stark nach Unterdrückung. Ich meine, wir dachten ja auch unser Leben lang, dass wir nur für unseren eigenen HUB arbeiten. Dabei ging der Großteil unserer Produktion direkt an die Blauen.«

Anny fühlt sich merklich unwohl. Ihre Vorstellung ist zu einem Verhör mutiert.

»Wir - ich meine, die Regierung hat diese speziellen Menschen für die Arbeit an den Raumschiffen ausgewählt, weil sie sich perfekt eigneten. Das alles ist schon seit Jahrzehnten so. Länger, eigentlich. Ich meine, ich habe keinen großen Einblick in diese Vorgänge. Ich kam ja erst viel später dazu und vor mir gab es so viele wie mich.«

Sie hält inne und starrt auf ihre Hände.

»Aber ja«, fügt sie leise hinzu, »natürlich hast du recht, Nume. Die Grauen sind sicher nicht freiwillig dort. Die Lager sind stark bewacht und hin und wieder soll es vorkommen, dass einer ausbricht oder einen Aufstand anzettelt. Ich weiß nicht, was dann mit den Betreffenden geschieht, das übersteigt meine Sicherheitsstufe, aber ich denke, man kann davon ausgehen, dass sie nicht nur eine Abmahnung erhalten.«

Sie sieht nun so betrübt aus, dass ich automatisch Mitleid bekomme. Nume geht es scheinbar ähnlich, denn sie stellt keine weiteren Fragen und blickt auf den Boden.

Ich weiß nicht, wieso die Worte meinen Mund verlassen, aber irgendwie tun sie es.

»Anny? Die Grauen ... sie werden nicht mit nach Salgaia kommen, richtig?«

Neben mir versteift Jo sich unmerklich. Entweder macht ihn das Thema so wütend, dass er sich schwer zusammenreißen muss, oder er hätte nicht erwartet, dass mich das Schicksal der Grauen tangiert.

»Ich kann das unmöglich beantworten. Davon weiß ich nichts. Meine Zuständigkeit reicht nicht über die Navigation hinaus, aber ich kann natürlich Vermutungen anstellen. Man braucht sich ja nur die Anzahl der HUBs und die Zahl der Grauen vor Augen zu führen und bekommt eine ungefähre Ahnung, wie viele Schiffe vonnöten wären, um sie zu transportieren«, sie sieht mich an und zuckt ganz sacht mit den Schultern. »Es sind etwa ein Drittel zu wenig, würde ich schätzen ...«

Ich spüre, wie sich eine Haarsträhne hinter meinem Ohr bewegt, dabei weht hier kein Lüftchen. War das Jo?

Will er mir damit etwas sagen? Ist es eine zutrauliche, dankbare Geste oder nur ein Versehen, weil er so aufgewühlt ist? Es wäre ja nicht das erste Mal.

Sawyer tritt hinter Anny und hebt beschwichtigend die Hände.

»Ich würde sagen, wir haben Anny fürs Erste genug ausgequetscht. Dass die Grauen nicht besser dran sind als die Commons, hatten wir uns ja bereits ausgemalt. Aber solange dieses Regime an der Macht ist, können wir rein gar nichts für sie tun. Wir sollten also alle weiteren Pläne und Feststellungen in diese Richtung auf später vertagen und uns erst mal Annys Wissen um diese Werften und den Souverän zunutze machen.«

Arros nickt heftig und damit ist das Thema »Graue« vom Tisch.

In den folgenden vier Stunden erzählt uns Anny alles, was sie weiß. Und das ist erstaunlich viel! Sie kennt den Ort, den die Regierung als »Central« bezeichnet und der wohl so etwas wie der offizielle Amtssitz des Souveräns und aller Regenten ist. Sie weiß auch, an welchen Tagen der Souverän sich bei den Werften blicken lässt, die sich sowohl über- als auch unterirdisch befinden. Und sie kennt mindestens drei andere Forscher, die uns behilflich sein könnten und dafür bereitwillig ihre Vorgesetzten hintergehen würden.

Alles in allem ist diese Anny also tatsächlich extrem hilfreich. Sogar Sawyer scheint sich gegen Ende der Sitzung ein wenig zu entspannen und ihre Anwesenheit nicht länger als eine emotionale Mutprobe zu empfinden.

Dafür wird es zu meiner. Jo und ich haben das ganze Treffen über kein Wort gewechselt und als ich die Kommunikationszentrale gemeinsam mit Nume verlasse, bleibt er noch eine Weile sitzen, obwohl es nichts mehr zu besprechen gibt und alle anderen ebenfalls im

Aufbruch sind. Ich bin mir absolut sicher, dass er nur nicht mit mir zusammen rausgehen will, um ein weiteres, peinliches Schweigen zu verhindern. Und auch Nume hat es augenscheinlich aufgegeben, mir weitere Informationen über Jo und mein Befinden zu entlocken. Sie verabschiedet sich gleich vor der Tür und meint, sie müsse noch etwas arbeiten. Also stehe ich plötzlich alleine da.

Ich beschließe mein Vorhaben, noch etwas zu trainieren, nun doch in die Tat umzusetzen, und bewege mich auf die Aufzüge zu. Als ich den Sensor betätige, habe ich plötzlich ein ganz seltsames Gefühl. Nur einen Augenblick lang und dann höre ich plötzlich Annys Stimme hinter mir.

»Können wir reden?«

Überrascht drehe ich mich um, kann sie aber nirgendwo entdecken. Stattdessen stehe ich nun beinahe Nase an Nase mit Jenkins.

»Sorry«, sagt dieser und tritt einen Schritt zurück, »ich dachte, du wolltest einsteigen?«

Er deutet auf die sperrangelweit geöffneten Fahrstuhltüren und lässt mir den Vortritt.

Schon erklingt wieder Annys Stimme.

»Nur ganz kurz? Wir treffen uns bei der Galerie.«

Und da entdecke ich sie. Sawyers ehemalige Freundin steht noch immer neben ihm. Zwanzig Meter von mir entfernt, kann ich die beiden durch die geöffnete Tür der Zentrale sehen. Ich bin vollkommen verwirrt und schlingere zur Seite, um Jenkins endlich durchzulassen. Dieser sagt nichts weiter, hält mich jedoch mit absoluter Sicherheit für geisteskrank.

Die Fahrstuhltüren schließen sich, während Anny und ich weiter Blickkontakt halten. Sie muss selbst auf die Entfernung meinen irritierten Gesichtsausdruck bemerkt haben, denn in meinem Kopf höre ich nun: »Das ist mein Drift. Du weißt schon, Telepathie und so.«

Und dann geht mir endlich ein Licht auf. Natürlich! Ihr Drift! Das hätte ich mir denken können. Beinahe lache ich laut auf. Auch nach zwei Jahren in dieser »blauen Welt« habe ich noch immer kein Gespür für so was.

Ich nicke ihr bestätigend zu, weil ich nicht davon ausgehe, dass sie ebenfalls Gedankenlesen kann und mache mich auf den Weg zur Galerie. Vor lauter Drift-Faszination habe ich noch gar nicht darüber nachgedacht, was sie wohl von mir will. Immerhin kennen wir uns nicht einmal. Sofort packt mich die Neugierde.

Keine fünf Minuten später steht Anny neben mir und lächelt mich strahlend an.

»Hi«, sagt sie ein wenig schüchtern.

»Hi«, erwidere ich ebenso zurückhaltend.

Ich kann mir noch immer keinen Reim darauf machen, worum es in unserem verdächtig heimlich anmutenden Gespräch gehen soll.

»Danke, dass du kurz Zeit hast«, beginnt sie und das Lächeln verschwindet nicht eine Sekunde aus ihrem Gesicht. »Ich wollte dich etwas fragen. Ich weiß nur nicht so recht, wie.«

»Schieß los«, fordere ich sie freundlich auf.

»Es geht um Sawyer.«

Sie senkt den Blick und wirkt plötzlich mindestens fünf Jahre jünger. So als wäre sie wieder ein Mädchen, das mit einer Kameradin aus dem Schul-Bezirk tuschelt.

»Arros hat mir seit ich hier bin so viel von dir erzählt«, erklärt sie. »Er ist total vernarrt in dich und da ich ja hier niemanden kenne und Arros nicht der richtige Ansprechpartner in dieser Sache ist, dachte ich ... vielleicht bist du es?«

Nun bin ich wirklich neugierig. Anny kennt Arros schon ewig. Zumindest kannten sie sich einmal sehr gut.

Was könnte sie von mir wollen? Sie weiß im Grunde nichts über mich.

»Wenn ich helfen kann, dann gerne«, biete ich an.

Sie sammelt sich kurz und knetet dabei unruhig ihre Finger. Sie ist ernsthaft nervös!

Ich komme mir plötzlich ganz erfahren und selbstsicher vor. Als würde jede ihrer unsicheren Gesten mich nur noch gelassener machen.

»Gott, ich weiß gar nicht, wie ich es formulieren soll. Das klingt sicher total banal oder vielleicht sogar ein wenig verrückt.«

»Ist schon gut«, sage ich schnell, »es bleibt einfach unter uns.«

»Ich würde gerne wissen, wie Sawyer über mich denkt.« Sie zögert kurz und fügt dann hinzu: »Ich meine, wie er über mich und ihn denkt …«

Nun bin ich wirklich überrascht. Nach allem, was Anny auf sich genommen hat, um zu uns in den CutOut zu gelangen, und bei allem, was noch vor uns liegt - mitten in diesem Chaos aus Krieg, Intrigen und Zukunftsvisionen will sie tatsächlich wissen, ob Sawyer noch verliebt in sie ist? Kann das sein?

Unwillkürlich denke ich an Jo. Die Welle an aufwühlenden Emotionen, die umgehend über mich hereinbricht, lässt mich die Fragestellung sofort zu einer Feststellung umformen. Natürlich kann es sein! Wenn Anny und Sawyer wirklich so verliebt waren, wie Arros es mir und den anderen beschrieben hat, dann hat die lange Zeit der Trennung nichts daran ändern können. Vielleicht hat sie es sogar noch intensiviert? Immerhin bin ich mir absolut sicher, dass Sawyer noch immer Gefühle für Anny hat und bei ihr scheint es sich ebenso zu verhalten. Allein die Vorstellung, jahrelang in einen Menschen verliebt zu sein, niemand anderem sein Herz öffnen zu können und sich jetzt wiederzusehen - das ist ein emotionales Minenfeld!

Plötzlich habe ich großes Mitleid mit den beiden. Also wähle ich meine Worte mit Bedacht.

»Anny … ich kann nicht für Sawyer sprechen. Niemand weiß so recht, was in diesem Mann vorgeht, aber wenn du mich um ein Gefühl, eine Einschätzung aus der Sicht einer Frau bittest -«

»Ja!«, unterbricht sie mich. »Genau das will ich. Nur einen Richtwert, verstehst du? Ich habe einfach keine Ahnung, wie ich mich ihm gegenüber verhalten soll. Er spricht kaum mit mir und ich habe ihm so sehr wehgetan, damals …«

Ich bringe es nicht über mich, noch weiter um den heißen Brei herumzureden. Möglicherweise irre ich mich, aber das muss ich riskieren. Anny tut mir leid und ich glaube nicht, dass ich mit meiner Einschätzung falsch liege.

»Ich bin mir ziemlich sicher, dass er nie aufgehört hat, an dich zu denken. Mehr als das wahrscheinlich. Niemand hat ihn je mit einer anderen gesehen. Zumindest soweit ich weiß. Und ich spüre, wie sehr ihn deine Anwesenheit durcheinanderbringt. So verhält er sich sonst nie.«

Annys Augen werden immer größer. Hoffnung zeichnet sich darin ab.

»Anny. Ich glaube Sawyers Gefühle zu dir haben sich nicht ein bisschen verändert, seit du … ich meine, seit ihr damals auseinandergegangen seid.«

Sie kneift kurz die Augen zusammen, als meine Worte sie daran erinnern, wie sie Sawyer eiskalt den Rücken zugekehrt hat, als dieser sich vor Jahren hinter die Division gestellt hat. Doch schnell verschwindet der erschrockene Ausdruck wieder und an dessen Stelle sehe ich nun reine Verzückung aufblitzen.

»Danke! Oh danke, Nova! Ich kann dir gar nicht sagen, wie glücklich mich das macht!«

Sie breitet die Arme aus und packt mich. Die Umarmung kommt völlig unerwartet und ich muss mich zusammenreißen, um nicht erschrocken zurückzuspringen. Ich kann nur hoffen, dass ich mich nicht irre. Es würde Anny das Herz brechen.

# 9. GRAUES HANDWERK

Es vergehen drei nervenaufreibende Wochen, in denen ich mich so elend fühle, dass ich an manchen Tagen nicht einmal aufstehen möchte.

Die Vorbereitungen unseres Spähtrips laufen auf Hochtouren. Trotzdem dauert es lange, bis wir endlich aufbrechen können. Geplant ist die Einschätzung der Lage bei den Werften, von welchen Anny berichtet hat, und natürlich ein Abstecher zum Regierungssitz des Souveräns.

Wie immer kann ich es kaum erwarten endlich loszuziehen. Doch dieses Mal treibt mich, zu meinem eigenen Erschrecken, nicht mein Engagement oder der Freiheitskämpfer in mir an - es ist der Wunsch nach Ablenkung.

Ablenkung von Jo und der Tatsache, dass wir es innerhalb nur eines Monats geschafft haben, unsere auf Vertrauen und Zuneigung basierende Beziehung vollständig aus den Angeln zu heben. Zwar reden wir inzwischen wieder mehr als einen Satz am Tag miteinander, doch beschränken sich die Inhalte unserer Unterhaltung weiterhin ausschließlich auf Themen, die unmittelbar mit der Division zu tun haben. Verliebte Stunden zu zweit, endlose Gespräche oder zufällige Berührungen gibt es nicht mehr. Wenn man es genau nimmt, bin ich nicht einmal mehr sicher, ob wir noch ein Paar sind.

Nume sagt, ich durchlaufe gerade die verschiedenen Stufen von Liebeskummer.

Ich habe ihr schließlich gestanden, dass Jo und ich uns gestritten haben und ich sauer auf ihn bin. Obwohl sie anfangs weiter gebohrt hat, konnte ich sie am Ende überzeugen, dass der Grund mir peinlich und auch völlig nebensächlich wäre. Diese unvollständigen Informationen machen sie zwar nicht glücklich, reichen aber augenscheinlich aus, um meinen Zustand zu analysieren.

Nachdem ich also die ersten beiden Stufen »Wut« und »Angst« hinter mir gelassen habe, bewege ich mich mittlerweile auf dem dünnen Eis der »Leugnung«.

An manchen Tage läuft das Leugnen richtig gut! Ich vergesse die ganze Misere beinahe und kann mich wieder auf mein Training, auf die Leute im CutOut und auf unsere Pläne konzentrieren.

An anderen Tagen - und heute ist so ein Tag - geht es mir erbärmlich.

Ich gehe Jo wo ich nur kann aus dem Weg und verkrieche mich immer öfter in meine Wohneinheit. Essen interessiert mich auch nicht mehr sonderlich und das Training, welches anfangs noch einen guten Ausgleich bot, macht nun auch keinen Spaß mehr. Nicht einmal Bobby möchte ich noch quälen, dabei setzt er weiterhin alles daran, mich zu reizen.

Also beschäftige ich mich die meiste Zeit damit, die bevorstehende »Reise« vorzubereiten. Ich tausche mich mit Arros und Pete aus, checke das Equipment. Ich diskutiere mit Sawyer über die Herangehensweise und ignoriere dabei den aufkeimenden Neid, wenn ich mal wieder zusehen muss, wie Anny und er sich wieder näherkommen. Natürlich gönne ich es ihnen. Es tut nur so schrecklich weh, ihre Unbekümmertheit täglich vor Augen zu haben.

Und dann habe ich die Zeit genutzt, um Jakob endlich alles über meine Unterhaltung mit Ruben zu erzählen.

Mein Leben lang war es so, dass ich eine Sache erst richtig verwinden, verstehen und verarbeiten konnte, wenn ich mit Jakob darüber geredet habe. Und auch bei der ganzen Geschichte mit Ruben verhält es sich so.

Jakob ist zudem mehr als interessiert an meinem Bericht. Immerhin geht es um seinen Onkel und es hilft auch ihm, seine Hintergründe zu verstehen. Seine zunächst verräterisch und später nur noch naiv wirkende Vorgehensweise besser einordnen zu können.

Auch ich muss mir inzwischen eingestehen, dass meine Wut und insbesondere die Rachegelüste gegenüber Ruben längst nur noch ein blasser Abglanz der ersten Emotionen sind. Ich gebe mir Mühe, mich in diesen Mann hineinzuversetzen und versuche zu fühlen, was er fühlt. Oder gefühlt hat. Tatsächlich rede ich mit Jakobs Onkel mittlerweile mehr als mit Jo. Ein weiterer Grund zu verzweifeln …

Doch die verrückteste Folge meiner Berichterstattung Jakob gegenüber war seine unmittelbare Reaktion darauf. Nachdem er alles über meine Mutter und Ruben erfahren hat, die ganze rührende Geschichte, ohne Happy End und ohne Zukunft, ging er sofort zu Nume.

Ich weiß nicht, ob es die Erkenntnis war, dass es eines Tages zu spät sein könnte, oder die Tatsache, dass man an Rubens Beispiel nur zu deutlich sehen kann, wie verheerend eine unerwiderte Liebe sein kann, aber Jakob kannte plötzlich kein Halten mehr.

Ich habe keine Ahnung, wie lange das Gespräch zwischen Nume und ihm gedauert hat und meine beste Freundin hat es bisher mit keinem Wort erwähnt, doch egal, was dabei herausgekommen ist, es hat Jakob gutgetan.

Obwohl Nume und Mailo noch immer ein Paar sind und sich auch sonst rein gar nichts geändert hat, scheint er erleichtert. Da ich weder ihn noch Nume dazu drängen will, mir das Ergebnis ihrer Unterredung mitzuteilen, tappe ich weiter im Dunkeln. Allerdings habe ich derzeit genug an meinen eigenen amourösen Problemen zu knabbern und bin daher ohnehin bedient.

Im Leben der Menschen scheint es sich immer nur um die Dinge zu drehen, die sie nicht haben können. Freiheit, Liebe ... 24 °C Außentemperatur. Mein Inneres und die Welt da draußen versinken im Chaos und wieder einmal habe ich das Gefühl nur untätig daneben zu stehen.

Umso mehr bin ich erleichtert, als sich unser kleiner Konvoi aus zwei Humvees, einem Pick-up und Zoes ATV endlich durch das Feuerland wälzt und ich den CutOut ein paar Tage hinter mir lassen kann. In den letzten Wochen kam er mir wie ein riesiger Irrgarten vor, in dem ich immer aufpassen musste, den richtigen Weg zu wählen, um nicht aus Versehen auf Jo zu treffen.

Einziger Haken an unserem Ausflug: Ich bin Jo hier draußen noch näher.

Obwohl er bei Sawyer und Anny im Wagen sitzt und ich bei Arros und Mailo, kann ich seine Anwesenheit praktisch körperlich wahrnehmen. Und auch die anderen haben längst gemerkt, dass etwas nicht stimmt, halten aber brav die Klappe. Zum Glück! Ich wüsste auch nicht, wie ich Jos Geheimnis Arros oder Sawyer gegenüber kaschieren könnte, sollte einer von ihnen mich in die Mangel nehmen. Nume konnte ich nur so einfach abspeisen, weil sie meine beste Freundin ist und mir meinen Willen gelassen hat.

Nach ein paar Hundert Kilometern fühle ich mich wieder wie die alte Nova. Das Feuerland empfängt mich mit seiner vertrauten »Wärme« und ich genieße jeden Sonnenstrahl, jede vorüberziehende Ruine und durchstreife bei jeder Rast die nähere Umgebung.

Nur am Rande stelle ich halb traurig, halb froh fest, dass Jo mich die ganze Zeit über im Auge behält.

Ich nutze die Zeit, um nachzudenken, besonders über Salgaia. Unser Streit hat mir diese ganze Planeten-wechsel-Sache wieder mehr vor Augen geführt. Zwar habe ich keine Ahnung, ob ich und die anderen Mitglieder der Division jemals dort hingelangen werden, doch versuche ich es mir zumindest einmal vorzustellen.

Von Sawyer weiß ich, dass »Die rettende Erde« zwei Sonnen hat. Ich persönlich finde es fast schon grotesk, vor einer sterbenden Sonne auf einen Planeten zu flüchten, der gleich zwei dieser Exemplare hat. Doch vermutlich sind es freundliche Sonnen, die noch ein langes Leben vor sich haben.

Über die verdammten Neo-HUBs denke ich kaum nach. Sie werden nicht zum Einsatz kommen. Punkt! Dafür stelle ich mir einen Urwald vor. Flüsse, Bäume, Vögel und Sand, der nicht trocken, sondern klumpig und feucht ist, weil das Meerwasser ihn berührt hat. Ich weiß von Arros, dass unsere Reise uns dieses Mal bis zum Ozean führen wird, aber ich glaube nicht, dass er vergleichbar ist mit den blauen Wassermassen, die uns auf Salgaia erwarten werden. Das Wasser auf der Erde hat bereits begonnen sich zurückzuziehen, zu verdampfen. Noch nicht so, wie es in einigen Jahren der Fall sein wird, aber es ist dabei, von der Erdoberfläche zu verschwinden. So wie vor ihm die Unzahl an Pflanzen und Tieren.

Nicht so auf Salgaia. Dort wird es sicher eine reiche Vielfalt an Spezies geben. Reptilien, Säugetiere, vielleicht sogar Wesen, die es auf der Erde auch vor der Katastrophe nicht gegeben hat? Es übersteigt meine Vorstellungskraft.

In meiner ersten Zeit als angehende Späherin habe ich hin und wieder ein wenig Wasser auf den Boden tropfen lassen, um mir einen Strand besser vorstellen zu können. Trotzdem ist es schwer, zu glauben, dass wir in naher

Zukunft einen Fuß auf grünes Gras und fruchtbare Erde setzen werden. Es scheint eher wie ein Wunschtraum, eine Hoffnung, die einfach nur die Angst vor der Sonne vertreiben soll.

Nach drei Tagen ist unser Ziel in greifbarer Nähe. Wir bereiten uns vor, räumen Ausrüstung hin und her, teilen Rationen zu, halten immer wieder Kriegsrat, um alles noch mal durchzugehen.

Einmal stolpere ich über eine herumliegende Munitionskiste und Jo bremst meinen Fall. Die Erinnerung an unsere erste Begegnung in der verlassenen Stadt blitzt schmerzlich auf und ich bringe nur mit Mühe ein zaghaftes »Danke« heraus. Natürlich ohne ihn dabei anzusehen.

Und dann ist es so weit. Wir lassen die Fahrzeuge zurück und gehen zu Fuß weiter. Der Weg ist lang und weil wir nicht im CutOut sind, kann Arros die Hitzepeaks nicht vorhersagen. Zum Glück werden wir auf unserem Marsch nur einmal von einer dieser Erscheinungen überrascht und stehen es geduldig durch. Der Peak dauert dieses Mal beinahe eine halbe Stunde und bringt die meisten von uns dazu, sich augenblicklich hinzuhocken. So als wäre die gewaltige Hitze ein schweres Gewicht, das auf unser aller Schultern lastet.

Ich werfe Jo während des Phänomens verstohlene Blicke zu. Er hat denselben, beunruhigten Ausdruck im Gesicht wie alle Mitglieder unserer Gruppe. Als er den Kopf wendet, um mich anzusehen, schaue ich schnell auf den Boden.

Dann sind wir da.

Ich hatte ein weitläufiges Industriegebiet erwartet oder zumindest das, was ich mir unter einem solchen vorstelle. Riesige Maschinen, richtige Straßen, die extra für den Transport der Rohstoffe gebaut wurden. Doch was wir aus sicherer Entfernung betrachten, ist noch viel verstörender.

Es sind die Lager.

Zwar gibt es durchaus Maschinen, Transportfahrzeuge und Straßen, aber diese erscheinen neben dem Meer an baufälligen, kleinen Häuschen und improvisierten Behausungen aus Planen, Brettern und Plastik total nebensächlich.

»Meine Güte …«, entfährt es Sawyer.

Ich bemerke, wie Anny schuldbewusst den Blick senkt. Obwohl sie ja nichts dafür kann, wie die Menschen dort unten leben, ist es ihr unangenehm, davon gewusst und nichts unternommen zu haben.

Und der Anblick kann einen wirklich zum Nachdenken bringen. Bisher hatte ich die Grauen als unseren Feind oder einfach nur als die vage Vorstellung von seltsamen Menschen gesehen, doch die unzähligen Zelte, Baracken und Menschen unter uns, machen es in diesem Moment zu einer grausamen Wirklichkeit.

Die Grauen sind definitiv schlimmer dran als die Gelben!

»Ich hatte mir das nicht so … groß vorgestellt«, sagt Arros sichtlich überrascht.

»Ich auch nicht«, stimme ich sofort zu. »Es sind so viele!«

Gleichermaßen beeindruckt und schockiert, lasse ich meinen Blick über die Behausungen der Grauen schweifen. Um tatsächlich Menschen zwischen den klapprigen Quartieren ausmachen zu können, sind wir zu weit entfernt. Aber auch ohne, dass ich ihre Gesichter sehen kann, tun sie mir leid.

Mitten im Feuerland zu leben, ohne es durchstreifen zu können … das ist für mich einfach unvorstellbar!

Neben mir rückt Jo plötzlich ein Stück näher und in diesem Moment, völlig eingenommen von dem Anblick der Lager, kann ich auf einmal nicht länger sauer auf ihn sein. Ich gestatte meinem verletzten Stolz eine Auszeit und rücke ebenfalls ein kleines Stückchen näher an ihn heran.

Er berührt mit einem Finger meine Hand. Nur ganz sachte. Es wirkt beinahe zufällig.

»Schau mal, da«, sagt er leise und deutet mit der anderen Hand auf den Horizont.

Dankbar und erleichtert über diese ersten und endlich wieder ein wenig liebevoll klingenden Worte seit Langem folge ich seiner Aufforderung und lasse meinen Blick über die Lager hinweg in Richtung untergehender Sonne schweifen.

Mir bleibt beinahe die Luft weg. Vor lauter Abscheu über die Zustände unter uns habe ich den Rest des Landstrichs gar nicht weiter beachtet.

Vor uns, nicht unweit der grauen Lager, erstreckt sich der Ozean, oder das, was von hier aus davon zu sehen ist. Man kann genau erkennen, dass das Wasser früher einmal viel näher an der überdimensionalen Baustelle gewesen sein muss. Beinahe direkt vor dem kilometerlangen Zaun, der die einzelnen Lagergruppierungen umgibt.

»Oh!«, entfährt es mir und automatisch ergreife ich Jos Hand nun vollständig und drücke zu.

Sofort umschließt er meine Finger und reibt zärtlich mit dem Daumen über meinen Handballen.

Hin- und hergerissen zwischen dem Feuerwerk, welches diese so arg vermisste Berührung in mir auslöst, und dem Anblick der weit entfernten Wassermassen verliere ich die Kontrolle. Neben mir hebt Arros irritiert den ausgeschalteten ChatSpotter in die Höhe, weil dieser plötzlich krächzende und rauschende Geräusche von sich gibt. Schnell weise ich meinen Drift wieder in seine Schranken und reiße mich zusammen. Ich werfe Arros einen reuevollen Blick zu, doch er bemerkt es gar nicht. Genau wie alle anderen starrt er schon wieder in die Ferne.

Dafür spüre ich nun Jos Blick wie tausend kleine Stiche auf mir. Sein Mund hat einen strengen Zug angenommen und er hält meine Hand so fest, dass es schon ein bisschen wehtut. In seinen Augen lese ich eine Bitte. Er will wissen, ob ich es jetzt verstehen kann. Ob ich IHN jetzt verstehe.

Ich bin nicht sicher.

Natürlich tun mir die Grauen leid und sicher ist es für Jo noch tausendmal schlimmer, weil es für ihn ja anscheinend ein Familienersatz oder zumindest sehr enge Freunde sind, doch rechtfertigt das seine Entscheidungen? Kann ich deshalb besser damit leben, dass er mich so lange belogen hat? Dass er mich gehen lassen will, mich aufgibt?

Unter schwerster Anstrengung drehe ich den Kopf weg und starre wieder auf die Lager. Im Gegensatz zu Jo trage ich meine Schutzbrille noch, aber auch wenn er meine Augen sehen könnte, wäre mein Blick nicht so deutlich wie meine Körperhaltung. Ich lockere den Griff in seiner Hand und starre weiter geradeaus. Ich muss gar nichts sagen. Meine Unsicherheit und mein ramponiertes Herz siegen über mein Mitleid.

Sofort nimmt er die Hand weg, lässt seinen Blick aber noch ein paar Sekunden auf mir ruhen. Dann tritt er ein paar Schritte zurück und sagt: »Kommt Leute. Gehen wir etwas näher ran und sehen mal, wie die Werften so sind.«

Tränen steigen mir in die Augen. Ich hab's vermasselt. Jetzt wäre der Moment gewesen, um das Ruder rumzureißen. Wir hätten uns wieder näherkommen können, doch ich bin zu stur. Erneut muss ich meinen Drift zügeln. Ich wünschte, er wäre wieder so stumm wie in der Nacht mit Jo. Automatisch ausgeschaltet, bis

… zum Ende. Es macht mich traurig, an den Moment zu denken, als Jo und ich gemeinsam auf einer Woge des vollkommenen Glücks dahinglitten und nur am Rande bemerkten, wie plötzlich diverse Gegenstände im Raum zu schweben begannen und der Leuchtstreifen über meinem Bett bedenklich flimmerte.

Plötzlich sehne ich mich nach einer Gedächtnislöschung! Wo sind diese verdammten Blauen, wenn man sie mal braucht?

Aufgebracht mustere ich das bunte Treiben unter mir weiter.

Neben den chaotisch wirkenden Lagern befinden sich mehrere gewölbte Bauten, bei denen es sich offensichtlich um die oberirdischen Hangars handelt. Laut Anny befinden sich hier nur noch die Raumschiffe, an welchen noch kleinere Arbeiten erledigt werden müssen. Der Rest liegt weit draußen auf dem Ozean vor Anker. Wie U-Boote, hat Anny gesagt, doch ich habe keine Ahnung, was U-Boote sind. Trotzdem kann ich mir denken, dass es wohl keinen sinnvolleren »Parkplatz« für Raumschiffe geben könnte. Sie treiben in Reih und Glied nebeneinander, so lange bis jemand das Startsignal gibt und sie ihre Reise antreten können.

Ich kann von meiner Position aus auch die Zugänge zu den unterirdischen Werften sehen. Alles ist riesenhaft und gewaltig. Eine ganze Stadt aus Maschinen, Türmen, Toren, Grauen und Zäunen. Der Anblick lässt mich ernstlich an meinem Verstand zweifeln. Niemals hätte ich geglaubt, dass es solch einen Ort geben könnte, geschweige denn, dass ich ihn einmal sehen würde.

Ich bin sprachlos. Wir alle sind es.

Zwei Stunden später ist es bereits fast dunkel und ich finde mich, zusammen mit Sawyer, Mailo und Jo, inmitten einer der Werften wieder. Schnell hat sich herausgestellt, dass es verblüffend einfach ist, mit Annys Hilfe hineinzugelangen. Immerhin ist dies ihr Arbeitsplatz. Sie kann sich frei bewegen und zieht keine unnötige Aufmerksamkeit auf sich.

Die meisten Soldaten befinden sich innerhalb und rundherum um die Lager der Grauen. Von Anny wissen wir, dass nur noch an drei Schiffen aktiv gearbeitet wird, während die anderen bereits auf einen baldigen Start vorbereitet werden. Was das genau bedeutet, weiß ich nicht. Vielleicht muss so ein Schiff erst warmlaufen oder mit irgendwas beladen werden? Braucht man wohl einen großen Nahrungsmittelvorrat, wenn der Großteil der Passagiere sich die ganze Reise über im Kryo-Schlaf befindet?

Mit Annys Zugangskarte passieren wir gleich vier kleinere Schleusen, wobei diese sich vollkommen von den Zugängen innerhalb der HUBs unterscheiden. Alles ist ebenso riesig und beeindruckend wie ein HUB auch, aber die Architektur ist nicht vergleichbar.

Wir begeben uns tiefer in das Gewirr aus Gängen und Räumen, um eine der unterirdischen Werften zu erforschen.

Während Mailo sich selbst, mich, Jo und Sawyer für andere Menschen unsichtbar werden lässt, bewegen wir uns langsam durch den Irrgarten aus grauen Gängen, weitläufigen Labors und dann wiederum über schmale Laufstege und durch den überdimensionalen Hangar.

Alles ist irgendwie offen und transparent. Offenbar sind diese Werften Laboratorien und Baustellen zugleich.

Anny kennt sich bestens aus. Zielsicher führt sie uns herum und pflanzt zwischendurch immer wieder kleine Erklärungen in unsere Köpfe.

»Diese Tanks gehören zur Kryonik.«

»Da drüben stellen sie die magnetischen Teile her.«

»Passt auf! Auf der rechten Seite ist das Geländer locker.«

Wir folgen ihr schweigsam und nehmen die neuen Eindrücke in uns auf.

Hätte mir vor zwei Jahren jemand gesagt, dass ich einmal eine persönliche Führung durch eine interstellare Werft bekommen würde, wäre ich aus dem Lachen gar nicht mehr herausgekommen. Das alles ist selbst für jemanden, der sich tagtäglich mit den Machenschaften der Regierung beschäftigt und einigermaßen abgestumpft ist, noch extrem aufregend.

Als wir uns in einer schlecht einsehbaren Kurve befinden, gönnt Mailo seinem Drift eine kurze Pause und wir anderen lassen die neuen Eindrücke erst einmal sacken.

Ich nähere mich Anny und frage leise: »Können wir in eines der Schiffe rein?«

Sie überlegt kurz, nickt dann aber mehrmals.

»Könnten wir versuchen. Wir schauen mal bei Nummer 176. An dem wird zur Zeit kaum gearbeitet«, flüstert sie.

Auf dem Weg zu 176 passieren wir eine kleine Gruppe Grauer, die im Halbkreis sitzen und essen. Jo scheint einen Moment lang zu vergessen, dass er so tun muss, als hätte er in seinem Leben noch keinen Grauen gesehen, denn er ist der Einzige von uns, der nicht erstaunt langsamer wird, um diese unbekannten Menschen zu beobachten. Wir anderen heften unsere Blicke an die Gruppe und versuchen Wortfetzen ihres Gesprächs zu belauschen. Doch als sie Anny sehen, verstummen sie sofort. Sie wiederum würdigt die Männer keines Blickes. Offenbar ist das so üblich.

Oberflächlich betrachtet, sind diese Leute wie wir. Aber beim zweiten Hinsehen erkenne ich wettergegerbte Haut, ähnlich wie bei Jackson, nur dass er neben ihnen trotz des etwa gleichen Alters deutlich jünger wirken würde. Noch nie habe ich so braune Haut gesehen. Nicht einmal bei den Spähern. Die Männer sind irgendwie grobschlächtig und wild. Fast ein wenig beängstigend. Ihre Stimmen klingen rau und tief. Im Vorbeigehen kann ich einen von ihnen lachen sehen und starre erschrocken auf die einzigen beiden Zähne, die durch das Verziehen der Lippen entblößt werden.

Graue, die sich verletzt haben, müssen auf eine Medi-Station in einem blauen HUB. Das wusste ich. Nicht klar war mir, dass es natürlich auch sonst keine medizinische Versorgung gibt. Doch die Narben auf ihren Armen, die schlechten Zähne und der Schmutzfilm, der ihre Körper ziert, lassen darauf schließen. Es gibt hier kein Fress-Level, kein Museum und keinen Info-Kanal. Diese Leute leben nur, um ihr Pensum zu erfüllen.

Schockiert folge ich Anny weiter durch die Endlosigkeit des Hangars und führe mir vor Augen, wie ich Jo entgeistert angesehen und gefragt habe, ob er uns für Sklaven hält. Zwar hatte er meine Vermutung damals in dem Raum unter dem alten Einkaufszentrum bestätigt, doch wird mir erst jetzt klar, dass es nicht stimmt. Wir Commons sind keine Sklaven. Die Grauen sind es!

Vor einem seltsamen Gefährt, welches aber weder Räder noch eine nennenswerte Karosserie besitzt, machen wir halt. Ein wenig erinnert es mich an einen Hover-Buggy.

Anny hält übertrieben inne und steigt langsam auf die Ladefläche, welche von einem stabil wirkenden Geländer umgeben ist. Wir anderen machen es schnell nach, damit kein potenzieller Zuschauer bemerkt, dass mehr als eine Person aufsteigt.

Und schon hat Anny ein paar Schalter umgelegt, etwas auf den dreckverschmierten Screen vor sich eingegeben und das klobige Beförderungsmittel steigt surrend empor. Ich muss mich zusammenreißen, um nicht laut aufzuschreien. Diesen Start habe ich nicht erwartet. Auch Sawyer und Mailo klammern sich erschrocken an das schmutzige Geländer.

Wir fliegen eine Weile am Heck des Raumschiffs entlang. Von hier oben erscheint es noch viel größer als vom Boden aus. Ich habe den Koloss nicht einmal richtig wahrgenommen, so beschäftigt war ich mit den Grauen und mit dem Unsichtbarsein.

Jetzt bemerke ich, wie gewaltig es eigentlich ist. Natürlich ist das nur logisch, immerhin muss es 5000 Menschen Platz bieten und sicher noch ein paar mehr Dingen. Bauteile vielleicht oder Fahrzeugen?

Wir nähern uns einer etwa zehn mal zehn Meter großen Luke, die von Weitem winzig, aus der Nähe allerdings bizarr groß wirkt. Anny steuert den »Buggy« hinein und folgt einer roten Linie, die vom Zugang bis zu einer relativ großen Halle im Inneren des Schiffes führt. Hier befinden sich weitere Gefährte, manche sind beladen, andere scheinen nur geparkt zu sein. Ich staune nicht schlecht, als wir uns weiter durch den Bauch des Raumschiffes bewegen und immer öfter einen Blick in kleine und große Räume werfen, die eher wie riesenhafte Tanks oder Kammern aussehen. In einigen von ihnen liegen dicke Kabelstränge und Bauteile herum, aber alles in allem wirkt das Innere dieser Raumfähre komplett und bereit, seine Reise anzutreten. Nur die Passagiere fehlen noch.

Zumindest dachte ich das.

Als wir einem breiten, röhrenförmigen Gang um eine Kurve folgen, schnappe ich nach Luft. Automatisch legen wir alle den Kopf in den Nacken und blicken überwältigt nach oben. Wir befinden uns in einer riesenhaften, senkrechten Röhre, deren Durchmesser dem eines HUB-Levels gleichkommt und an dessen gewölbten Wänden sich Tausende, kleine Kammern befinden. In der Mitte ragt ein dünner Turm empor, welcher wie eine Art Wartungssäule aussieht und in regelmäßigen Abständen durch einzelne Stege mit den Wänden der

Röhre verbunden ist. Erst jetzt bemerke ich, dass sich an jeder Reihe Kammern, eine schmale Galerie entlangzieht, die wiederum in die Stege des Turms übergeht.

Wir folgen einem der Stege in die Mitte der Kuppel und halten nahe des Turms an.

Wofür die unzähligen Kammern da sind, kann sich jeder von uns denken. Was aber unerwartet kommt, ist die Erkenntnis, dass einige von ihnen bereits »bewohnt« sind.

»*Oh nein*« höre ich Anny in meinem Kopf sagen und weiß sofort, dass die anderen es auch gehört haben.

Sie beginnen mit der Einquartierung der Gelben.

Sie werden nicht warten, bis die Schlacht geschlagen ist.

Sie werden den Planeten verlassen.

# 10. STELLDICHEIN

»Anny?«, fragt Jo mit gerunzelter Stirn.

»Hmm?«

»Bist du dir sicher, dass es das ist?«

Genau wie ich, Sawyer, Mailo und Arros blickt Jo misstrauisch in Richtung der weit entfernten, äußerst unbewohnt und verfallen wirkenden Überreste des angeblichen Regierungssitzes, draußen im Wasser.

Das soll »Central« sein?

Laut Anny hält sich unser Souverän die meiste Zeit seines Lebens dort auf.

»Sicher. Es mag vielleicht nicht so aussehen, aber das liegt nur an dem Rückgang des Wassers.«

Sie deutet mit dem Finger auf die gewaltigen, von Seetang und Muscheln übersäten Rohre zu unserer Rechten.

»Die da gehören zur Entsalzungsanlage. Seht ihr? Führt alles kilometerweit nach draußen. Und die Station, also der Regierungssitz, war früher komplett unter Wasser. Was ihr seht, sind nur Teile davon. Das meiste befindet sich noch unterhalb der Wasseroberfläche.«

»Und wie bitte gelangt man da rein?«, fragt Arros kritisch.

Keiner von uns kann sich vorstellen, dass Menschen unter Wasser leben. Und vor allem glaubt niemand, der Souverän wäre wirklich dort.

Ich für meinen Teil hatte mir einen HUB vorgestellt, nur ohne Wohneinheiten und Unterhaltungslevel. Voller

Menschen in diesen typisch verrückten Anzügen, wie sie die Blauen eben tragen, und großen Sitzungssälen. Das verwittert aussehende, marode Konstrukt aus kleinen Kuppeln, Nieten und Luken scheint mir eher ein übertrieben großer Beobachtungsposten für längst ausgestorbene Unterwasserlebewesen zu sein.

»Da gibt es Schleusen, unterhalb«, erklärt Anny, »aber die haben auch kleine Transportgleiter, mit denen man von oben unter Wasser andocken kann. Kommt immer darauf an, was man transportiert oder wie schnell es gehen soll.«

»Aha«, grunzt Arros.

»Da werden wir heute nicht reinkommen«, stellt Jo fest und wendet sich zu den Lagern, hinter uns.

»Das bedeutet, wir werden diesen Teil des Plans mehr oder weniger spontan regeln, wenn es so weit ist?«, fragt Mailo ein wenig beunruhigt.

»Ich fürchte ja«, sagt Sawyer.

»Wieso lebt der Mann unter Wasser?«, frage ich Anny.

»Ich weiß es nicht. Vermutlich war die Station ursprünglich nicht als Regierungssitz gedacht, bot sich aber an. Auch bei 50 °C ist es auf dem Meeresgrund kühl und man bleibt unsichtbar. Ganz sicher hatten die da draußen es nie mit Eindringlingen zu tun, als die Krise auf ihrem Höhepunkt war. Allerdings habe ich keine Ahnung, ob das Ding schon bewohnt war, als das alles begann. Vielleicht ist die Regierung erst später dorthin gewechselt?«

»Kann schon sein«, erwidere ich nachdenklich.

Eine Weile starre ich noch aufs Wasser hinaus und schwanke zwischen Faszination und Unbehagen. Wir haben in den letzten Tagen enorm viel über die Zustände rund um die Werften erfahren. Alles ist so groß und aufregend, gleichzeitig aber auch unmenschlich und beängstigend.

Besonders herb sind die Bedingungen, unter denen die Grauen hier existieren.

In einer Nacht haben Jo, Sawyer und ich uns ganz dicht an einen der Zäune herangeschlichen. Ich konnte die Menschen dahinter eine ganze Zeit lang beobachten und es war einfach nur traurig.

Sie tragen dreckige, einfache Kleidung, die zwar eindeutig aus HUB-Produktion stammt, aber ganz offenbar so lange getragen wird, bis sie vor Dreck und Rissen kaum noch als solche zu erkennen ist. Genauso schlimm sind die Baracken. Einige wirken beinahe baugleich. Als hätten die Blauen anfangs eine Art kleines Dorf aus Fertighütten errichtet. Doch dann müssen sie damit aufgehört oder den Dingen einfach ihren Lauf gelassen haben. Zwischen den klapprigen Behausungen finden sich immer wieder Schlafstätten aus Planen, Mulden im Boden, mit Decken und Müll ausgekleidet, und wackelige Häuschen aus den Überresten der alten Welt.

Noch immer habe ich die Grauen nur wenig reden hören. Sie scheinen sich oft mit Gesten und Geräuschen zu verständigen. Wenn man es eine Zeit lang beobachtet, kommt es einem schnell vertraut und verständlich vor. Auch erkenne ich viel von Jo in diesen Menschen wieder. Oder vielleicht verhält es sich eher andersherum? Die Art, wie sie einander begegnen, sich berühren oder ihre Umgebung im Auge behalten. Das alles sind Verhaltensweisen, die Jo als Feuerland-Späher ebenfalls an den Tag legt. Er muss eine Menge Zeit mit ihnen verbracht haben. Wahrscheinlich mehr, als ich mir vorstellen will.

»Was jetzt?«, fragt Mailo in die Runde.

»Wir gehen zurück und überlegen uns was«, bestimmt Sawyer.

Also treten wir den Rückzug an und ich bete, dass wir bald an einem Checkpoint halten und duschen können.

Ich fühle mich wie ein schmieriges, klebriges Etwas, das nur noch durch meinen SOLAR SUIT und mein Kopftuch zusammengehalten wird.

Wenig später befinden wir uns wieder oberhalb der Werften und leeren ein paar Wasserrationen, bevor wir den Fußmarsch zu den Fahrzeugen in Angriff nehmen.

Ich habe es aufgegeben, Jo heimlich mit Blicken zu taxieren. Er muss so enttäuscht von mir sein, dass er seit dem kurzen Moment vor einigen Tagen kein Wort mehr mit mir gesprochen oder mich auch nur angesehen hat.

Ich habe mich schon fast ein bisschen an das dumpfe Gefühl in meiner Brust gewöhnt. Vielleicht schaffe ich es, ihn ganz aus meinen Gedanken zu vertreiben, bis das alles hier sein Ende nimmt? Bis wir nach Salgaia gehen oder im Kampf fallen. Letztere Option erscheint mir neuerdings ziemlich verlockend.

Plötzlich schallt ein ohrenbetäubender Lärm unter uns los. Es klingt wie ein Alarm und der Widerhall geht mir durch Mark und Bein. Selbst von hier oben klingt es, als stände man mitten in den Lagern, wo die Menschen jetzt aufgeregt durcheinanderrennen.

»Was ist das?«, frage ich erschrocken.

»Keine Ahnung«, erwidert Sawyer und starrt neugierig nach unten.

Die Menschen strömen nun in langen Schlangen in die unterirdischen Werften. Neben den breiten Reihen sind Soldaten postiert. Sie überwachen das seltsame Prozedere.

»Glaubt ihr, es hat mit den Kämpfen zu tun?«, fragt Mailo und schaut sich dabei wachsam um, so als erwarte er eine Horde Gelber am Horizont.

»Dann würden sie die Leute da unten wohl eher direkt ins Gefecht werfen, als sie unter die Erde zu treiben«, meint Jo grimmig.

»Nein«, sagt Anny und schüttelt den Kopf, »sie bringen die Menschen rein, weil es gleich ziemlich heiß werden wird.«

Eine Stunde später sind alle Grauen von der Erdoberfläche verschwunden und das ganze Gelände wirkt wie ausgestorben. Die Planen der Lager wehen im Wind, ein paar Soldaten hängen in der Nähe der Zugänge rum und unterhalten sich. Aus der Ferne kann ich einen von ihnen eine Zigarette rauchen sehen. Ich habe schon von Tabak gehört. Von Jackson und Arros, aber noch nie habe ich gesehen, wie sich jemand so ein Stückchen gerollte Pflanze anzündet und den Rauch genüsslich inhaliert. Das kann nicht schmecken! Vermutlich ist es eher eine Art Mutprobe unter den Soldaten. Zumal ich mir lieber nicht vorstellen möchte, woher der Tabak kommt oder wie alt er ist.

Es ist jetzt so still, dass ich mir einbilde, das Wasser in der Ferne branden zu hören. Kein Alarm und keine Motoren stören die Ruhe des Feuerlands, während wir weiter über dem Schauspiel ausharren und gespannt auf das warten, was als Nächstes kommt.

Es kündigt sich zaghaft an. Wie ein Knistern im Kopf, eine leichte Berührung im Nacken. Dann die plötzliche Unruhe, die einen befällt, wenn etwas Großes herannaht. Und zum Schluss, das Gefühl zu ersticken.

»Oh!«, keucht Anny.

Und auch ich muss mich stark konzentrieren, um dem Hitzepeak die Stirn zu bieten. Mein Schädel fühlt sich an, als würde er jede Sekunde bersten. Nur mühsam kann ich der Versuchung widerstehen, mir eine der kostbaren Wasserrationen über den Kopf zu schütten.

Neben mir atmet Mailo flach und hat die Augen geschlossen. Nach fünf Minuten haben wir uns ein wenig an die neuen Temperaturen gewöhnt, mussten uns aber hinlegen, weil Stehen oder Sitzen einfach unnötig anstrengend wäre.

»Wann ist das endlich vorbei?«, seufzt Anny.

»Kann man schwer sagen«, meint Sawyer und wischt sich den Schweiß von der Oberlippe.

»Ich wäre jetzt gerne beim Souverän. Der hat's bestimmt wunderbar kühl in seinem Wasser-Bunker«, scherzt Arros.

Sein Bart ist patschnass und er wirkt, als bekäme er gleich eine Herzattacke.

Ich habe das Gefühl, mein eigener Herzschlag ist nur noch halb so schnell wie gewöhnlich. Am liebsten würde ich einfach einschlafen. Dann müsste ich auch Jo nicht mehr spüren, der ganz nah bei mir liegt. Genau wie ich hat er seine Brille umgebunden und eine Hand auf die Stirn gelegt. Wenn man es nicht besser wüsste, könnte man glauben, unsere kleine Gruppe mache ein Mittagsschläfchen unter der Sonne.

Nach weiteren zwanzig Minuten ist es vorbei.

Ich checke meinen Kommunikator und überprüfe die Temperatur. Angenehme 62 °C.

»Meine Fresse!«, flucht Arros. »Das war echt übel.«

Geschlaucht und ziemlich müde verabschieden wir uns von Anny, die hierbleiben wird. Sie ist nun unser Spion und wahrt daher den Schein.

»Versuch herauszufinden, wie viele der Gelben sie bereits an Bord der Schiffe gebracht haben«, bittet Sawyer sie zum Abschied. Dann zögert er kurz.

Anny muss seine Körpersprache ebenso gedeutet haben wie ich. Sie wagt sich ein Stück vor und umarmt ihn vorsichtig.

Während Arros und die anderen sich bereits umdrehen und auf den Weg machen, genieße ich die unschuldige Geste zwischen Sawyer und seiner großen Liebe noch ein wenig. Ich freue mich so sehr für die beiden.

Hoffentlich gelingt es Anny unentdeckt und vor allem unversehrt zu bleiben. Wenn alles vorüber ist, könnten sie einen Neuanfang wagen.

Schließlich folgen Sawyer und ich den anderen und während unter uns eine Lawine aus grauen Arbeitern zurück in die Lager drängt, verschwinden wir klammheimlich zurück ins Feuerland.

Ich bin enorm erleichtert, als ich endlich die kleine Gruppe Häuser ausmache, zwischen denen wir unsere Wagen versteckt haben. Der ganze Trip war abgesehen von der körperlichen Herausforderung, sich mehrere Tage und Nächte zwischen blauen Soldaten und grauen Gefangenen zu verstecken, auch durch die emotionalen Eindrücke abartig frustrierend. Zwar hatte Jo mir bei unserem Streit unter der Nachtsonne mehr als deutlich zu verstehen gegeben, wie arm dran diese Menschen sind, doch war der Anblick der Lager tausendfach überzeugender. Ich für meinen Teil bin erst einmal nur froh, in den sicheren CutOut zurückkehren zu können.

»Nova? Ich fahre bei Arros mit und Gibbs bei Sawyer, ist das o. k. für dich?«, fragt Mailo mich im Vorbeigehen und offenbart mir so, dass ich anscheinend bei meinem Freund mitfahren kann. Mein Inneres möchte antworten: »Nein! Das ist nicht o. k., du Trottel!«, aber ich reiße mich zusammen und schlurfe zum Humvee.

Jo sitzt bereits am Steuer. Das wird eine sehr lange, schweigsame Fahrt werden …

Die Rückreise gestaltet sich problemlos. Es gibt keine weiteren Hitzepeaks, keine feindlichen Soldaten, keine Erdbeben. Nur Stille. Quälende, zermürbende, irremachende Stille.

Nach zwei Tagen habe ich sogar vergessen, wie Jos Stimme klingt. Er ist nun bloß noch ein Pilot. Jemand, der den Humvee steuert und hin und wieder hustet. Er könnte auf meinem Schoß sitzen und wäre trotzdem kilometerweit entfernt. Der Knoten in meinem Inneren zurrt sich so fest, dass ich kaum noch Luft bekomme. Ich ertrage diese Situation nicht länger und bei der nächsten Rast werde ich mir ein anderes Fahrzeug suchen. Es reicht!

Als wir eine breite Düne hinaufgerumpelt sind, halten die anderen beiden Wagen sich ein Stück weiter links und rollen den Kamm hinab. Jo fährt geradeaus weiter.

Selbst als die Düne schon mehrere Hundert Meter hinter uns liegt, reiht er sich nicht wieder in die Kolonne ein.

Ich muss mich mehrmals räuspern, weil ich meine Stimmbänder ewig nicht benutzt habe.

»Willst du ihnen nicht folgen?«

Er schüttelt nur den Kopf und hält die Arme weiter starr am Lenkrad.

»Ähm … o. k.«, sage ich nur, obwohl ich nicht sicher bin, ob alles o. k. ist.

Doch als die anderen Fahrzeuge nach einiger Zeit am Horizont verschwinden, kann ich nicht mehr an mich halten.

»Jo! Wohin bitte fahren wir?«

Ich verschränke die Arme vor der Brust und gaffe ihn an.

»Ich möchte dir etwas zeigen.«

Er klingt ganz ruhig, sieht mich aber weiterhin nicht an.

»Und was soll das sein?«, erwidere nur noch minimal zickig.

»Kannst du es dir nicht denken?«

Ich überlege kurz.

»Deine Freunde? Willst du mit mir zu deinen Leuten fahren? Ist das nicht gefährlich?«

Er erhöht die Geschwindigkeit und schließt die Hände fester um das Steuer.

»Ich würde sagen, das liegt ganz an dir. Solange du ihnen nicht versprichst, dass wir noch ein paar Hundert Schiffe bauen oder sie ›Graue‹ nennst, sollte alles glattgehen.«

Der Sarkasmus in seiner Stimme ist unüberhörbar.

»Und wie soll ich sie nennen?«

»Sie selber nennen sich ›Sallows‹«, sagt er leise.

»Sallows?«, wiederhole ich.

»Ja. Farblose. Unklassifizierte.«

Ich nicke, weil ich den Namen passend finde. Natürlich kann Jo das nicht sehen.

»Wann werden wir da sein?«

»Es ist nicht mehr weit.«

Plötzlich bin ich schrecklich aufgeregt. Es fühlt sich ein bisschen wie damals an, als Jenny, ein Mädchen aus unserem Schul-Bezirk, ihren Geburtstag feierte und Nume eingeladen war. Meine beste Freundin wollte unbedingt, dass ich mitkomme, aber ich fühlte mich die ganze Zeit über unwohl, weil ich nicht dazugehörte.

Heute verhält es sich ähnlich. Man hat mich nicht eingeladen, ich gehöre nicht dazu.

Ich bin furchtbar nervös und hoffe, dass es noch eine Weile dauern wird, bis wir Jos Freunde erreichen. Ich brauche noch ein paar Minuten, um meine Gedanken zu ordnen.

Bekommen tue ich zwanzig Minuten, dann hält der Humvee und Jo steigt aus.

Ich kann weit und breit keine Menschenseele ausmachen, krieche aber ebenfalls langsam aus dem Fahrzeug.

»Und? Was jetzt?«, frage ich so entspannt wie möglich.

»Wir warten.«

»Worauf?«

»Auf das Empfangskomitee.«

Mit diesen spärlichen Informationen muss ich mich zufriedengeben.

Jo lehnt gelangweilt am Humvee und schnitzt mit seinem Messer an einer alten Wurzel herum. Allmählich glaube ich, dass er mich nur ärgern will. Niemals werden wir hier draußen auf die Grauen treffen. Das kann nicht sein.

Und es kann doch.

Als ich längst aufgehört habe, meine Umgebung immer wieder neugierig zu überprüfen, erscheinen in der Ferne plötzlich zwei Gestalten. Als sie näher kommen, erkenne ich, dass es ein Mann und eine Frau sind. Beide tragen lange, dünne Hemden, die beinahe bis zu den Knöcheln reichen. Das Feuerland-Äquivalent zum SOLAR SUIT offenbar.

Je näher sie kommen, desto nervöser werde ich und trete automatisch dichter an Jo heran. Streit hin oder her, er wird nicht zulassen, dass mir etwas passiert.

Er steckt sein Messer weg und stellt sich gerade hin. Als die beiden uns schließlich erreichen, wirkt Jo wie ausgewechselt. Der miesgelaunte Ausdruck ist aus seinem Gesicht gewichen und er lächelt aufrichtig in Richtung des großen Mannes vor ihm.

»Grimm! Wie geht es dir?«, sagt Jo und hält dem Mann seine Hand hin. Doch sie fassen sich nicht zur Begrüßung an den Händen, sondern umschließen ihre Handgelenke gegenseitig.

Arros hat mir einmal gesagt, dass dies der ideale Griff sei, um jemanden zum Beispiel vor einem Absturz in die Tiefe zu sichern. Bei Jo und dem Typen, der offenbar »Grimm« heißt, wirkt es unglaublich vertraut und nicht annähernd so oberflächlich wie ein gewöhnlicher Händedruck.

Ich meinerseits weiß nicht wohin mit meinen Händen. Das mulmige Gefühl in meiner Magengegend lässt mich sicher kein bisschen vertrauenswürdig wirken. Trotzdem lächelt die Frau mich zaghaft an und ich erwidere die Geste. Ich nehme an, Lachen ist in jeder Gesellschaftsform eine gute Sache.

»Joaquim. Hast lang nicht Halt gemacht bei uns. Bist beschäftigt mit den Fliegern, hm?«

Grimms Stimme klingt ebenso rau, wie die der Grauen im Lager, und er spricht seltsam abgehackt und kurz angebunden. Obwohl ich jedes Wort verstehe, klingt es wie eine fremde Sprache. Wie die unkomplizierte, schnelle Form unserer Ausdrucksweise.

»Ja. Wir haben viel herausgefunden und waren gerade in der Nähe«, erwidert Jo und dann berührt er mich, zu meinem positiven Erstaunen, am Arm. »Das hier ist Nova. Sie ist meine Freundin und möchte euch gerne kennenlernen. Glaubst du, es wäre Alvo recht?«

Ich weiß weder wer Alvo ist, noch bin ich mir absolut sicher, ob ich ihn kennenlernen will, und Grimm scheint ähnlich zu empfinden.

»Weiß nich, Joaquim. Is 'ne heikle Sache, die du da machen willst. Könnte ihn wütend machen.«

Grimm dreht sich zu seiner Begleiterin um und sie beide blicken sich lange an. Obwohl kein Wort gesprochen wird, nickt die Frau schließlich und streckt ihre Hand vor. Ich brauche ein paar Sekunden, um zu begreifen, dass diese Geste mir gilt.

Schüchtern greife ich nach ihr und versuche mich an dieser neuen, seltsamen Form der Begrüßung. Meine Finger schließen sich zaghaft um ihr dünnes Handgelenk, doch als sie den Druck leicht verstärkt, packe ich ebenfalls beherzt zu und es fühlt sich sogar richtig gut an. Wie ein Versprechen. Ich blicke ihr ins Gesicht und stelle fest, dass sie rote Haare unter ihrem Kopftuch versteckt. Ein paar Strähnen hängen gewellt heraus und glühen im Sonnenlicht wie Feuer.

»Sei nich gemein, Grimm«, sagt sie, ohne den Blick von mir abzuwenden. »Haben doch schon viel von Nova gehört. Is sicher ein guter Mensch. Keine verrückte Farbige.«

Auch sie spricht mit fremden Zungen, scheint mich aber wie selbstverständlich vor Grimm in Schutz zu nehmen. Was sie wohl meint, wenn sie sagt, sie hätten schon von mir gehört? Erzählt Jo seinen Freunden von uns. Wie wir leben und dass er und ich ein Paar sind?

Auf einmal habe ich gar keine Angst mehr und bin bloß noch neugierig.

Grimm grunzt unbeeindruckt und wedelt dann mit dem Arm vor mir rum.

»Sie soll zeigen, was sie hat. Wir müssen es sehen, dann entscheiden.«

Verunsichert lasse ich die Hand der Frau los und schaue Jo fragend an.

»Sie möchten gerne sehen, was für einen Drift du hast«, erklärt er mir, »dann entscheidet Grimm, ob du gefährlich bist für das Dorf.«

Ich reiße die Augen auf und starre ihn fassungslos an. Sobald Grimm meinen Impuls live erlebt hat, wird er mich nicht mehr mitnehmen. Mein Drift ist mehr als gefährlich. Doch dann sehe ich, wie Jo eine kaum merkliche Geste mit seiner Hand macht. Beschwichtigend hebt und senkt er sie zweimal und ich verstehe. Ich soll die harmlose Version meines Drifts vorführen. Das könnte klappen.

Also trete ich ein paar Schritte vom Humvee zurück und richte meine Hand auf die Fahrerkabine. Grimm weicht leicht beunruhigt nach hinten und zieht seine Freundin dabei mit sich. Nur Jo bleibt unbeeindruckt stehen. Offenbar will er zeigen, wie ungefährlich meine Fähigkeiten sind. Ich mobilisiere vorsichtig meinen Drift und achte darauf, dabei möglichst freundlich und wenig kämpferisch zu wirken. Dann lasse ich den winzigen Impuls auf das Fahrzeug los und der Motor springt augenblicklich an. Zwar erschreckt das laute Geräusch Grimm ein wenig, doch scheint er zu wissen, dass ein Humvee keine Wunderwaffe, sondern nur ein harmloses Vehikel ist. Ich schaue den Wüstenmann an und lächele unsicher. Dann wiederhole ich meine Geste und lasse den Motor absaufen.

»Is sicher nich unpraktisch«, kommentiert Grimm meine Show und nickt dann wohlwollend. »Gut. Kann mitkommen. Aber lass mich erst mit Alvo reden, dann kannst du sie zeigen.«

Damit bin ich eingeladen und fühle mich sofort erleichtert.

»Ich bin Sannah«, sagt die Frau nun und nickt mir noch einmal freundlich zu, bevor sie sich umdreht und gemeinsam mit Grimm in dieselbe Richtung verschwindet, aus der sie gekommen sind.

Als sie außer Hörweite sind, drehe ich mich zu Jo um. »Was nun?«

»Jetzt fahren wir zu ihrem Dorf.«

»Du wusstest die ganze Zeit, wo sie leben?«, frage ich verwundert. »Warum dann diese Empfangskomitee-Sache?«

Er zuckt mit den Schultern.

»Es wäre unhöflich gewesen, dich einfach dorthin zu bringen. Sie hätten es mir übel genommen. So konnten sie selber entscheiden.«

Ich starre den beiden mit gemischten Gefühlen hinterher. »Und wenn sie sich anders entschieden hätten?«

»Dann hätte ich dich ziemlich schnell hier weggebracht.«

Diese äußerst beängstigende Ansage lasse ich unkommentiert und folge Jo zum Humvee.

»Wir fahren nur ein Stück, verstecken den Wagen und gehen den Rest zu Fuß«, erklärt er.

Nach einer Weile habe ich meine Gedanken geordnet und unzählige Frage. Ich versuche mich auf das Wichtigste zu beschränken.

»Wo leben sie?«

»Nicht weit von hier«, sagt Jo und lenkt den Humvee um einen verrosteten Sattelschlepper herum, »in einem kleinen Tal. Dort gibt es sogar noch einen See. Er ist nicht groß, aber wirklich schön. Wird durch eine unterirdische Quelle gespeist. Ziemlich warm, aber trotzdem 'ne nette Freizeitbeschäftigung. Und es gibt dort Höhlen. Ideal, um unentdeckt zu bleiben, und auch kühler als draußen.«

Ich staune nicht schlecht. Dies waren die ersten zusammenhängenden Sätze, die Jo seit Wochen an mich gerichtet hat. »Und kennst du Sannah gut?«, frage ich weiter.

Sofort sehe ich den liebevollen Ausdruck in seinem Gesicht, als ihr Name fällt. Sie muss ihm viel bedeuten.

»Ja. Sie war eine der ersten, die ich damals kennengelernt habe. Für mich ist sie … so was wie eine Mutter. Vermutlich weil sie mich auch dann noch mag, wenn ich etwas Dummes mache. Sie ist sehr gutmütig, weißt du.«

»Ich finde sie nett«, erwidere ich zustimmend und es ist nicht gelogen. Sannah ist die Art Mensch, den man sofort ins Herz schließt. Eine ältere und ruhigere Version von Nume.

»Aber Grimm ist ein wenig gruselig.«

Jo lacht.

Jo lacht!

»Nein, nein. Er ist nur vorsichtig. Das lernt man hier draußen schnell. Er will seine Leute schützen. Ist doch verständlich. Mach dir keine Sorgen. Grimm ist eigentlich ein lieber Kerl. Etwas ruppig vielleicht, aber o. k. im Grunde.«

Ich schaffe es kaum, Jo zuzuhören. Viel zu groß ist meine Freude über diese unerwartete Unterhaltung.

Mit einem Schlag ist das Leben in unsere Beziehung zurückgekehrt. Eben noch hätte ich gewettet, er würde mich ohne schlechtes Gewissen in der Wüste verdursten lassen und plötzlich ist er wieder mein Jo! Auch wenn sich eigentlich nichts geändert hat und weiterhin keine gescheite Lösung für unsere Probleme in Sicht ist, bin ich so glücklich über die Worte, die er an mich richtet.

»Und dieser Alvo? Ist er ihr Anführer?«

»Ja.«

»Ist der auch eigentlich ein lieber Kerl?«

»Hin und wieder«, sagt Jo knapp. »Er trägt die Verantwortung, daher muss er sich an gewisse Regeln halten, damit niemand in Gefahr gerät. Ein wenig wie bei Sawyer und der Division.«

»Verstehe«, sage ich und versuche mir Alvo vorzustellen, aber er hat immer nur Sawyers Gesicht, also werde ich warten müssen, bis ich ihn kennenlerne. Ein wenig fürchte ich mich davor, aber jetzt, wo Jo wieder mehr als zwei Wörter redet, fühle ich mich gleich besser. Ich bin sehr gespannt auf das Dorf und den See und Alvo.

Und dann fällt mir plötzlich auf, dass Jo ein großes Risiko mit mir eingeht. Die Sallows hätten mich nie zu sich eingeladen und wenn ich mich dumm anstelle, könnte es auch für Jo nach hinten losgehen. Sicher sind nicht alle so liebenswert wie Sannah.

Jo will mir offenbar zeigen, wie wichtig ihm die ganze Sache ist, nur was bezweckt er damit? Am Ende läuft es auf dasselbe hinaus. Er will hierbleiben und die Sallows weiterhin vor der Division verbergen. Vielleicht hofft er darauf, dass ich ihm die Lügerei nicht mehr so übel nehme, wenn ich diese Menschen erst kennengelernt habe.

Ich horche in mich hinein, kann aber keinen Anhaltspunkt finden. Ich weiß nicht, ob ich ihm sein hinterhältiges Verhalten verzeihen kann. Inzwischen habe ich mir längst eingestanden, dass ich nicht wegen der Lüge an sich böse bin, sondern viel eher deswegen, weil er mich nicht ins Vertrauen gezogen hat. Niemals hätte ich seine Freunde verraten. Er hätte es mir sagen können, aber er wollte es nicht.

Was sagt das über uns aus?

# 11. SALLOW ISLAND

Als wir das kleine Tal erreichen, bin ich müde und hungrig, aber die Aufregung lässt mich wachsam bleiben.

Jo ist noch immer wie ausgewechselt. Er lächelt, winkt Menschen zu, welche in kleinen Grüppchen über die Ebene verteilt sitzen, und berührt mich immer wieder zaghaft am Arm, um mir den Weg zu zeigen.

Ich schwebe nur so über den großen Platz, der auf zwei Seiten von Gebirgsflanken umgeben ist und offenbar das Zentrum des Dorfs bildet. Wobei man es eigentlich kaum als Dorf bezeichnen kann. Zwar sehe ich viele Menschen, aber keine Hinweise auf Unterkünfte oder sonst irgendwelche von Menschenhand geschaffenen Utensilien.

Wir überqueren die Fläche und gelangen durch einen breiten Spalt ins Innere des Gesteins. Von alleine hätte ich diesen Eingang niemals gefunden. Zwei sich knapp überschneidende Felswände kaschieren ihn. Erst wenn man direkt vor ihnen steht, erkennt man den Zugang.

Ich folge Jo durch die Dunkelheit. Zwar brennen alle paar Meter Fackeln, doch haben sich meine Augen noch lange nicht an das plötzliche Zwielicht gewöhnt. Ihm fällt es offenbar leichter oder er kennt sich einfach sehr gut aus.

»Gehen wir jetzt zu Alvo?«, frage ich ihn leise.

»Ja. Grimm sollte uns inzwischen angekündigt haben.«

»Aber wir sind mit dem Humvee gefahren. Sicher sind Grimm und Sannah noch gar nicht hier. Wir sollten warten.«

Er lacht beherrscht.

»Ich bin ein wenig im Kreis gefahren. Du hast es nur nicht bemerkt. Die beiden sind längst hier. Keine Sorge.«

Ich wundere mich über meinen fehlenden Orientierungssinn. Andererseits ging mir auf der Fahrt so vieles durch den Kopf, vermutlich ist es da kein Wunder, dass ich nicht auf die Strecke geachtet habe.

Der recht schmale Tunnel, durch den wir nun schon eine Weile tapsen, mündet in einen kleinen Raum, von welchem aus weitere Gänge gabeln. Jo wählt den linken. Dann geht es weiter und weiter in den Berg hinein. Ich bemerke, dass der Boden abschüssig ist. Wir gehen bergab.

Als ich schon nicht mehr daran glaube, das Tageslicht jemals wiederzusehen, endet der dunkle Gang und wir stehen plötzlich am Rande einer riesigen Kaverne. Der gigantische Hohlraum macht den Eindruck, als würde das Gewicht der kuppelartigen Decke nur durch die unzähligen, unregelmäßig geformten Tropfsteinsäulen gehalten. Natürlich ist das Unsinn, aber es wirkt deshalb nicht weniger beeindruckend.

»Du meine Güte …«, keuche ich.

»Ja, nicht wahr?«, erwidert Jo stolz. Es scheint, als würde er nach Hause kommen. Ich beiße mir auf die Lippen.

Auch hier sehe ich mehrere, kleine Gruppen von Menschen. Noch haben sie uns nicht bemerkt, aber wir schreiten weiter voran. Lange wird es nicht mehr dauern, bis sie mich als Eindringling identifizieren. Ich fühle mich unwohl.

»Wir gehen da hoch«, sagt Jo und deutet auf etwas, das wie eine in den Stein geschlagene Treppe aussieht.

Ich folge ihm hinauf und erkenne erstaunt, dass es hier so etwas wie Ebenen gibt. Zumindest erinnert mich das Ganze stark an die Galerie im CutOut, nur dass es keine Wände und Türen gibt. Alles ist offen und im selben rotbraunen Sandton.

Ein natürlicher HUB.

»Hast du schon mal nach oben gesehen?«, fragt Jo mich und grinst dabei vielsagend.

Sofort lege ich den Kopf in den Nacken und staune nicht schlecht. An zentraler Stelle befindet sich eine kreisrunde Öffnung, ein natürliches Opaion. So was habe ich noch nie gesehen, aber es liefert die Erklärung, wieso hier in der Halle mehr Licht vorhanden ist als in den Gängen, trotzdem ist es angenehm kühl.

»Wow!«

»Ja, nicht schlecht, oder?«

Ich nicke verhalten und fühle mich plötzlich ganz klein. Alles hier ist so gewaltig, man weiß gar nicht, wo man zuerst hinschauen soll.

Gerade rechtzeitig richte ich meine Aufmerksamkeit wieder auf meine Füße, sonst wäre ich direkt in Jo hineingelaufen, der plötzlich stehen geblieben ist. Wir scheinen unser Ziel erreicht zu haben.

Vor uns ist eine Art Podest aus Stein und darauf befindet sich etwas, das auf den ersten Blick wie ein Zelt aussieht. Die Front ist offen, aber es hat »Wände« aus Tuch und trotz der einfachen Hilfsmittel aus Seilen und Stöcken wirkt es ein wenig wie ein winziger Palast.

Ich folge Jo hinein und entdecke Sannah in einer der Ecken. Sie hält ein Gefäß in Händen und nimmt hin und wieder einen Schluck daraus.

Ich nicke ihr höflich zu und warte gespannt ab.

»Ich grüße dich«, sagt Jo nun zu einem bärtigen Mann, bei dem es sich wohl um Alvo handeln muss.

Auf den ersten Blick scheint er weder sauer noch erstaunt über unser Auftauchen und macht keinen besonders gefährlichen Eindruck auf mich.

Jo erklimmt die zwei schrägen Stufen, um zu ihm zu gelangen, und wiederholt die Sallow-typische Begrüßung.

»Ich sehe, du bringst eine Freundin mit?«

Alvo spricht die Worte, ohne mich dabei zu beachten.

»Ganz recht, Alvo. Das ist Nova. Sie kommt von da, wo ich herkomme, und möchte gerne mehr über euch erfahren.«

»Mehr?«

»Sie würde gerne wissen, wie ihr lebt und wie es euch geht.«

Jo sagt dies, als hätten wir vorher bereits darüber gesprochen, dabei wusste ich bis vor wenigen Stunden nicht einmal, dass ich hierherkommen würde.

»Sannah sagt, sie ist nett, deine Freundin. Du weißt, ich schätze Sannahs Wort.«

Mir fällt auf, dass Alvo nicht ganz so seltsam spricht wie Grimm. Zwischen seiner Ausdrucksweise und unserer ist kaum ein Unterschied zu bemerken.

»Ich versichere dir, man kann ihr vertrauen«, sagt Jo nun und fügt dann hinzu: »Ich vertraue ihr.«

Wie ein kleines Mädchen stehe ich mit ineinanderverschränkten Händen da und warte auf mein Urteil.

»Gut. Dann wird Sannah sie begleiten, aber sollte sie sich seltsam verhalten oder zu viele Fragen stellen … dann kann sie nicht bleiben, verstanden?«

Jo nickt dankbar und dreht sich zu mir um. Ich bringe ein schüchternes Lächeln zustande.

Schon ist Sannah aufgestanden und gesellt sich zu mir.

»Komm«, sagt sie und nimmt meine Hand, als wären wir schon ewig befreundet.

Hier unten, ohne Kopftuch und gleißendes Tageslicht kann ich erkennen, dass sie zwar deutlich älter als Jo und ich ist, aber eine durchaus jugendliche Schönheit besitzt. Ihr feuerrotes Haar reicht beinahe bis zur Taille und ist leicht gewellt. Grüne Augen, unzählige, kleine Lachfältchen und eine kleine Stupsnase machen ihre leicht vorwitzige Erscheinung perfekt.

Sie zieht mich weg von den anderen und hinunter auf die steinige Ebene. Ein wenig verängstigt blicke ich mich noch mal zu Jo um, aber er nickt nur aufmunternd. Offenbar läuft für ihn alles nach Plan.

»Wohin gehen wir?«, frage ich leise.

»Wohin du willst, aber ich kann dir nich alles zeigen. Wär Alvo nich recht.«

»Können wir zum See gehen?«, frage ich hoffnungsvoll.

»Ja. Der See is toll. Is bestimmt ein guter Start für deinen Rundgang.«

Wir schlendern zurück durch den Berg, vorbei an verwundert dreinblickenden Sallows und kleinen Kindern, die große Augen machen. Ich bin froh, als wir endlich wieder draußen sind und auch die vereinzelten Grüppchen vor dem Höhleneingang hinter uns lassen.

Sannah schlingt sich ihr Tuch locker um ihren Kopf. Ich glaube, sie tut es mehr aus Gewohnheit als zum Schutz gegen die Sonne.

»Musst dich nich schämen«, wispert Sannah, die meine Unsicherheit scheinbar registriert hat, »die gucken nur. Tut nicht weh. Sind nur neugierig.«

Ich lächele verhalten und zucke mit den Schultern.

»Schon klar. Es fühlt sich nur seltsam an. Ich komme mir wie ... ich weiß auch nicht, irgendwie feindlich vor.«

»Bist du ja auch«, gibt meine Fremdenführerin stumpf zurück, grinst aber breit, während sie die Worte ausspricht.

»Wieso glaubst du das?«, frage ich, »dass ich der Feind bin, meine ich.«

»Oh, ich glaub das nich. Aber die«, sagt sie und deutet mit dem Finger auf die immer noch gespannt hinter uns her blickenden Mitglieder ihres Dorfes.

»Aber ich kenne euch doch gar nicht. Ich würde euch nie etwas tun oder Böses wollen.«

»Das is schön. Nur gilt das nich für alle von euch. Musst du verstehen, Nova. Wir sind vorsichtig.«

Ich nicke und beschließe die Unterhaltung in eine andere Richtung zu lenken. Lieber möchte ich mehr über das Überleben hier draußen erfahren. Eine Tatsache, die mich noch immer überrascht.

Wir sind nun ganz allein und nicht weit vor uns erstreckt sich der kleine See. So klein ist er allerdings gar nicht. In Anbetracht der Tatsache, dass ich in meinem ganzen Leben noch keinen See gesehen habe, könnte er auch nur eine Pfütze sein, ich fände ihn trotzdem super. Aber er ist keine Pfütze. Er sieht tief aus und dunkel.

»Habt ihr all die Jahre hier gelebt?«, frage ich vorsichtig.

»Die meisten von uns«, erwidert Sannah. »Ein paar stammen aus anderen Gebieten, weiter weg. Aber wir finden uns immer, weißt du.«

Sie lächelt geheimnisvoll.

»Ihr findet euch?«

»Wir haben wenig von diesem technischen Zeug. Keine ... ähm, Hologramme und so was, aber wir reden trotzdem miteinander, auch wenn wir weit voneinander weg sind.«

»Ihr kommuniziert mit anderen Dörfern?«, frage ich erstaunt.

»Ja. Dauert etwas länger als mit dem da«, sie deutet auf mein Armdisplay, »aber es geht.«

Ich traue mich nicht zu fragen, wie sie es anstellen. Vielleicht wäre Alvo diese Frage nicht recht, aber ich bin enorm beeindruckt.

»Willst du rein?«, fragt Sannah mich nun.

Ich verstehe nicht gleich, was sie meint, bis sie an meinem Anzug zupft.

»In das Wasser?«, krächze ich fast ein wenig empört.

»Is zwar warm, aber macht echt Spaß!«

Das Angebot klingt verlockend. Sannah bemerkt meine neugierige Haltung und streift sich, ohne zu zögern, das Kopftuch und ihr langes Gewand ab. Darunter trägt sie ein leichtes Bustier und etwas, das wie Shorts aussieht. Es sind kleine Blümchen darauf. Früher einmal knallpink, müssen sie mit der Zeit verblichen oder verwaschen sein, denn sie sind nur noch blassrosa und ihre kleinen, grünen Blätter sind beinahe grau.

»Na los!«, fordert sie mich auf und ich gehorche.

Nach einem schnellen Blick über die Schulter stelle ich zufrieden fest, dass niemand in Sichtweite ist, und entledige mich ebenfalls meines schmutzigen SOLAR SUITs.

Ich war noch nie ohne Equipment, ohne Kleidung, Brille und Kopftuch im Feuerland. Das Gefühl ist atemberaubend. Eine leichte Brise streift die feinen Haare auf meinen Armen und ich schließe ganz automatisch die Augen.

Sannah gibt ein belustigtes Kichern von sich und nimmt meine Hand.

»Warte nur, wie es sich gleich anfühlt!«

Sie zieht mich zum Wasser und stürmt freudig hinein. Ich kann mich gerade noch losreißen und versuche es lieber ein wenig langsamer.

Wenn ich an Wasser denke, sehe ich stets nur die zylinderförmigen Verpackungen unserer Wasserrationen vor mir. Niemals hätte ich in Erwägung gezogen, einmal meinen ganzen Körper mit dem feuchten Element zu umhüllen. Zaghaft setze ich einen Fuß vor den anderen und wate durch das flache Wasser. Mit jedem Schritt komme ich Sannah, die bereits bis zur Hüfte im See steht, näher. Es fühlt sich sehr warm an, aber nicht unangenehm. An den Stellen meiner Beine, wo das Wasser sie bereits berührt hat, hinterlässt der leichte Wind ein angenehmes Prickeln.

Sannah lacht laut auf und vollzieht eine Drehung. Noch während sie mir den Rücken zuwendet, lässt sie sich vornüber auf die glänzende Oberfläche fallen und wird vom See verschlungen.

Ich schlucke.

Für ein Mitglied der Division benehme ich mich heute ganz schön feige.

Ein paar Meter entfernt taucht Sannahs Kopf wieder auf und als ich sehe, wie sie sich die klitschnassen Haare aus dem Gesicht streicht, gibt es auch für mich kein Halten mehr.

Ich atme zweimal tief ein und presche vor. Nach ein paar Schritten drehe ich mich um, blicke nach oben und schließe die Augen. Die Sonne scheint mir unbarmherzig wie immer ins Gesicht. Doch dann lasse ich einfach los. Mit schlaffen Armen und Beinen sinke ich rückwärts und das Wasser umschließt gemächlich meinen Körper.

Und dann tauche ich unter.

Ein dumpfes Rauschen erklingt in meinen Ohren. Es ist, als hätte man einen Schalter umgelegt. Die ganze Welt wird zäh und langsam. Meine Arme schweben neben mir und meine Haare streifen über mein Gesicht. Es ist wie ein Wunder. Wie eine andere Welt. Wie der Himmel!

Doch dann mache ich irgendwas falsch. Panik steigt in mir auf und ich strampele wie verrückt mit Armen und Beinen. Keuchend und röchelnd durchbreche ich die Wasseroberfläche und ringe nach Luft.

»Oh neeeeeiiinn«, ruft Sannah, »das müssen wir noch üben!«

Sie lacht herzlich und schwimmt zu mir. Ich versuche hektisch das Wasser und einige Haarsträhnen aus meinen Augen zu bekommen.

»Ich wäre beinahe erstickt!«, wimmere ich.

»Nein, nein. Keine Angst. Das lernst du schnell«, beruhigt Sannah mich und streichelt liebevoll über meinen Rücken, bis ich wieder etwas zur Ruhe gekommen bin.

Ihr kurzes Top ist wegen der Nässe durchsichtig geworden und ihre weiblichen Merkmale zeichnen sich deutlich darunter ab. Ich schaue peinlich berührt an mir herab und überprüfe mein eigenes Outfit. Doch die schlichte, schwarze CutOut-Unterwäsche tut ihren Dienst. Alles ist da, wo es hingehört und nichts ist transparent.

Sannah bemerkt mein prüdes Verhalten nicht oder sie ignoriert es einfach.

»Komm. Ich zeige dir, wie man es richtig macht«, bietet sie an und wir beginnen mit einer improvisierten Unterrichtsstunde.

Die Zeit fliegt nur so dahin und ich kann gar nicht genug vom See bekommen. Am liebsten würde ich für immer hierbleiben. Wie konnte ich nur ein Leben lang ohne Schwimmen auskommen?

Lachend und johlend jagen Sannah und ich uns gegenseitig, tauchen uns unter, spritzen uns nass. Es ist das schönste Gefühl auf Erden. Man kann es mit nichts auf der Welt vergleichen.

»Eigentlich solltest du ja noch etwas mehr vom Dorf sehen«, meint Sannah, während sie einem meiner Angriffe ausweicht.

»Nein!«, rufe ich ausgelassen, »das hier ist alles, was ich wissen muss! Wir können die Tour später fortsetzen.«

Sie grinst breit und gibt sich geschlagen. Mit einem Satz geht sie in Rückenlage und macht nur noch hier und da eine matte Bewegung mit den Armen, um ihre Position zu halten. Ich mache es ihr nach. Nachdem Sannah mir erklärt hat, wie man unter Wasser die Luft anhält und sich so bewegt, dass man auch von der Stelle kommt, ist es gar nicht mehr so schwierig und beängstigend. Ich fühle mich bereits nach so kurzer Zeit geradezu eins mit dem Element.

Wir treiben auseinander und genießen die plätschernde Stille. Es ist herrlich.

Irgendwann drehe ich mich zur Seite und meine Füße berühren den sandigen Boden. Nicht weit entfernt ragt ein kleiner Fels aus dem Wasser. Ich hebe die Hand vor die Augen, als ich eine Gestalt auf ihm ausmache.

Es ist Jo.

Vom Wasserspiel noch aufgeputscht und voller freudiger Emotionen raubt mir sein Anblick den Atem.

Auch er hat sich bis auf die schwarzen CutOut-Shorts ausgezogen und sitzt mit angewinkelten Beinen auf dem harten Stein. Wie lange schon, will ich mir lieber nicht ausmalen. Bestimmt hat er uns eine ganze Zeit beobachtet.

Sannah hat ihn auch entdeckt und schwimmt zu ihm hin. Sie reden kurz und Sannah lacht laut auf. Dann schwimmt sie zum Ufer, schnappt sich ihre Sachen und zieht sich unter einen schattigen Felsvorsprung zurück. Eine andere Sallow erscheint und die beiden flüstern sich Dinge zu und kichern.

Ich schaue wieder zu Jo. Er ist inzwischen aufgestanden und sein makelloser Körper wirkt gegen das Sonnenlicht beinahe übermenschlich. Sofort überkommt mich eine unbändige Sehnsucht, doch ich rühre mich nicht von der Stelle.

Jo streckt indessen die Arme und stößt sich elegant vom Felsen ab. Mit einem leisen »Swusch« durchbricht er die Wasseroberfläche und ist verschwunden.

Ich paddele ein bisschen mit den Armen und sehe mich neugierig um. Noch kann ich ihn nirgends auftauchen sehen. Er bleibt bedenklich lange unter Wasser.

Als ich schon beginne mir Sorgen zu machen, schießt er nur einen halben Meter von mir entfernt empor und macht mich dabei ganz nass. Ich lache vergnügt auf.

»Hi«, sagt er schwer atmend.

Feine Wasserperlen rinnen über seine Nase und seine Wangen.

»Hi«, sage ich fröhlich.

»Und du kannst jetzt also schwimmen?«, fragt er grinsend.

»Jawohl! Das kann ich jetzt«, erwidere ich und dann werfe ich alle Zurückhaltung über Bord und gleite auf ihn zu. Kleine Wirbel aus Sand umhüllen meine Füße, während ich mich ihm nähere. Ich schlinge meine Arme um seinen Hals. Mein Gesicht ist jetzt nur noch wenige Zentimeter von seinem entfernt. Worte brauche ich nicht. Mein ganzer Körper strahlt Glück aus. Und auch er ist vollkommen gelöst. Fort ist der nachdenkliche, traurige Joaquim.

Wir küssen uns, befühlen die glitschige Haut des anderen mit den Fingerspitzen. Dann schwimmen wir um die Wette, tauchen unter, verknoten unsere Körper unter Wasser und kommen prustend und jauchzend wieder hoch.

Die Sonne steht schon tief, als wir eine kleine Ansammlung von Felsen entdecken und ich erstaunt feststelle, dass auf ihr tatsächlich so etwas wie ein Baum wächst. Er ist klein und struppig, aber seine nadelartigen Blätter sind grün. Wir hieven unsere nassen Körper auf die winzige Insel und bleiben erschöpft auf dem Rücken liegen.

»Das ist der schönste Tag in meinem Leben«, sage ich nach einer Weile.

Er erwidert nichts, lächelt aber zufrieden. Ich krieche zu ihm herüber und schmiege mich an seine Brust. Mein nasses Haare bildet eine kleine Pfütze unter uns. Jo beginnt damit, mir zärtlich über den Rücken zu streicheln.

»Meinst du, die anderen können uns sehen?«, frage ich ihn leise.

»Nein. Ich glaube nicht. Dafür ist der Vorsprung hier zu abschüssig.«

Erst während er dies sagt, begreift er den Hintergrund meiner Frage. Ein erstaunter Ausdruck huscht über sein Gesicht und dann zieht er mich näher an sich heran und küsst mich.

»Das habe ich vermisst«, säusele ich.

»Oh Gott, wem sagst du das!«

Ich kichere. Jetzt und hier sind alle Sorgen und alles, was zwischen uns stand, vergessen. Ich weiß nicht, ob es bloß dem See oder Sannah geschuldet ist. Vielleicht liegt es auch daran, dass ich Jo schon nach der kurzen Zeit an diesem Ort viel besser verstehen kann oder weil ich plötzlich befürchte, die ganze Zeit über falsch gehandelt zu haben. Es gibt so viele Fragen und Ängste, aber jetzt, in genau diesem Moment, sind sie alle unwichtig.

»Ich liebe dich«, sage ich mit fester Stimme.

Er hält inne und schiebt mich ein Stück weg. Mit beiden Händen an meinen Schultern schaut er mir in die Augen. Ich kann es sehen. Ich bin das Wichtigste für ihn. Nicht die Sallows oder die Division sind seine Nummer eins. Auch nicht das Feuerland.

Ich bin es!

»Ich liebe dich auch, Nova. Das musst du mir glauben. Du musst es einfach.«

»Ich glaube dir«, sage ich und ein Zittern überkommt mich. »Ich glaube dir!«, sage ich erneut und dann versinkt die Welt um uns herum im Wasser. Worte und Gedanken sind wie ausgelöscht, es gibt nur noch uns und diese kleine, steinige Insel.

# 12. AN EINEM STRANG

Viel später am Abend sitze ich gemeinsam mit Jo an einem großen Feuer und fühle mich bereits, als hätte ich mein ganzes Leben in dieser kleinen Gemeinschaft verbracht. Wobei das Dorf gar nicht so klein ist. Im Schätzen war ich schon immer schlecht, aber wenn man Jo glauben kann, sind allein die Bewohner des Bergs mehr als nur eine Handvoll. Von Sannah weiß ich, dass es sich nicht um die einzige Gruppe handelt. Dort draußen im Feuerland gibt es noch viele Sallows und alle leben frei.

Als wir das Lager erreichten, hatte ich Angst, war misstrauisch und verunsichert. Jetzt verhält es sich genau andersherum. Ich bedaure es, dass wir schon bald wieder fort müssen. Am liebsten würde ich noch länger bleiben, mindestens eine Woche. Doch dafür ist keine Zeit. Die Erkenntnisse, welche wir durch unseren Abstecher zu den Werften gewonnen haben, bedürfen unserer vollen Aufmerksamkeit. So vieles muss geplant, durchdacht und berücksichtigt werden. Ich habe Jo noch immer nicht gefragt, was er den anderen gesagt hat. Schließlich dürfte ihnen inzwischen aufgefallen sein, dass wir nicht in den CutOut zurückgekehrt sind. Vermutlich hat er ihnen irgendeine Lüge aufgetischt. Rückblickend muss ich mich wundern, dass ich Mailos Bitte, bei Jo mitzufahren, nicht hinterfragt habe. Ganz sicher hat mein Freund ihn dazu verleitet. Immerhin war es Jo auf der Hinfahrt ja auch völlig egal, in welchem

Auto ich sitze. Vom Anblick der fremdartigen Menschen, die um das Feuer herumsitzen, fasziniert, bemerke ich erst ziemlich spät, dass Jo plötzlich nicht mehr neben mir ist. Er hat die Feuerstelle umrundet und sich zu Sannah gesetzt. Die beiden unterhalten sich leise und wirken dabei sehr vertraut.

Noch vor wenigen Stunden hätte mich dieser Anblick wütend oder gar neidisch gemacht. Jetzt genieße ich es. Ich verstehe, wieso mein Freund so sehr um das Wohlergehen dieser Menschen besorgt ist. Nein, mehr als das! Ich bin es inzwischen ebenso. Nur können wir rein gar nichts tun, um ihnen zu helfen. Und um ehrlich zu sein, weiß ich auch gar nicht wirklich, ob sie Hilfe brauchen. Vermutlich würde es Jo gerne sehen, dass seine Freunde mit nach Salgaia kommen. Aber ist das wirklich die Lösung?

Ich versuche mir meine Sitznachbarn in einem Raumschiff vorzustellen. Undenkbar.

Sie sind so eng mit der Natur, mit dem Feuerland verwoben, ein anderer Ort existiert für sie nicht. Vermutlich ist das auch der Grund, warum Jo hierbleiben möchte. Selbst wenn es genügend Schiffe gäbe, es wäre der falsche Weg. Und er sieht sich offenbar selbst als Sallow. Als Teil ihrer Gemeinschaft, ihrer Familie.

Plötzlich ist Jo wieder neben mir und tippt mir auf die Schulter.

»Können wir kurz reden?«, fragt er und ich bin schneller auf den Beinen, als es meinem Gleichgewicht guttut. Das Schwimmen war ungewohnt und kräftezehrend. Meine Glieder sind schlapp und ich fühle mich angenehm müde und pudelwohl.

»Klar«, sage ich und folge ihm durch die, in das Licht des großen Feuers getauchte, Höhle.

Er führt mich hinauf und zuerst denke ich, dass wir wieder zu Alvo gehen, doch der sitzt am Feuer. Ich habe ihn dort gesehen. Wir wandern immer weiter, höher, zwängen uns durch kleine Gänge und erklimmen kantige Stufen. Hin und wieder muss Jo mich festhalten, weil ich stolpere oder langsamer werde, weil ich die Hand nicht mehr vor Augen sehen kann. Ich genieße es jedes Mal, wenn seine Finger sich um meinen Arm schließen.

Dann erreichen wir das Ende eines kleinen Tunnels. Erst als wir hinaustreten, erkenne ich, dass wir uns unter freiem Himmel befinden. Wir stehen auf einem kleinen Felsvorsprung und Jo hält inne, den Blick auf die weite Ebene unter uns gerichtet. Wir müssen sehr hoch sein. Der Ausblick ist selbst bei Nacht atemberaubend.

In der Ferne kann ich mehrere Dünen ausmachen. Ihre Formation lässt darauf schließen, dass darunter Häuser aus der alten Zeit begraben liegen. Aber auch die unmittelbare Umgebung ist sagenhaft schön. Das Areal, welches den See und den Zugang zu den Höhlen umgibt, ist felsig und rau. Vereinzelt sehe ich kleine Gebüsche. Genau wie auf der Insel im See scheint hier noch das eine oder andere Gewächs der Sonne zu trotzen.

»Wow!«, sage ich und stelle mich direkt neben ihn.

»Ich komme gerne her, wenn ich hier bin«, erklärt er.

»Kann ich verstehen.«

Er deutet auf ein paar kleinere Felsen zu unserer Linken und sagt: »Dort können wir uns hinsetzen. Dann muss man nicht die ganze Zeit darauf achten, ob man zu nah am Abgrund ist.«

Ich kraxele hinter meinem Freund her und sichere mir meinen Platz.

Die Luft ist wunderbar hier oben. Eine zaghafte Brise umspült meine nackten Beine. Sannah hat mir ein langes Hemd geliehen. Es fühlt sich gut an auf der Haut. Ich kann verstehen, wieso die Sallows sich so kleiden.

»Worüber möchtest du mit mir reden?«, frage ich auf die Gefahr hin, dass es erneut zu einer unschönen

Wendung kommen könnte. Das letzte Mal, dass Jo und ich uns nachts unter freiem Himmel unterhalten haben, endete übel.

»Ich habe mit Alvo geredet. Ihm alles erzählt. Von den Werften und den Lagern meine ich.«

»Oh!«, sage ich erstaunt.

»Er war nicht begeistert, wie du dir vorstellen kannst.«

Ich nicke verständnisvoll und angele nach Jos Hand. Langsam streichele ich mit meinem Daumen über seinen Handrücken und warte darauf, dass er mehr erzählt.

»Jedenfalls sieht Alvo sich nun ein wenig im Zugzwang. Bisher wussten er und die anderen Stämme nicht, wohin die Blauen ihre eingefangenen Sallows verschleppt haben. Nun schon.«

Ich überlege kurz.

»Du meinst, er will sie befreien?«

»Nicht ganz.«

Jo reibt sich das Kinn.

»Ich konnte ihn überreden, einen Deal zu machen.«

»Einen Deal?«, frage ich gespannt.

»Ja. Ich muss natürlich noch mit Sawyer reden und überhaupt, es ist alles noch relativ unklar, aber wir haben ein paar Rahmenbedingungen abgesteckt.«

»Erzähl!«, fordere ich ihn auf.

»Der Plan könnte lauten: Alvo und seine Leute mischen die Soldaten an den Werften auf, befreien die Grauen und wir nutzen das Chaos, um die Sache mit dem Souverän durchzuziehen.«

»Das ist doch gut, oder? Ich meine, das würde bedeuten, wir arbeiten zusammen. Hand in Hand!«

Er nickt zustimmend, schaut aber wie immer etwas misstrauisch drein.

»Schon, nur will ich Alvo nicht übervorteilen. Ich bin nicht sicher, ob die Befreiung seiner Leute genug ist, verstehst du?«

Ich lasse seine Hand los.

»Du meinst, weil wir am Ende alle 'nen Abflug machen und die Sallows zurückbleiben?«

»Genau.«

»Aber wenn er es doch tun will? Was danach ist, können wir immer noch sehen. Wer weiß schon, wie sich die Sache entwickelt, wenn wir erst mal an einem Strang ziehen«, spekuliere ich hoffnungsvoll.

Er lacht kurz auf. Es klingt verbittert.

»Oh, ich kann mir schon denken, wie sich die Sache entwickeln würde. Wenn erst alle Gelben von den Schiffen wissen und jedermann an Bord dieser Schiffe will, was ja auch ihr gutes Recht ist«, fügt er beschwichtigend hinzu, »dann könnte es zu einer Auseinandersetzung zwischen den Gelben, den restlichen Blauen und den Sallows kommen. Und wir würden mittendrin stecken, Nova.«

Er dreht sein Gesicht zu mir und schaut mich zärtlich an.

»Für welche Seite würdest du kämpfen? Und ich meine das ganz ernst. Jetzt, wo du sie kennengelernt hast, wen würdest du nach Salgaia schicken, wen zurücklassen? Mailos Eltern? Oder Numes? Sannah?«

Ich begreife, worauf er hinauswill und finde keine Worte. Gleichzeitig pocht die Erinnerung an die sich noch immer in Gefangenschaft befindlichen Eltern meiner Freunde auf mein Gewissen.

»Ich … ich denke, ich würde …«

Er verzieht den Mund zu einem lustlosen Lächeln.

»Ganz genau.«

Ich habe keine Ahnung, was ich darauf noch erwidern soll. Und Jo ist das klar. Er wendet den Blick ab.

Es stimmt schon. Es hat sich einiges geändert, seit ich mich mit eigenen Augen von den Lebensumständen in den Lagern der Grauen bei den Werften überzeugen konnte. Und erst recht, seit ich diese Gemeinschaft mit all ihren Eigenheiten und liebenswerten Mitgliedern kennenlernen durfte. Wenn es auch nur ein Tag war, so hat sich meine Ansicht in puncto Graue um 180 Grad gedreht. Dennoch ... die wesentliche Fragestellung, die eine Sache, die nur Jo und mich betrifft, ist nach wie vor ungeklärt. Sie treibt einen Keil zwischen uns, selbst wenn ich seine Beweggründe inzwischen besser nachvollziehen kann.

Als hätte er meine Gedanken gelesen, spricht er das heikle Thema plötzlich an.

»Ich weiß, das alles macht es für dich nicht einfacher, Nova. Ich kann selbst nicht sagen, wie es weitergehen soll. Irgendwie habe ich das Gefühl, es wäre falsch zu gehen. So vieles hält mich hier. Ich kann verstehen, wenn du wütend bist.«

»Ich bin nicht wütend«, sage ich versöhnlich. Zu präsent sind die kostbaren Momente zu zweit draußen auf dem See noch. Mir steht der Sinn nicht mehr nach Streit. Das ist reine Zeitverschwendung. Erst recht in Anbetracht der jüngsten Erkenntnisse.

»Natürlich bist du das«, erwidert er schnell.

»Na schön, ja. Ich bin wütend. Oder ich war es«, ich zögere, »aber das liegt nicht daran, dass du diese Menschen hier so sehr in Schutz nimmst, ja nicht mal daran, dass du so lange gelogen hast. Ich verstehe es inzwischen. Wirklich!«

»Es ist, weil ich bleiben will, richtig?«, fragt er zaghaft.

»Nein ... Ich meine, schon. Aber nicht ausschließlich deswegen«, ich atme tief ein. »Es ist, weil es dir so völlig egal ist, was das für uns bedeuten würde.«

Nun ist es raus. Ich wundere mich darüber, wie schwer ich die Worte über die Lippen bekomme. Die ganze Zeit über ging es mir eigentlich nur darum. Um die grauenvolle Tatsache, dass Jo ohne mich leben kann - es sogar unbedingt möchte.

Er steht ruckartig auf, dreht sich aber gleichzeitig herum und geht in die Hocke. Gefährlich nahe am Abgrund kniet er nun vor mir und ergreift meine Hände.

»Nova. So ist das nicht. Glaub mir, ich kann mir nicht mal vorstellen, ohne dich zu sein. Wirklich nicht.«

Er umschließt meine Finger fester und sieht mich flehend an.

»Begreife doch«, fährt er fort und ich bilde mir ein, ein Zittern in seiner Stimme zu vernehmen, »wenn ich mit dir gehe, würde ich dir irgendwann die Schuld dafür geben. Vielleicht nicht bewusst, nicht absichtlich, aber es würde geschehen. Denn du wärst der einzige Grund, der einzige auf der ganzen Welt, der mich dazu bringen würde, hier wegzugehen.«

Seine Stimme wird nun lauter, drängender.

»Ich will hier nicht weg. Nichts, verstehst du, NICHTS zieht mich nach Salgaia. Ich kann mir nicht vorstellen, dort zu leben, woanders zu sein als hier.«

Er hält inne. Ich bin froh darüber, denn seine Worte schmerzen und ich brauche eine Verschnaufpause. Schon fühle ich, wie sich die verhassten Tränen wieder einen Weg emporbahnen. Auch Jo wirkt jetzt enorm aufgewühlt. Es fällt ihm sichtlich nicht leicht, das Thema erneut anzuschneiden.

Ganz leise fährt er fort: »Die Alternative ist aber noch schlimmer. Wenn ich fragen würde ... Wenn ich von dir verlangen würde, mit mir zu bleiben?«, er senkt den Blick und wirkt plötzlich sehr ängstlich auf mich. »Wenn ich das tun würde, wäre es noch viel schlimmer für uns beide. Ich brächte dich damit in eine unmögliche Situation. Was, wenn du mit mir hierbliebest? Wenn du all deine Freunde verlieren und zusammen mit mir ganz allein auf diesem zum Tode verurteilten Planeten ausharren müsstest? Du wärst bestimmt furchtbar unglücklich deswegen und es wäre meine Schuld.«

»Aber wenn du mit nach Salgaia kommst, wäre es ebenso«, erwidere ich kleinlaut.

Er nickt hektisch. »Das meine ich damit. Es ist unser Dilemma. Wie man es auch angeht, die Gefahr, dass einer von uns seine Entscheidung bereuen könnte, ist groß. Und hinzukommt, dass ich nicht weiß, wie es mit der guten alten Erde weitergeht. Was, wenn das Ende näher ist, als wir vermuten? Wenn es in ein paar Jahren nicht mehr möglich ist, hier zu leben? Ich will das für dich nicht!«

»Aber du selber riskierst es, ohne mit der Wimper zu zucken?«, frage ich barsch.

»Wie gesagt, ich kann nicht anders. Es fühlt sich falsch an, zu gehen.«

Plötzlich bin ich gar nicht mehr so traurig. Auch nicht mehr böse. Ich bin sogar froh darüber, dass Jo so offen mit mir darüber redet. Zwar hat er mich nicht direkt gefragt, ob ich mit ihm hierbleiben würde, aber vermutlich läuft es darauf hinaus. Allein die Tatsache, dass er mir seinen inneren Zwist so ehrlich beschreibt, genügt, um mich zu beschwichtigen.

Das Problem ist nur: Ich habe keine Ahnung, wie ich zu der Sache stehe.

Ich weiß, dass ich Jo nicht verlieren will.

Ich weiß, dass ich meine Freunde nicht verlieren will.

Was ich aber in diesem Moment überhaupt nicht weiß - und vermutlich auch in absehbarer Zeit nicht wissen werde -, ist, wo ich eigentlich lieber leben möchte. Hier? Oder auf einem fremden Planeten. Ob nun mit oder ohne Jo, dieser Frage habe ich mich nie richtig gestellt. Vielleicht, weil Salgaia so wenig greifbar, so irreal ist?

Für Jo ist die Sache klar. Er hat eine sehr, sehr lange Pro-Liste, was das Leben auf der Erde betrifft. Und auf der Contra-Seite stehe nur ich.

»Du musst dazu jetzt nichts sagen. Ich wollte nur, dass du weißt, wie ich darüber denke. Was ich empfinde. Wir sollten ohnehin keine Pläne schmieden, solange alles noch so ... offen ist. Wer weiß schon, wie es mit uns, der Division, den Grauen und der ganzen Situation weitergeht? Vielleicht endet es anders, als wir erwarten? Vielleicht haben wir gar keinen Einfluss.«

Er redet sich richtig in Rage. So als hätte er zu viel gesagt und würde nun versuchen, seine Ausführungen abzumildern.

»Schon gut«, sage ich und löse meine Hand aus seinem Griff. Dann fahre ich mit gespreizten Fingern durch sein Haar und versuche dabei so aufrichtig wie möglich zu lächeln. »Ich verstehe schon. Wir müssen jetzt keine Entscheidungen fällen.«

»O. k.«, sagt er erleichtert.

»Ja, es ist o. k.«, sage ich.


Nachdem Jo wieder seinen Platz an meiner Seite eingenommen hat, bleiben wir noch lange auf dem Felsvorsprung sitzen und reden leise. Und obwohl zwischen uns alles gut ist und es sich schon beinahe wieder so vertraut anfühlt wie vor unserem schrecklichen Streit, bleibt ein bitterer Nachgeschmack. Ein emotionales Echo.

Früher oder später muss einer von uns eine Entscheidung treffen. Diese Aussicht gefällt mir gar nicht. Für mich war eigentlich immer klar, dass wir zusammengehören. Niemals hätte ich diese Hürde kommen sehen.

»Wie lange werden wir hierbleiben?«, frage ich etwas später.

»Wir fahren noch heute. Ich glaube, länger sollten wir Sawyers Geduld nicht strapazieren, zumal ich ihm ja auch noch meinen Vorschlag unterbreiten muss. Ergo: Meine Lügerei beichten muss ...«, sagt Jo ernst.

»Er wird es verstehen. Er ist der Anführer der Division, Jo. Wenn jemand weiß, wie wichtig es ist, seine eigenen Leute zu schützen, dann er!«

Ich halte inne.

»Und du willst das wirklich durchziehen? Ich meine, ihm sagen, dass die Sallows mit uns zu den Werften gehen würden?«

Er lacht auf.

»Ich dachte, das ist genau das, was du von mir wolltest? Die Wahrheit sagen, die Grauen mit uns verbünden. Waren das nicht explizit deine Wünsche?«

»Schon. Nur will ich nicht, dass du dich damit schlecht fühlst oder es für mich tust. Du solltest dir sicher sein.«

Er zieht mich an seine Schulter und seine große Hand umschließt dabei zärtlich meinen Arm.

»Keine Sorge. Ich bin mir sicher. Alvo will es so und fürs Erste haben wir ja alle etwas davon. Was danach kommt, werden wir sehen.«

»In Ordnung«, erwidere ich und kuschele mich noch dichter an ihn heran.


Dann sind wir wieder im Humvee. Nur Jo, ich und die Schwärze des Feuerlands. Auf dem Weg zurück in den CutOut. Im Gepäck haben wir ganz neue Erfahrungen, neues Wissen und ein einmaliges Angebot an die Division.

Ich bin sehr gespannt, wie Sawyer auf Jos Neuigkeiten reagieren wird. Vermutlich zunächst leicht gekränkt, aber letztendlich profitiert er davon. Er wird sicher auf das Angebot eingehen.

Ich habe es mir zur Angewohnheit gemacht, meinen Arm während der Fahrt immer ein wenig aus dem Fenster zu halten. Der Fahrtwind ist so angenehm und vermittelt mir stets ein wunderbares Gefühl von Freiheit. Manchmal bemerke ich diese Handlung schon gar nicht mehr. Es ist wie der inzwischen automatische Griff zum Schalthebel beim Fahren eines Fahrzeugs. Die Hand streckt sich von ganz allein aus dem Fenster, streicht an der staubigen Oberfläche der Karosserie entlang und dann spreizen sich meine Finger und befühlen das Feuerland.

Jo und ich hätten uns nicht streiten dürfen. Natürlich möchte er hierbleiben. Ich hätte es wissen müssen. Wenn jemand wie ich, der sein Leben lang unter der Erde eingesperrt war, der diese Regierung hasst und eigentlich nichts lieber tun sollte, als auf schnellstem Wege nach Salgaia zu reisen, das Feuerland bereits so sehr in sein Herz geschlossen hat. Wenn selbst ich es nach so kurzer Zeit so sehr lieben gelernt habe, dann ist es mehr als logisch, dass Jo nicht fortgehen will.

Es ist Jo.

Schon an meinem ersten Tag mit ihm, vor nunmehr fast zwei Jahren, liebte er das Feuerland mehr als alles andere. So ist er und auch ein paar Raumschiffe und die Aussicht auf grüne Wiesen und Temperaturen für Weicheier werden daran nichts ändern.

»Hey«, sagt Jo in die Stille der nächtlichen Fahrt hinein, »pass auf. Ich hab was Neues drauf!«

»Hmm?«, mache ich und verstehe nicht, was er meint.

Die Hände weiter am Lenkrad und ohne die Geschwindigkeit zu drosseln, setzt mein Freund seinen Drift-Blick auf.

Gespannt lehne ich mich ein Stückchen vor, unsicher darüber, was er vorhat.

»Was tust du?«, frage ich neugierig.

Doch kaum habe ich die Worte ausgesprochen, spüre ich es. Ich kenne dieses Gefühl. Manchmal habe ich es während der Simulationen im Training. Wenn das Auge etwas sieht, der Körper aber etwas anderes wahrnimmt. Eine falsche Entfernung oder Abmessung, die das Gehirn nicht so recht zuordnen kann und Warnsignale schickt. Eben, wenn etwas irgendwie nicht stimmt. In den Simulationen kann man das gut ignorieren, weil man daran gewöhnt ist. Es sind kleine Fehler im Programm. Winzige Abweichungen.

Doch hier, in diesem Humvee, draußen in der Nacht, brauche ich ein paar Sekunden, um zu verstehen, was vor sich geht.

Selbstzufrieden wirft Jo mir einen Seitenblick zu. Prahlerisch verzieht er den Mund zu einem breiten Grinsen.

Er hat den Humvee, samt uns beiden, emporgehoben. Während der Fahrt!

Nun nimmt er den Fuß vom Gas und das Motorengeräusch wird leiser. Wie einer der Hover-Gleiter, mit dem Anny uns in das Raumschiff gebracht hat, schweben wir dahin.

Ich bin schwer beeindruckt.

»Wie machst du das?«, frage ich verblüfft.

»Ich hab auch ein bisschen trainiert. Du lernst nicht als Einzige dazu«, gibt Jo stolz zurück.

Mit einem leichten Ruck steigen wir noch weiter empor und ich halte mich automatisch ein wenig energischer an meinem Sitz fest.

»Wie lange kannst du das so anhalten lassen?«, frage ich verzückt.

Ich bin ernsthaft überrascht. Seine Fähigkeit scheint plötzlich so viel stärker als gewöhnlich.

»Keine Ewigkeit, aber für ein paar kleine Stunts reicht es schon.«

Mit diesen Worten schießt der Humvee vorwärts und obwohl er längst nicht mehr durch den Brennstoff, sondern bloß noch durch Jos Gedankenkraft angetrieben wird, beschleunigt das Gefährt seinen Flug immer weiter.

Und dann scheint Jo all seine Konzentration aufzuwenden und wir drehen uns urplötzlich um unsere eigene Achse. Ich kreische auf. Erst ängstlich, dann euphorisch. Juchzend und lachend gebe ich mich dem Spaß hin und genieße seine Darbietung.

Inmitten des nächtlichen Feuerlands fliegt ein militärisches Fahrzeug mit zwei Insassen, denen es an Zauberkraft nicht mangelt, durch die Lüfte.

Was hätte der liebe Alois Bezier wohl dazu gesagt? Hätte er dies für seine Schützlinge gewollt? Oder hätte auch er sich diese Entwicklung nicht in seinen kühnsten Träumen vorstellen können?

Mutig halte ich erneut meine Hand aus dem Fenster und als Jo einen doppelten Looping wagt, schwinden mir beinahe die Sinne.

Genauso ein Gefühl hatte ich bitter nötig. Ein kleiner Ausflug ins Glück, eine Dosis Übermut. Zusammen mit den Stunden im See, den neuen Eindrücken und unserer Unterhaltung ergibt es ein vollständiges Bild. Eine unausgesprochene Garantie dafür, dass Jo und ich einen Weg finden werden. Ich habe keine Ahnung, wie der aussehen wird, aber ich zweifle in diesem Augenblick, schwebend, lachend - knapp vier Meter über dem sandigen Boden - kein bisschen daran, dass wir alles schaffen können.

# 13. HELDEN UND LÜGNER

Unsere Ankunft im CutOut erzeugt weniger Aufsehen, als ich befürchtet hatte.

Kein wütender Sawyer bittet uns zu Gericht, keine besorgte Nume stürmt auf mich zu. Alles ist ganz normal. Wie an jedem anderen Tag auch.

Verwundert bahne ich mir meinen Weg über die große Ebene und halte nach meinen Freunden Ausschau. Ich hatte ein Begrüßungskomitee aus beleidigten, neugierigen Mitbewohnern erwartet. Eine beste Freundin, die mich ausquetschen will und Jo verflucht. Aber niemand scheint sich um unsere 24 Stunden verzögerte Ankunft zu scheren.

Seltsam.

Jo ist direkt in seine Wohneinheit und unter die Dusche verschwunden. Froh darüber, nicht sofort Rede und Antwort stehen zu müssen, nutzt er diese Gelegenheit, unbeachtet in den CutOut zu gelangen. Es wird noch früh genug zu dem unausweichlichen Gespräch mit Sawyer kommen.

Ich lasse meinen Blick schweifen und entdecke Nume schließlich an einem der Tische. Gemeinsam mit Mailo, Jakob und ein paar anderen CutOut-Bewohnern trinkt sie Tee, lacht und gestikuliert.

Der vertraute Anblick stimmt mich fröhlich. Endlich wieder hier. Ich schlendere auf die kleine Gruppe zu und wappne mich innerlich für den Schwall aus Fragen und Vorwürfen. Doch als ich sie beinahe erreicht habe, fällt mir plötzlich auf, dass ich die Leute bei Nume und Mailo gar nicht kenne. Sind etwa schon wieder Neue angekommen? Eigentlich kaum verwunderlich. Immerhin ist alles in Aufruhr. Selbst wenn viele der HUBs bereits befreit sind, werden uns in der nächsten Zeit immer mehr Flüchtlinge erreichen.

Als Nume mich sieht, springt sie auf und strahlt über das ganze Gesicht. Winkend läuft sie auf mich zu.

Erleichtert über die offen zur Schau gestellte Freude beschleunige ich meine Schritte ebenfalls.

Wir fallen uns in die Arme und lachen ausgelassen.

»Da bist du ja endlich!«, ruft Nume und drückt mich ganz fest.

»Ja, sorry. Wir waren noch ...«

»Egal. Komm! Komm mit!«, sagt sie aufgeregt und zieht mich zum Tisch, wo inzwischen alle aufgestanden sind, um mich zu begrüßen.

Etwas irritiert schleiche ich hinter Nume her und mustere die Neuankömmlinge. Und dann stockt mir der Atem. Ich bleibe unvermittelt stehen und fasse mir an den Mund.

»Nova«, sagt die zierliche, blonde Frau, die wie eine ältere Version von Nume aussieht.

»Was ...?«, stottere ich.

»Komm her«, sagt die Frau und überwindet den letzten Abstand zwischen uns.

Tränen bahnen sich ihren Weg und rinnen mir über das Gesicht. Dabei lache ich und falle Numes Mutter schluchzend in die Arme. Während sie mich viel kräftiger, als ihre schmale Statur erwarten lässt, umarmt, werfe ich einen Blick über ihre Schulter und erkenne den Rest der kleinen Gemeinschaft.

Es sind tatsächlich die Eltern von Nume, Jakob und Mailo.

So lange habe ich sie nicht gesehen. Es fällt mir schwer, ihre Namen aus meinem Gedächtnis auszugraben und den Gesichtern vor mir zuzuordnen.

Inzwischen haben sich alle um mich herum versammelt. Wir fallen uns gegenseitig in die Arme, lachen, weinen. Es ist so unwirklich.

Ich werfe Nume einen fragenden Blick zu. Eigentlich ist es mir egal, wie sie hierher gelangt sind, Hauptsache sie sind da!

»Ruben«, sagt Nume und lächelt gerührt.

»Was? Wie?«, frage ich verwirrt.

»Er ist vor ein paar Tagen einfach losgezogen und hat sie geholt«, erklärt mir Mailo.

Ich starre ihn fassungslos an. Kann das sein? Ist das möglich?

»Er ist ganz allein los und hat die sechs hergeholt? Wie soll das gehen?«, frage ich kritisch.

»Nicht allein«, berichtet Nume, »er hat ein paar Männer aus Arros' Truppe mitgenommen. Alles Freiwillige. Pete bekam zuvor die Meldung rein, dass es in HUB 1 zu Auseinandersetzungen zwischen den Bewohnern und dem Rat gekommen ist. Da hat Ruben nicht lang gezögert und ist hin.«

Ich staune nicht schlecht. Gemeinsam mit Numes Mutter wandere ich zum Tisch und wir setzen uns alle, noch immer ziemlich aufgelöst.

Ich muss aussehen und riechen wie ein wildes Tier, aber es ist mir ganz egal.

»Und was ist dann passiert? Im HUB meine ich?«

Dieses Mal antwortet mir Mailos Vater und ich bekomme eine Gänsehaut, weil die vertraute Stimme in mir einen wahren Sturm aus Erinnerungen auslöst.

»Ruben traf mit seinen Leuten ziemlich genau in dem Moment ein, als ein paar von uns sich bereits mit der dreißigsten Etage anlegten. Er hatte oben ein paar der verbliebenen Soldaten ausgeschaltet und ihr hättet sehen müssen, wie er durch die Reihen gefegt ist. Innerhalb von einer viertel Stunde waren die Ratsmitglieder so verängstigt, dass sie sich freiwillig ergeben haben.«

Nun mischt sich auch Jakobs Vater ein und fuchtelt dabei wild mit den Händen.

»Ich dachte, ich breche zusammen, als mein Bruder plötzlich Feuerstöße von sich gegeben hat, als wäre es das Normalste auf der Welt. Ich dachte, er wäre längst umgekommen. Auch wenn eure Botschaft relativ deutlich gemacht hat, dass Außeneinsätze nicht existieren, und ich natürlich Hoffnung geschöpft habe - DAS war definitiv überraschend. Ich traute mich kaum, ihn zu umarmen, als alles vorbei war.«

Ich lache und weine zugleich über die dramatische Beschreibung. Nur zu gut kann ich mir vorstellen, wie Ruben dem Hass von dreizehn Jahren Luft gemacht und einige der Soldaten und Ratsmitglieder gegrillt hat.

»Wo ist er jetzt?«, frage ich und stelle im selben Augenblick erstaunt fest, dass ich mich um ihn sorge.

Sollte seine Befreiungsaktion meine Verbitterung in Sachen Ruben etwa gelindert haben?

»Er ist bei Arros. Hilft beim Training, aber wollte bald herkommen«, erwidert Nume freudig.

»Wow ...«, sage ich.

»Ja, nicht wahr?«, gurrt Nume. Sie ist total aufgekratzt und glücklich.

Auf einmal will ich unbedingt zu Ruben. Ich weiß nicht wieso, aber ich kenne kein Halten mehr.

»Ich glaube, ich muss kurz ...«, beginne ich entschuldigend und deute auf meinen verschmutzten Anzug und mein Gesicht. »Ich gehe schnell duschen und komme dann wieder, o. k.? Sicher gibt es noch viel mehr zu erzählen und ich kann es kaum abwarten, aber ich muss jetzt einfach diese Klamotten loswerden.«

Numes Mutter nickt eifrig und macht eine beschwichtigende Geste mit den Händen.

»Um Gottes willen, Kind, ja! Geh nur und leg dich vielleicht noch ein paar Stunden hin. Du musst ja völlig fertig sein. Nume sagte, du und dein Joaquim wart noch im Einsatz dort draußen?«

Ich wundere mich darüber, wie gut informiert sie ist, und frage mich außerdem, was genau Jo den anderen aufgetischt hat, um sich auf dem Rückweg mit dem Humvee abzusetzen. Doch das muss warten.

Ich verabschiede mich schnell und laufe zu den Aufzügen. Mehrmals betätige ich den Sensor und verlagere ungeduldig mein Gewicht von einem Bein auf das andere.

Eine kurze Fahrstuhlfahrt später bin ich endlich am Trainingsraum angelangt, stürme hinein.

Um den Nahkampfring haben sich mehrere Teilnehmer aufgebaut und feuern die beiden Kämpfer laut an.

Einer von ihnen ist Ruben.

Ich nähere mich eilig und bleibe dann mit verschränkten Armen am Rand des Spektakels stehen.

Natürlich dominiert Jakobs Onkel den Kampf. Sein Gegenüber hat es nicht leicht. Immer wieder weicht er nur leidlich geschickt aus und steckt innerhalb von nur einer Minute gleich mehrere Schläge und Tritte ein.

Als die beiden die Positionen tauschen, entdeckt Ruben mich. Dadurch, für einen kurzen Moment abgelenkt, fängt er sich prompt einen Hieb ins Gesicht ein. Er taumelt rückwärts, wedelt mit den Armen und schafft es nur um ein Haar, nicht zu Boden zu gehen. Meine Anwesenheit nimmt ihm offenbar die Lust an der Prügelei und so schnellt er auf seinen Kontrahenten zu, holt dabei enorm aus und streckt ihn mit nur einem gezielten Schlag nieder. Vermutlich hätte er dies die ganze Zeit über schon tun können, hat seinem Gegner aber eine Chance lassen wollen.

»Nova!«, sagt er, während er aus dem Ring heraustritt und sich das Gesicht mit einem Tuch abwischt, welches Arros ihm zugeworfen hat.

Die anderen kümmern sich derweil um Rubens benebelt wirkendes Opfer.

»Hi«, sage ich und packe ihn am Ellenbogen.

Ich ziehe ihn weg vom Rest der Gruppe, fort, in eine ruhige Ecke nahe dem Eingang.

»Geht es dir gut? Gab es draußen Probleme?«, will Ruben wissen und ich schüttele schnell den Kopf.

»Nein, nein. Alles in Ordnung. Ich bin gerade erst zurück.«

»Das kann ich sehen«, erwidert er und mustert meine staubige Erscheinung belustigt.

Wie immer, seit ich die Sache über ihn und meinen Vater erfahren habe, herrscht zwischen uns eine merkwürdige Stimmung. Einerseits sind wir uns sehr nahe, haben ähnlich schlimme Erfahrungen gemacht und dieselben Menschen geliebt, andererseits trennt uns die Tatsache, dass Ruben meinen Vater auf dem Gewissen hat. Und wie immer versuche ich, dieses Wissen aus meinem Bewusstsein zu verdrängen, um eine halbwegs anständige Unterhaltung mit ihm führen zu können.

Mein Blick schweift automatisch zu dem erstarrten, mechanischen Arm, an dessen Ende der schwere Sandsack baumelt. Schnell schüttele ich das Bild unseres beinahe tödlichen Zusammenstoßes ab und widme mich wieder meinem Vorhaben.

»Ruben, hör zu. Ich wollte nur ... ich meine, ich wollte mich bei dir bedanken. Ich habe keine Ahnung, wie du es geschafft hast, aber ich bin dir so dankbar! So unendlich dankbar!«, ich kralle meine Finger in seinen Unterarm, um meine Worte noch zu unterstreichen.

Er sieht erleichtert aus und auch ein wenig stolz.

»Also hast du die anderen bereits getroffen?«

Ich nicke mit zusammengepressten Lippen. Noch immer droht mich die Freude über die Rettung der Eltern meiner besten und engsten Freunde zu überwältigen. Ich könnte auf der Stelle erneut vor lauter Glück in Tränen ausbrechen.

»Wirklich. Ich kann dir gar nicht sagen, wie unglaublich dankbar ich dir bin. Ruben ... du -«

Er hebt zögernd eine Hand, um sie mir auf die Schulter zu legen, zieht sie jedoch schnell wieder zurück. Er traut sich nicht, mich zu berühren. Seit unserer Umarmung, direkt nach meinem Anschlag auf ihn hier in diesem Raum, haben wir uns nicht mehr auf diese Weise genähert. Doch jetzt, in diesem Moment, greife ich intuitiv nach seiner Hand und drücke sie zärtlich.

»Danke.«

Zwei CutOut-Duschen später sitze ich wieder auf der großen Ebene. Auch Jo hat die Neuigkeit inzwischen erfahren und unterhält sich angeregt mit Mailos Vater.

Ich für meinen Teil bin furchtbar müde und habe Mühe, nicht an Ort und Stelle einzuschlafen. Doch von Nume weiß ich, dass heute Abend noch eine Sitzung des Forums geplant ist. Sawyer hat extra auf mich und Jo gewartet, daher klammere ich mich tapfer an meinen Ersatzkaffee und halte durch. Ich würde gerne vorher noch mit Jo sprechen, ihn fragen, wie er es angehen will. Wie er den anderen von seinen geheimnisvollen Freunden berichten will, aber irgendwie will sich keine Gelegenheit ergeben. Und so sitze ich kurze Zeit später, noch immer müde, mit den anderen in der Kommunikationszentrale und lausche Sawyers Ausführungen.

»Ich hätte nicht erwartet, dass es so schnell geht«, sagt dieser gerade, »aber wir haben Nachricht von Anny. Sie konnte herausfinden, wie viele der Schiffe bereits gelbe Passagiere beherbergen.«

Schlagartig bin ich wieder wach.

»Erzähl!«, fordere ich unseren Anführer auf.

Sawyer wirkt nicht besonders glücklich, daher wappne ich mich für schlechte Nachrichten. Wieso müssen es immer schlechte Nachrichten sein, verdammt?

»Anny sagt, sie müssen bereits vor Wochen, wenn nicht sogar vor Monaten, heimlich mit dem Abtransport der Bewohner begonnen haben. Es sieht übel aus. Wenn die Daten, die Anny sichten konnte, korrekt sind, dann sind sogar schon einige Schiffe fort.«

Nume keucht erschrocken auf.

»Du meinst, auf dem Weg nach Salgaia?«

»Genau«, erwidert Sawyer geknickt.

»Dann müssen wir jetzt schnell etwas unternehmen!«, wettert Arros und beginnt wieder einmal unruhig vor uns auf und ab zu laufen.

Von Nume weiß ich, dass alle Mitglieder des Forums bereits auf dem neusten Stand sind. Sie kennen das Ergebnis unserer Späher-Aktion bei den Werften und wissen auch, dass wir es nicht geschafft haben, einen genaueren Blick auf den seltsamen Sitz der Regierung zu werfen.

Im Prinzip muss Sawyer nur noch das Zeichen zum Angriff geben und wir könnten uns auf den Weg machen.

Doch Sawyer sieht nicht sonderlich motiviert aus.

»Es wurde bereits damit begonnen, die befreiten Gelben mit SOLAR SUITS und anderem Equipment zu versorgen, aber es geht nur langsam voran und sie haben einfach keinerlei Feuerlanderfahrung«, er seufzt. »Wir könnten die angeschlossenen blauen HUBs mit einbeziehen und so einen Angriff auf die Werften planen, aber ich habe kein gutes Gefühl dabei. Wenn wir mit einer derart großen Gruppe losziehen, haben wir in null Komma nichts so ziemlich jeden Soldaten am Hals, den die Regierung in der Nähe hat.«

Nume schüttelt heftig den Kopf.

»Aber wir müssen etwas tun! Oder willst du einfach abwarten, bis sie alle Gelben fortgeschafft haben? Das darf nicht passieren. Wir müssen jetzt einschreiten!«

Ich wundere mich kein bisschen über die sturen Ansichten meiner besten Freundin. Genau wie ich will sie die Sache endlich beenden. Endlich Erfolg haben. Doch Sawyer scheint nicht wirklich überzeugt.

»Ich fürchte, wenn wir auf diese Weise zuschlagen, verlieren wir mehr, als wir gewinnen. Und erreichen tun wir vielleicht überhaupt nichts, Nume«, er steht auf und wandert nun gemeinsam mit Arros durch den Raum. »Und wir dürfen nicht vergessen, dass der Souverän die Grauen zum Kampf eingeteilt hat. Sobald wir dort auftauchen, stehen wir einer übermächtigen Anzahl von ihnen gegenüber. Du hast die Lager nicht gesehen. Es sind so viele, Nume. Selbst wenn wir eine Chance hätten, würden wir niemals bis zum Souverän in seinem Wasser-Palast vordringen können. Das wird so nicht funktionieren.«

Selbst Nume weiß darauf nichts mehr zu erwidern. Alle schweigen und grübeln vor sich hin. Wieder einmal stehen wir vor einem offenbar unlösbaren Problem und das, obwohl wir so nah an der Lösung sind.

Neben mir räuspert sich Jo.

»Ähm ... ich glaube, eine Möglichkeit gäbe es da schon«, er sieht mich kurz an und lächelt matt. »Dazu müsste ich allerdings erst mal ein paar Dinge erklären.«

Eine Stunde später finde ich mich zusammen mit Nume und Mailo in meiner Wohneinheit wieder und werde mit Fragen bombardiert. Numes Stimme überschlägt sich beinahe, während sie auf mich einredet. Es wundert mich kein bisschen. In der Sitzung hat sie tapfer an sich gehalten und Jo seine ganze Geschichte erzählen lassen.

Genau wie Sawyer, Arros und die anderen hat Nume bloß mit offenem Mund dagesessen und jedes Detail aus Jos Erzählung in sich aufgesogen.

Wie er die Sallows gefunden und lieben gelernt hat. Wie er es über all die Jahre geheim gehalten hat. Und natürlich die famose Übereinkunft mit Alvo, dieses verlockende Angebot, uns beim Sturm auf die Werften zu unterstützen.

Auch wenn Nume nach der sechzigminütigen Rede eigentlich mit allen Informationen versorgt ist, schmettert sie nun eine Frage nach der anderen in die Stille meiner kleinen Behausung, während Mailo bloß nachdenklich auf meinem Bett sitzt und das Geplapper ausblendet. Offenbar hat er Übung darin.

Jo ist bei Sawyer und Arros geblieben. Ich hoffe, die beiden sind nicht sauer und es geht nur um Taktik und derlei Dinge. Armer Jo. Solange hat er sein Geheimnis gehütet und nun ist es plötzlich der Mittelpunkt unserer Strategie.

»Kannst du mir mal sagen, wie lange du schon davon weißt?«, zetert Nume weiter.

Ich hebe unterwürfig die Hände.

»Nicht lange. Ein paar Wochen vielleicht. Glaub mir, für mich war das auch ziemlich schockierend!«

Ich kann förmlich dabei zusehen, wie sich in Numes Kopf die Puzzleteile zusammenfügen.

»Deswegen!«, quietscht sie triumphierend. »Deswegen habt ihr euch gestritten! Ist doch so, oder?«

»Ja natürlich!«, erwidere ich so gefasst wie möglich. Die dunklen Gefühle, welche das Thema in mir heraufkochen lässt, sind noch allzu stark. Auch wenn ich Jo inzwischen verstehe, seine Sache sogar unterstütze, bin ich noch immer ein wenig verletzt.

»Und du hast mir nichts davon erzählt!«, sagt Nume vorwurfsvoll.

»Das konnte ich nicht, Nume. Bitte versteh doch, es war Jo so wichtig. Ich musste versprechen, nichts zu sagen. Immerhin hat er das Wissen um die Sallo... die Grauen mehrere Jahre verborgen. Da konnte ich ja nun schlecht losziehen und es dem halben CutOut erzählen. Streit hin oder her, ich hatte es versprochen.«

Sie gibt sich geschlagen und wirft sich zu Mailo aufs Bett.

»Schon gut, schon gut. Ist klar. Aber was bedeutet das jetzt für uns? Bilden wir jetzt eine Allianz aus Grauen und Division-Leuten? Geht das überhaupt?«

Sie beugt sich gespannt vor und starrt mich mit diesen Nume-typischen blitzenden Augen an.

»Sprechen sie unsere Sprache? Wie leben sie? Gibt es dort, wo sie sind Anbauflächen? Wie ernähren sie sich?«

Ich schlage die Hände über dem Kopf zusammen.

»Oh Nume, bleib locker!«, ich lache laut auf. »Ich bin hundemüde und kann beim besten Willen nicht alle deine Fragen beantworten.«

Seufzend lehne ich mich zurück und versuche Ordnung in meinen Kopf zu bringen.

»Also sie sprechen eigentlich wie wir. Etwas minimalistischer vielleicht. Einfacher eben. Vermutlich hat sich ihr ›Slang‹ über die Jahrzehnte so entwickelt, denn sie haben keinen Schul-Bezirk oder digitale Daten wie wir. Und sie leben im Feuerland. Sannah hat mir erzählt, dass es ganz verschiedene Orte sind. Unter den Städten, in den Bergen, manchmal auch in alten Minen. Ganz unterschiedlich. Und ich habe keinen blassen Schimmer, wovon sie sich ernähren. Als wir da waren, gab es abends einen komischen Brei. Gut möglich, dass da Getreide drin war, aber was weiß ich schon über so was. Es könnte alles gewesen sein und ich glaube, so genau will ich das lieber gar nicht wissen. Es schmeckte ganz o. k. und ich war hinterher satt.«

Meine Freundin fuchtelt mit den Händen.

»Aber wie sehen sie aus? Groß? Klein? Sind Kinder da gewesen?«

»Ja. Es gab Kinder und auch ältere Menschen. Sie sind wie wir, nur irgendwie rauer. Sie sind ziemlich lebendig. Ich will es nicht wild nennen. Sie sind auf jeden Fall hart im Nehmen, aber auch herzlich und sehr eng miteinander verbunden.«

»Und du glaubst, dieser Alvo meint das ernst? Meinst du echt, sie werden an unserer Seite kämpfen?«

Sofort erinnere ich mich an Grimms misstrauischen Blick, als ich ihm meinen Drift vorführen musste.

»Nein. Nicht an unserer Seite. Für sie sind wir genau wie die Blauen. Sie machen da keinen Unterschied. Aber sie werden alles tun, um ihre Freunde zu befreien. Somit haben wir die Möglichkeit, uns auf die Werften und den Souverän zu konzentrieren.«

Ich gähne.

»Nume, nimm es mir nicht übel, aber ich bin echt müde. Lass uns morgen weiterreden, ja?«

Sie sieht nicht aus, als würde sie sich damit abfinden, aber Mailo ist nachsichtiger und legt ihr zärtlich eine Hand auf die Schulter.

»Komm schon. Wir sollten alle eine Nacht drüber schlafen. Und Nova sieht aus wie ein Geist. Gönn deiner Freundin eine Verschnaufpause.«

Ich werfe ihm einen dankbaren Blick zu und verabschiede die beiden dann zügig.

Endlich allein. Endlich in einem Bett.

Mir bleibt keine Zeit mehr, über den Tag, die Sitzung oder über Jo nachzudenken. Ich schlafe sofort ein.

# 14. BESTIMMUNG

»Bist du sicher?«

Ich verspüre keine Lust, Mailos Frage ein weiteres Mal zu bejahen und werfe ihm lediglich einen genervten Blick zu.

Natürlich kann ich seine Skepsis durchaus nachvollziehen. Wir stehen nun schon geschlagene zwei Stunden neben unseren Autos und starren in die Ferne. Kein Wunder also, dass er allmählich am Plan zweifelt.

»Mal im Ernst, Nova. Die kommen nicht.«

Ich stöhne auf und wende mich mit verschränkten Armen ab.

»Wenn Jo sagt, dass wir uns hier mit ihnen treffen, dann meint er das auch so. Immerhin reden wir hier nicht von zwei oder drei Leuten, sondern von einer ganzen Horde Sallows. Die bewegen sich nicht mit Überschall von A nach B!«, konstatiere ich lustlos.

»Aber zwei Stunden?«, fragt Mailo hartnäckig und raubt mir auch das letzte bisschen Geduld.

Leider trifft er mit seiner Fragerei einen wunden Punkt. Mittlerweile frage ich mich nämlich auch, wo unsere Verstärkung bleibt.

»Sie werden schon noch kommen!«

Damit beende ich die Unterhaltung und schlendere zu Zoe und T.J. rüber. Zwar sehen auch diese beiden etwas verunsichert aus, aber wenigstens lachen sie dabei.

»Na? Lässt dein Liebster uns hängen?«, fragt T.J. dreist, als ich mich nähere. Anstatt zu antworten, verdrehe ich nur die Augen.

»Hör auf, T.J.! Der wird schon noch auftauchen. Kein Grund Nova zu ärgern«, tadelt Zoe und knufft den Fiesling in die Seite.

Ich will gerade ein paar dankbare Worte in ihre Richtung zwitschern, als die beiden Division-Anführer ihre Kabbelei schlagartig unterbrechen und wie erstarrt in meine Richtung schauen.

»Was?«, frage ich irritiert.

Zoe hebt den Arm und deutet auf einen Punkt hinter mir.

Ich drehe mich blitzschnell um.

Am Horizont sind Menschen zu sehen. Eine kleine Gruppe von vielleicht zehn Personen.

Schnell eile ich zurück zu Mailo und Arros, die die Spitze unserer Mannschaft bilden.

»Und das ist alles?«, fragt Mailo Arros, gerade als ich sie erreiche.

»Unsinn!«, antworte ich anstelle meines Trainers. »Da kommen sicher noch mehr.«

Nun kann ich Jo unter den schnell näher kommenden Leuten ausmachen und atme erleichtert aus.

Obwohl ich Mailo gerade das Gegenteil versprochen habe, beschleicht mich plötzlich ein ungutes Gefühl. Was, wenn Alvo in letzter Sekunde einen Rückzieher gemacht hat? Was, wenn der Rest nicht kommt? Dann sähen wir ganz schon alt aus.

Als Jo uns erreicht, lässt er seine Gefolgschaft zunächst stehen und geht direkt auf mich zu. Völlig unerwartet streckt er eine Hand aus, zieht mich an sich und dann küsst er mich hungrig.

Überrumpelt und erstaunt verspüre ich eine Sekunde lang den Drang ihn wegzustoßen. Ich bin nicht sicher, ob dies hier der richtige Moment ist, um sich seinen Gefühlen hinzugeben. Doch dann bemerke ich die Energie, welche sich hinter seinem ziemlich leidenschaftlichen Kuss verbirgt.

Er ist motiviert. Kampfbereit. Bis zur Oberkante voll Testosteron.

Das Treffen mit Alvo scheint demnach gut verlaufen zu sein. Nur mit Mühe winde ich mich schließlich aus seinem Griff und fahre mir beschämt über die Lippen.

Die anderen schauen rücksichtsvoll zu Boden und warten, bis Jo diese vorrangige Angelegenheit für beendet erklärt.

»Alle bereit?«, fragt er in Richtung Arros, ohne den Blick von mir abzuwenden.

Bilde ich mir das ein oder würde er gerade lieber mit mir hinter dem nächsten Felsen verschwinden, als um unsere Freiheit zu kämpfen?

»Äh, ja. Bereit«, erwidert Arros halb belustigt, halb wütend. »Aber, korrigiere mich, falls ich mich irre. Sollten da nicht noch ein paar mehr kommen?«

Er deutet zaghaft in Richtung der Sallows, die noch immer hinter Jo ausharren und uns mit Argusaugen beobachten.

»Ach das ...«, meint Jo, dreht sich zu Alvo, welchen ich erst jetzt bemerke, und hebt eine Augenbraue.

Alvo lässt seinen Blick noch einmal schweifen, scheint zumindest so tun zu wollen, als würde er die Zügel in der Hand halten, und nickt Jo schließlich knapp zu. Dann zieht er ein kleines Teil aus einer Falte seines langen Hemdes hervor und führt es an den Mund. Es sieht aus, als wäre es aus Knochen oder blank poliertem Holz. Als er es an die Lippen setzt und kräftig hineinbläst, gibt es einen seltsamen, dumpfen Ton von sich.

Gespannt beobachte ich ihn dabei. Kein Wunder, dass Jo sich so animalisch aufführt. Der bloße Anblick dieser zum Krieg gerüsteten Sallows mit ihren Messern, Kopftüchern, Lederriemen und grimmigen Mienen lässt mich schon ganz unruhig werden. Und mein Freund war nun beinahe eine Woche bei ihnen. Hat mit ihnen gegessen, geredet, alles vorbereitet.

Ganz offensichtlich ist er in diesem Moment mehr Sallow als Joaquim.

Mailo hat neben mir inzwischen unbeeindruckt die Arme vor der Brust verschränkt und beäugt das Szenario kritisch. Numes Freund scheint nicht mehr daran zu glauben, heute noch weitere Sallows zu Gesicht zu bekommen.

Doch dann ... kommen sie.

Weit hinten, auf dem Kamm eines flach abfallenden Hügels, tauchen nacheinander schemenhafte Umrisse auf. Erst nur ein paar. Dann immer mehr. Nach und nach erscheinen an zwei Dritteln des Horizonts, die flackernde Sonne im Rücken, unzählige, schwarze Umrisse. Krieger, so weit das Auge reicht.

Obwohl ich um ihre große Anzahl wusste und ja sogar schon einmal bei ihnen zu Gast war, keuche ich beeindruckt auf.

Und auch Mailo klappt der Unterkiefer herunter.

Nur Jo grinst lässig und legt den Kopf schief.

»Wollen wir dann?«, fragt er ungerührt und blickt Arros frech an.

Dieser kann seinen Blick gar nicht mehr von der entfernt ausharrenden Menge an Kämpfern abwenden und nickt nur langsam.

»Sie werden zu Fuß gehen. Also können wir es ebenfalls entspannt angehen«, erklärt Jo. »Unterwegs werden weitere zu uns stoßen. Bis wir die Werften erreicht haben, sind wir vollzählig.«

Mailo dreht seinen Kopf mit einem Ruck zu Jo.

»Noch mehr? Da kommen noch mehr? Echt jetzt?«

Jo lacht amüsiert. Dabei nimmt er mich bereits am Arm und schiebt mich zu einem der Humvees.

»Ja. Da kommen noch mehr. Das war ja immerhin der Plan, oder nicht?«

Wir fahren und fahren.

Immer wieder tauchen weitere Sallows wie aus dem Nichts auf. Mal sind es nur vierzig oder fünfzig, dann gibt es wieder Gruppen, die so groß sind, dass ich die Anzahl ihrer Mitglieder nur erahnen kann.

Unsere Wagenkolonne zieht an ihnen vorüber und doch fühle ich mich mit diesen fremden Fußsoldaten verbunden. Ich bin so beeindruckt, so fassungslos, dass ich immer wieder Fehler beim Fahren mache.

»Halt dich links«, meint Jo einmal und als ich das Steuer rumreiße, um zu reagieren, sagt er nur lachend: »Das andere links!«

Und da lachen wir beide.

Es ist seltsam. Da gab es diesen schrecklichen Streit und in Folge dessen, diese bitteren Aussichten und doch ... fühle ich mich in Jos Gegenwart wohler als jemals zuvor. Vielleicht, weil jetzt nichts mehr zwischen uns steht. Auch wenn er sein großes Geheimnis erst kürzlich gelüftet hat, so wusste ich doch immer, dass dort etwas ist. Schon die ganze Zeit über waren da diese Vorahnungen, die bösen Mutmaßungen.

Ich hätte mir zwar niemals erträumt, dass Jo heimlich mit Grauen befreundet wäre, doch nagten stets Zweifel an mir. Ich hatte zuweilen Angst, er würde mir und meinen Freunden irgendwann den Rücken kehren, ich wusste nur nicht wieso.

Doch nun ist alles anders. Klarer, ehrlicher. Auch wenn wir mal wieder im Begriff sind, uns Hals über Kopf in ein irrsinniges Unterfangen zu stürzen, bin ich glücklich.

Ich fühle mich stark, bereit und hellwach.

»Was ist?«, fragt Jo verwundert, als er mein gedankenverlorenes Lächeln bemerkt.

»Nichts. Ich bin nur gut drauf«, erwidere ich aufrichtig.

Er lächelt erstaunt zurück und gibt einen kehligen Laut von sich. »Du meinst, es gefällt dir, mit mir und Tausenden Wahnsinnigen ins Verderben zu rennen? Kann es sein, dass dir das liegt? Dass du diese Art Unternehmung ganz gerne hast?«

»Was meinst du?«, frage ich gespielt unschuldig.

»Na, dass du Spaß daran hast, dich in total waghalsige, wenig erfolgversprechende, kamikazemäßige Selbstmordoperationen zu stürzen. Du willst immer mehr davon, oder?«

Ich drehe mich zu ihm um und schaue ihn mit zusammengekniffenen Augen an.

»Unbedingt!«

Wieder lacht er, nur dieses Mal klingt es nicht ganz so entspannt.

»Du weißt, dass Maja dabei ist, oder?«

Ich stutze.

»Sie ist hier? Sie ist mitgekommen?«

»Ja.«

»Wieso weißt du das, obwohl ich mit den anderen zusammen aufgebrochen bin und du nicht?«

»Sie war bei der ersten Gruppe. Bei Sawyer. Und Alex ist auch dabei. Alle sind dabei, Nova.«

Die Art, wie er dies sagt, entbehrt nicht eines leicht belehrenden Tonfalls.

»Ich verstehe schon«, sage ich schnell und richte meinen Blick wieder auf den Pick-up vor uns. »Du willst, dass ich die ganze Sache nicht so leicht nehme. Du musst dir keine Sorgen machen, Jo. Ich weiß, wie gefährlich es ist.«

»Tatsächlich?«, fragt er vorsichtig. »Immerhin rede ich hier mit der Frau, die die unschöne Angewohnheit hat, HUBs im Alleingang zu stürmen, sich mit fiesen Verrätern anzulegen und ihren Kopf durchzusetzen, sei es auch noch so halsbrecherisch.«

Ich ramme einen anderen Gang rein.

»Gerade du solltest froh sein, dass diese Frau es so handhabt. Immerhin hat es dir schon zweimal die Haut gerettet.«

»Trotzdem sehe ich nicht gerne dabei zu, wie du dich in Gefahr begibst.«

»Das wird sich in den nächsten Tagen wohl nicht verhindern lassen«, erwidere ich emotionslos.

»Ich weiß«, meint er, »und ich weiß auch, dass ich dich von nichts abbringen kann. Trotzdem ist es nicht zu viel verlangt, wenn ich dich bitte aufzupassen. Kannst du das für mich tun? Einfach auf dich achten?«

Er sagt es leicht übertrieben, als solle es witzig klingen, aber es ist todernst und ich bin mir darüber im Klaren.

»Wir werden beide aufpassen und alles wird gut gehen«, sage ich entschlossen.


Nach drei nervigen Tagen ohne Checkpoint, ohne Dusche und ohne leidlich bequeme Liegestätte erreichen wir einen HUB, um eine längere Rast einzulegen und uns zu sammeln. Der Komplex war einer der ersten, die von der Division befreit wurden und ist eine willkommene Abwechslung zum Feuerland mit seinen faden Essensrationen und den unsicheren Nachtlagern.

Von den zuständigen Division-Mitgliedern im HUB erfahren wir, dass Sawyer und der Rest der ersten Gruppe bereits vor zwei Tagen aufgebrochen ist. Es verläuft also alles nach Plan.

Morgen Abend wird Sawyer uns eine Nachricht zukommen lassen. Entweder harren wir dann weiter aus, weil Anny die Anwesenheit des Souveräns nicht bestätigen kann oder wir ziehen ins Gefecht.

Wir bekommen Wohneinheiten zugeteilt und richten uns vorübergehend ein.

»Duschen?«, fragt Jo mich, als ich mich in einer Ecke des Zimmers vorsichtig aus meinen Kleidern schäle. Den SOLAR SUIT habe ich zwar dabei, aber in den letzten Tagen war ich genau wie Jo in normaler Kleidung unterwegs.

»Oja. Duschen!«, erwidere ich voller Vorfreude.

Gemeinsam quetschen wir uns in die kleine Kammer und genießen das lang ersehnte Wasser. Wir befinden uns in einem gelben HUB und der Waschraum ist daher eher spartanisch funktional eingerichtet. Die Duschkabine ist erschreckend beengt. So hatte ich das gar nicht in Erinnerung.

Die erste Dosis nutzen wir, um Sand und Dreck loszuwerden. Nachdem der Recycler grünes Licht gibt, verwenden wir die zweite Ladung Wasser für eine ausgiebige Wäsche. Meine Lebensgeister erwachen und lassen die Torturen der Anreise schnell in Vergessenheit geraten.

Die dritte Wassereinheit dient nur noch der Kulisse. Fast schäme ich mich ein wenig, weil wir so verschwenderisch mit dem lebenswichtigen Element umgehen, doch möchte ich den wunderbaren Moment nicht zerstören. Also entschuldige ich mich im Geiste kurz bei meinem Vater, der beim Anblick dieses Szenarios sicher aus vielerlei Gründen mahnend den Finger heben würde, und gebe mich wieder meiner Glückseligkeit hin.

Jo und ich mutieren zu einem Bündel aus ineinander verkeilten Armen und Beinen. Lachend und herumalbernd liebkosen wir uns und als das Wasser endgültig versiegt, wandern wir zum Bett und lassen unserer Leidenschaft freie Hand.

Ich war noch nie auf dem dreißigsten Level eines gelben HUBs. Eigentlich ist es total unspannend. Vielleicht nicht ganz so modern ausgestattet wie der CutOut oder ein blauer HUB, aber insgesamt ziemlich austauschbar.

Es gibt ein großes Steuerpult, einen klimatisierten Raum, mit ein paar Servern, kleine Lichter blinken hier und da - also eigentlich alles wie gehabt.

»Hallo zusammen!«, schallt es jetzt von links und ich beende meine kleine Inspektion, um mich auf Sawyer und Anny zu konzentrieren.

Die beiden erscheinen in diesem Moment vor unseren Augen, flach und durchscheinend, in Form zweier Hologramme.

Jo, Arros, Mailo, Zoe, noch ein paar andere Division-Anführer und ich erwidern Sawyers Gruß und beäugen sein Hologramm neugierig.

Unser Anführer hat sich ein provisorisches Lager unweit der Werften errichtet und will uns heute, zusammen mit Anny, auf den aktuellen Stand bringen. Je nachdem, wie die Lage vor Ort ist, werden wir entweder schleunigst aufbrechen und zu ihnen aufschließen oder aber die nächste, passende Gelegenheit abwarten müssen.

»Wie ist die Lage bei euch? Hat alles geklappt?«

Sawyers Frage geht natürlich direkt an Jo. Dieser räuspert sich und verkündet beinahe stolz: »Wir konnten alle Stämme kontaktieren. Alvo hat sein Versprechen gehalten und das bedeutet, wir sind bereit.«

»Großartig«, sagt das Hologramm und obwohl die Verbindung relativ mies ist, ist das breite Grinsen auf dem Gesicht unseres Anführers unübersehbar, »sind denn alle gut untergekommen? Kommt ihr so weit klar?«

»Die Sallows haben sich in der Nähe des HUBs niedergelassen. Manche auch etwas weiter entfernt, aber wir können jederzeit alle zusammentrommeln und losmarschieren«, berichtet Arros.

»Perfekt! Dann tut das. Hier stehen die Zeichen ebenfalls gut. Laut unseren Informationen wird der Souverän übermorgen eintreffen und mindestens zwei Tage in Central verweilen. Wir haben also ein ideales Zeitfenster und können wie geplant fortfahren.«

Sawyer wirkt geradezu übertrieben optimistisch, was mich ein wenig wundert. Sonst geht er die Dinge immer eher sorgsam und wohlüberlegt an. Nun scheint es so, als wäre unser Vorhaben für ihn eine Lappalie, die es zu erledigen gilt.

»Hey Sawyer?«, fragt Zoe hämisch grinsend, »was ist denn mit dir los? Warum so happy?«

Ich bin also nicht die Einzige, der Sawyers überschwängliches Benehmen auffällt.

Doch nicht unser Anführer erwidert etwas auf die neugierige Frage, sondern Anny.

»Achtet gar nicht auf ihn. Ich glaube, euer Frontmann hat einen mittelschweren Gottkomplex!«

Amüsiert hebt Zoe eine Augenbraue und stichelt weiter: »Wie darf man das verstehen? Mehr Infos bitte, Anny!«

»Ach nein, hört auf damit!«, mischt sich Sawyer ein. Das Hologramm ist wie immer eine grelle Mischung aus bläulich weißen Farbtönen, aber ich könnte schwören, dass Sawyer sich schämt, dass er in diesem Moment rot anläuft.

»Der liebe Sawyer bildet sich momentan ein bisschen zu viel auf seine Blutlinie ein«, berichtet Anny, ihren Freund einfach ignorierend, und macht eine wegwerfende Handbewegung.

»Versteh ich nicht«, meint Zoe ratlos.

»Na ja, einer meiner Kollegen hier, einer von denen, die mit uns zusammenarbeiten, für die Division meine ich, der hat da etwas herausgefunden, und nun glaubt Sawyer, das Schicksal halte seine schützende Hand über unsere Mission.«

Jetzt bin auch ich ziemlich interessiert an der scheinbar lustigen Entdeckung.

»Was hat er denn herausgefunden?«, frage ich und trete ein Stückchen näher an Annys Hologramm heran.

»Wie es scheint, ist Sawyer ein direkter Nachfahre vom werten Herrn Bezier. Also ist er jetzt zu einhundert Prozent davon überzeugt, der geborene Befreier zu sein. Unser Ritter in der genetisch glänzenden Rüstung, sozusagen.«

Ich verstehe nur noch Bahnhof. Genau wie Zoe und Arros neben mir.

»Wie jetzt?«, fragt Jo misstrauisch. »Ich dachte, wir Blauen sind alle nur das Ergebnis von ein paar gut gemixten Genen. Ich meine, wir haben keine Eltern, keine Familien - wie kann Sawyer da ein Nachfahre von Alois Bezier sein?«

»Müssen wir das jetzt und hier so ausführlich diskutieren?«, geht Sawyer dazwischen, aber Anny beachtet ihn gar nicht und plappert weiter.

»Das stimmt auch, Joaquim. Nur scheint es so, als hätte Alois Bezier wohl sein Vorrecht als Erschaffer unserer Welt, und damit meine ich die HUBs, die Raumschiffe und das alles, genutzt und ein Andenken hinterlassen. Offenbar dachte der Mann sich, es könne nicht schaden, auch sein eigenes Erbmaterial einfließen zu lassen.«

»Aber dann gibt es doch sicher unzählige Menschen, die zumindest in Teilen von ihm abstammen?«, wirft Zoe ein und fügt dann schnell hinzu, »sorry Sawyer, natürlich bist du trotzdem einzigartig. So war es nicht gemeint.«

Sie grinst belustigt und klimpert mit den Wimpern.

»Nein«, meint Anny sofort, »tatsächlich wurde Beziers Erbmaterial noch nie ›verwendet‹. Ganz offenbar ist Sawyer der erste, in einem HUB lebende Mensch, der, zumindest was die Gene angeht, nach dem Abbild unseres großen Weltveränderers Alois Bezier geschaffen wurde.«

Sie seufzt und zuckt mit den Schultern.

»Tja. Und nun bildet sich der Kerl hier ganz schön was darauf ein, fürchte ich.«

»Jetzt mach mal halblang!«, verteidigt Sawyer sich eilig, »ich bilde mir nichts ein. Ich sage ja nur, dass es ein Zeichen sein könnte. Immerhin war ich gar nicht als Anführer der Division vorgesehen. Das war alles, nun ja, Fügung! So kann man es doch nennen, oder etwa nicht? Und ist es nicht ziemlich verrückt, dass ausgerechnet der Anführer der Widerstandsbewegung ein Nachfahre des Mannes ist, der uns allen ein besseres Leben bringen wollte? Der uns retten wollte? Ich finde, das ist mehr als ein Wink des Schicksals. Das ist ein Bombardement von Hinweisen!«

Er hält inne und starrt aus seinem flimmernden Hologramm heraus in die Runde.

»Und jetzt hört auf, euch über mich lustig zu machen, und nennt mir lieber ein paar Eckdaten, damit wir einen Zeitplan aufsetzen können!«

»Hey warte mal«, sagt Zoe, immer noch ziemlich belustigt. »Wie seid ihr überhaupt darauf gekommen? Ich meine, kann ich das auch machen? Sehen, woher ich komme?«

Die Frage ist berechtigt. Immerhin weiß keiner der Blauen, woher sein Erbmaterial stammt.

Von Pratap weiß ich, dass alle Frauen innerhalb der blauen HUBs steril sind und keine Kinder bekommen können. Allerdings nur durch die Zugabe von Hormonen, was ich als ungemein beruhigend empfinde. Kaum vorstellbar, dass diese Frauen niemals Kinder bekommen können. Pratap hat mir versichert, dass die meisten von ihnen nach dem Absetzen der Hormone die gleiche Chance auf eine Familie hätten wie wir Gelben.

»Ach, das war reiner Zufall«, winkt Anny ab. »Sawyer wollte die Gerätschaften hier im Alleingang aufbauen und da hat er sich böse geschnitten. Alles war voller Blut, das reinste Massaker und da mussten wir wohl oder übel einen Abstecher zum nächsten blauen HUB machen und ihn auf die Medi-Station bringen. Hat nicht lang gedauert und zum Glück gab es einen Befreiten in der Nähe.« Sie zuckt mit den Schultern und meint: »Na und da auf Medi-Stationen grundsätzlich jedes noch so winzige Detail in den Krankenakten vermerkt wird und der liebe Sawyer hier neugierig, wie er nun mal ist, seine eigene Akte durchgeblättert hat, sind wir auf den Vermerk gestoßen. Normalerweise stehen da nur Nummern, also zur Identifizierung des eingesetzten Genmaterials, damit man später die Zusammenhänge zwischen Drift und ›Gen-Mixtur‹ nachvollziehen kann, aber bei ihm stand eine Nummer und neben der zweiten ein ziemlich auffälliger Hinweis auf den Gen-Geber. Tja, und das war eben Bezier. Danach kannte Sawyer kein Halten mehr und wollte alles wissen. Zum Glück waren die Mediziner geduldig und kooperativ, so haben wir innerhalb einer Stunde alles erfahren. Sonst säßen wir sicher jetzt noch da fest.«

»Du meinst, Sawyer ist so was wie der Sohn von diesem Bezier?«, frage ich beeindruckt.

»Wenn du so willst - ja«, erwidert Anny ungerührt. Als Forscherin betrachtet sie die ganze Angelegenheit eher nüchtern.

»Hallo?«, fährt Sawyer dazwischen. Er muss sich wie ein kleiner Junge vorkommen, über den die Erwachsenen reden, als wäre er gar nicht anwesend. »Können wir jetzt endlich mal weitermachen?«

»Klar«, meint Arros. »Dann bringen wir dich mal auf den neusten Stand, Bezier junior!« Er lacht grollend und reibt sich die Hände.

Wir anderen fallen mit ein und einen Moment ist die ganze Anspannung vollkommen vergessen und ein Stück Normalität kehrt zurück.

»Pete und ich konnten die Hitzepeak-Vorhersage optimieren. Wenn alles beim Plan bleibt, dürften uns in den nächsten Tagen keine Temperaturschwankungen überraschen«, erklärt Arros.

»Perfekt. Weiter?«, erwidert Sawyer.

Arros und Zoe geben unsere geschätzten Ankunftszeiten durch und beraten sich über Koordinaten und andere strategische Dinge, während ich mich zu Jo hinüberbeuge und ihm zuflüstere: »Was meinte Sawyer damit, dass er gar nicht Anführer werden sollte? Weißt du das?«

Er nickt und rückt ein Stück näher an mich heran. Sein Unterarm berührt meinen und eine angenehme Gänsehaut macht sich bei mir breit.

»Eigentlich sollte Arros seinen Vorgänger ablösen, als dieser allmählich zu alt für den Job wurde, aber er hat Sawyer den Vortritt gelassen.«

Ich reiße erstaunt die Augen auf.

»Wieso hat er das getan?«

»Keine Ahnung«, erwidert Jo und dann zuckt sein Mundwinkel ein wenig, als er hinzufügt: »Vielleicht hat Sawyer ja recht? Vielleicht war es Schicksal und Arros hatte gar keine andere Wahl?«

Er sieht mich an und macht ein komisches Geräusch, das wohl wie ein Geist oder sonst etwas Übernatürliches klingen soll.

»Ach hör auf!«, sage ich und schubse ihn sanft zur Seite.

Wir kichern über diese mystische Theorie und können erst wieder aufhören, als Arros sich missbilligend räuspert und uns so ein Zeichen gibt, die Spielstunde auf später zu vertagen.

# 15. TAG X

Obwohl ich die Lager der Grauen ja bereits kennenlernen durfte, schockiert mich ihr Anblick erneut. So viele Menschen, so viele Kinder, Familien. Es ist bizarr.

Auf einmal bin ich nicht nur froh, dass Alvo und seine Sallows uns bei der Eroberung des Regierungssitzes unterstützen, sondern vor allem darüber, dass diese armen Seelen endlich befreit werden. Kaum vorstellbar, dass manche von ihnen bereits in der dritten oder vierten Generation dort unten leben!

Ich wende mich ab und mustere unsere eigenen Reihen. Schulter an Schulter haben sich etwa hundert Division-Mitglieder auf der Anhöhe versammelt und blicken gespannt auf unser Ziel hinab. Dann entdecke ich Maja. Sie ist tatsächlich hier! Schnell mache ich mich auf den Weg. Ich muss sie unbedingt noch mal sprechen. Wer weiß, ob wir dazu später noch die Gelegenheit haben ...

»Hey!«, sagt sie, als ich neben ihr auftauche. »Siehst du, ich bin jetzt auch eine Feuerlandwanderin.«

Stolz drückt sie den Rücken durch und grinst mich an.

»Ja, das bist du wohl«, erwidere ich fast ein wenig traurig.

Natürlich liest sie prompt meine Gedanken und sagt in leicht genervtem Tonfall: »Ich bin nicht zu jung. Echt nicht! Und ich habe trainiert!«

Ich streiche ihre eine blonde Haarsträhne hinter das Ohr und lächele versöhnlich.

»Pass nur gut auf dich auf, ja?«

»Ja.«

Dann sehe ich Jo aus dem Augenwinkel auf Sawyer zusteuern, der zusammen mit Anny und Arros an der Spitze unserer kleinen Armee steht. Offenbar wird es nun ernst.

Ich will mich gerade von Maja verabschieden, als ich bemerke, wie sie mich eindringlich mustert.

»Was ist? Alles in Ordnung?«, frage ich besorgt.

»Hmm, ja«, sagt sie und zieht die Wörter dabei merkwürdig in die Länge. Dann schüttelt sie den Kopf, so als würde sie einen unschönen Gedanken verscheuchen wollen. »Pass du auch auf dich auf, und auf deinen Freund.«

Sie deutet auf Jo und presst die Lippen kurz zusammen.

»Werd ich tun. Mach's gut, Maja, und viel Glück!«

Damit ziehe ich mich zurück. Ich weiß, dass sie meine Gedanken gelesen hat. Aus irgendeinem Grund will ich aber gar nicht wissen, was sie »gelesen« hat. Es ist seltsam mit Maja. Sie blättert durch unsere Emotionen wie andere durch alte Bücher. Und obwohl man seine eigenen Gedanken doch kennen müsste, liest dieses Mädchen irgendwie immer zwischen den Zeilen. Ich habe stets ein wenig Angst vor ihren Schlussfolgerungen.

Ich erreiche Jo und die anderen. Es ist nicht nötig, zu fragen, wie es jetzt weitergeht. Unten beginnt bereits die erste Phase.

Mein Herzschlag beschleunigt sich, während ich dabei zusehe, wie die Sallows ihren Teil der Abmachung einhalten und die Lager stürmen.

Wie Ameisen überfluten sie die äußeren Barrikaden und arbeiten sich zügig vorwärts. Zunächst scheint es, als wären die blauen Soldaten, welche sich nur vereinzelt am Zaun aufhalten, so überrumpelt, dass Alvos

Männer leichtes Spiel haben. Doch schon nach wenigen Minuten bricht die Hölle los. Maschinengewehrsalven fegen durch die Menge und aus verschiedenen Richtungen tauchen immer mehr Soldaten auf.

Ich kann kaum noch hinsehen und Jos Gesichtsausdruck ist mehr als erschüttert. Für ihn muss es besonders schlimm sein.

Ich beiße die Zähne zusammen.

Was hatte ich erwartet? Dass die Blauen sich einfach ergeben und alle grauen Gefangenen freilassen?

»Wir müssen los«, verkündet Sawyer monoton.

Offenbar ist seine Alois-Bezier-Euphorie abgeklungen. Das Schauspiel unter uns würde allerdings bei jedem den Glauben an das Schicksal ins Wanken bringen.

Arros gibt unseren Leuten ein Zeichen und wir machen uns an den Abstieg. Auf der meerabgewandten Seite schlängeln wir uns einen schmalen Pass hinab.

Mit jedem Meter, den wir uns den immer lauter werdenden Kämpfen nähern, steigt Nervosität in mir auf.

»Hier entlang«, ruft Anny und winkt uns zu sich.

Wir verschwinden durch einen runden Zugang und befinden uns plötzlich in einem langen, heruntergekommenen Tunnel. Das Ganze wirkt auf mich wie ein altes, modriges Abwasserrohr.

Mein schlechtes Gewissen meldet sich. Wir werden unter den Lagern hindurch, bis zum Wasser, vordringen. Lieber würde ich den Sallows helfen, aber so war es nicht abgestimmt. Angespannt folge ich Sawyer, Anny und den anderen weiter vorwärts.

Viel zu schnell erreichen wir das Ende des Tunnels und harren eine Weile aus. Anny und ein Mann mittleren Alters, der wohl einer ihrer Forscherkollegen sein muss, gehen vor.

»Hey du«, erklingt Jos Stimme plötzlich an meinem Ohr. »Hey.«

»Alles in Ordnung?«

»Ich bin nur nervös«, gebe ich kleinlaut zu.

»Ich auch. Ist irgendwie ganz schön heftig, oder? Ich meine, eigentlich läuft ja alles wie gedacht ... aber es ist kein schöner Anblick.«

»Nein. Ist es nicht«, stimme ich ihm zu.

Ein Auge auf den Tunnelausgang geheftet, schlinge ich meine Arme um seine Taille. Ich kann seinen Herzschlag spüren. In puncto Taktung nehmen seiner und meiner sich nichts.

»Hey!«, entfährt es mir lauter als geplant. »Du wolltest mir doch noch erzählen, was für einen Drift der Souverän hat. Daran musste ich immer wieder denken, aber irgendwie hab ich ständig vergessen, dich danach zu fragen. Sag schon, was kann der Mann?«

Jo blickt kurz nach rechts. Scheinbar will er abschätzen, ob wir genügend Zeit für einen kleinen Plausch haben, doch bei Sawyer und Anny tut sich noch nichts.

»Das ist ziemlich verrückt. Ich glaube kaum, dass jemand außer ihm einen vergleichbaren Drift hat. Zumindest kenne ich keinen.«

»Nun mach es nicht so spannend!«

»Also sein Drift ist eher wir ein Direkt-Link. Eine Verknüpfung sozusagen.«

Ich starre ihn verständnislos an.

»Hä?«

»Na ja, er kann die Fähigkeiten von anderen Personen adaptieren. Dazu muss er sie nur berühren. Er selbst hat eigentlich keinen Drift. Jedenfalls keinen, der irgendwelche Kunststückchen kann.«

Ich bin ehrlich erstaunt über diese Offenbarung. Irgendwie hatte ich mir den Drift des Souveräns krasser vorgestellt.

»Aber in dem HUB, als wir euch befreit haben, da hat er doch ...«

Jo nickt ruckartig.

»Ja, er hat den Drift eines seiner Bodyguards benutzt. Der war ziemlich eindrucksvoll, ich weiß.«

Ich erinnere mich, wie die beiden Division-Mitglieder das Regierungsoberhaupt attackieren wollten und unter seinem Drift vor Schmerz erstarrt sind. Wie sie sich wanden und ihre Gesichter verzogen. Und wie sie anschließend kaltblütig ermordet wurden.

Und dann erinnere ich mich, wie die Hand des Souveräns die ganze Zeit über auf der Schulter des Soldaten gelegen hatte. Als würde er ihn motivieren wollen, dabei lieh er sich in Wirklichkeit seine Fähigkeiten.

»Du meinst, er kann praktisch jeden Drift ausüben?«

»Sofern er einen in Reichweite hat, ja. Und er kann ihn verstärken. Ich weiß nicht genau, wie weit das geht, aber es heißt, er kann mindestens das doppelte Potenzial des jeweiligen Drifts nutzen.«

Ich merke, wie Jo immer wieder zu Sawyer hinüberschaut. Sein Oberkörper ist angespannt, genau wie sein Gesicht.

Ich lege ihm eine Hand auf die Brust.

»Es wird alles gut ausgehen. Wir haben es ja schon beinahe geschafft, sind so weit gekommen ...«

Meine Worte sind aufrichtig gemeint, aber sie klingen hohl und unecht.

Er erwidert nichts. Stattdessen schiebt er mich sachte von sich. Offenbar hat Sawyer das Zeichen gegeben.

Es geht los.


Die kurze Strecke vom Ausgang des Tunnels bis hin zu dem länglichen, überdachten Etwas, in welchem sich die Wasserfahrzeuge befinden, nehme ich kaum wahr.

Alles zieht an mir vorüber. Fast unbehelligt gelangen wir an unser Ziel. Nur zweimal müssen wir uns gegen Soldaten verteidigen, dann sitzen wir auch schon in den seltsamen Booten und bewegen uns erschreckend schnell vorwärts.

Anny hat ganze Arbeit geleistet. Sie hat nicht nur in Erfahrung gebracht, wann sich der Souverän in Central aufhält, sie hat auch dafür gesorgt, dass ein paar der wachhabenden Soldaten von den Wasserfahrzeugen abkommandiert und zum Einsatz in den Werften berufen wurden.

Etwa die Hälfte unserer Truppe bleibt zurück und hält die Stellung. Keiner soll uns folgen können. So lange es möglich ist, werden unsere Leute die Soldaten davon abhalten, unsere Mission, von der Landseite aus, zu stören. Obwohl uns bisher noch niemand bemerkt haben dürfte. Zu sehr sind alle mit dem Sturm auf die Lager beschäftigt.

Ich war noch nie in einem Boot.

Einen Moment befürchte ich, mir wird schlecht, aber das Gefühl legt sich rasch wieder. Scheinbar reine Gewöhnungssache.

Nachdem ich mich mit der neuen Situation angefreundet habe, wage ich einen Blick in Richtung der Lager. Von hier draußen wirkt es, als würde die gesamte Küstenlinie von merkwürdigen Krabbeltieren befallen. Unzählige Menschen, Soldaten, Maschinen und Fahrzeuge tummeln sich vor unseren Augen. Doch wir sind bereits so weit hinausgefahren, dass es kaum mehr möglich ist, die Grauen von den Soldaten zu unterscheiden, geschweige denn herauszufinden, wer den Kürzeren zieht. Der Anblick gleicht einer sich windenden, staubigen Masse aus undefinierbaren Kleinteilen.

Ich empfinde tiefes Mitgefühl mit Jo, der sich neben mir am äußeren Rand des schwimmenden Vehikels festkrallt und das Geschehen besorgt beobachtet.

Das Auf und Ab unserer Fahrt beruhigt mich nach ein paar Minuten. Vermutlich wäre Fischer ein schöner

Beruf gewesen, hätte man in der alten Zeit gelebt. Oder Meeresbiologe? Im Feuerland stößt man nur noch selten auf etwas Lebendiges. Die Vorstellung, dass hier, unter meinen Füßen, unzählige Lebewesen umherschwimmen, fasziniert mich. Aber vielleicht tun sie das ja auch gar nicht mehr?

»Haltet euch bereit!«, ruft Sawyer uns zu und gibt auch den anderen Booten via Kommunikator ein Zeichen.

Wie ein Geschwader aus riesenhaften Wasserwesen gleiten wir auf Central zu. Gelegentliche Wellen lassen die Boote kleine Hüpfer machen. Die Fahrt erinnert mich an meinen Ritt auf Zoes ATV. Wäre unsere Mission nicht so gefährlich, hätte ich vielleicht sogar Spaß an diesem Abenteuer.

Erst jetzt bemerke ich, wie riesig Central ist. Vom Land aus wirkte es relativ kompakt und ein wenig unscheinbar. Doch Anny hat recht. Was wir sehen, ist nur ein kleiner Teil des Ganzen. Der Großteil der Station muss sich unterhalb der Wasseroberfläche befinden.

Ich überschlage die Menschen in den anderen Booten. Wir sind etwa vierzig. Obwohl Anny uns versichert hat, dass es einen Zugang gibt, durch den wir eindringen können, nagen Zweifel an mir. Überhaupt, erscheint mir die ganze Aktion ziemlich übereilt. Doch wir haben keine andere Wahl.

Noch während Jo und ich von unserem Ausflug zu den Sallows zurückgekehrten, hatte Anny schlechte Neuigkeiten für die Division.

Sie informierte Sawyer darüber, dass die Regierung tatsächlich bereits damit begonnen hat, die Gelben an Bord der Schiffe zu transportieren. Und nicht nur zu Testzwecken. Der Vorgang war bereits in vollem Gange!

Natürlich haben wir keinen Zweifel an der Richtigkeit der Daten. Immerhin gibt es noch unzählige, gelbe

HUBs, die nicht befreit sind und sich noch immer unter der Herrschaft dieser sogenannten Regierung befinden. Kein Wunder also, dass es ihnen gelungen ist, den Abtransport trotz der andauernden Kämpfe zu initialisieren. Vermutlich haben sie damit schon lange vor den Auseinandersetzungen begonnen, vielleicht sogar vor der Ausstrahlung unserer Botschaft?

Somit blieb uns keine andere Wahl, als schnell zu handeln. Und genau das ist es, was wir hier gerade tun.

Wieder einmal schnell reagieren.

Ein Selbstmordkommando mitten ins Herz der Regierung.

Erstaunlich einfach gelangen wir in das Innere der Station. An einer länglichen Öffnung halten die Boote eines nach dem anderen und wir springen hinüber auf den stumpfsalzigen Boden des Anlegers. Dieser Teil der Station muss erst später ergänzt worden sein. Früher, so weiß ich, war der Regierungssitz vollständig unter Wasser. Man konnte nur unterhalb der Wasseroberfläche andocken.

Ich ducke mich gerade rechtzeitig, um einer verirrten Kugel auszuweichen. Die fünf Soldaten vor uns werden von Sawyer, T.J. und Ruben überwältigt, bevor sie jemanden von uns verletzen können.

Beinahe routiniert arbeiten wir uns weiter vor.

Ich versuche in Annys Nähe zu bleiben, um sie im Ernstfall schützen zu können. Sawyer hat offenbar denselben Gedanken und so nehmen wir seine Freundin in die Mitte, während wir langsam weitergehen.

Bisher ist kein Alarm losgegangen und keine weiteren Soldaten sind aufgetaucht. Doch ich mache mir nichts vor. Das hier wird kein Spaziergang.

»In Ordnung«, sagt Sawyer und beginnt damit, uns in kleinere Gruppen aufzuteilen. »Arros. Du und deine Jungs suchen die Steuerzentrale dieses Ungetüms.«

Sofort scharen sich zehn Männer um Arros. Dieser geht auf Sawyer zu, ergreift seine Hand und sagt in seiner typisch brummigen Tonlage: »Wir sehen uns, wenn es erledigt ist, alter Freund!«

Sawyer nickt wohlwollend. In seinen Augen sehe ich gleich tausend Emotionen, aber vor allem tief empfundenen Respekt für seinen Freund.

»Wir sehen uns, wenn es erledigt ist«, wiederholt er die Worte meines Trainers.

Dann verschwindet die erste Gruppe im Laufschritt.

Sawyer dreht sich zu den anderen um und gibt weitere Anweisungen.

»T.J., Gibbs? Ihr kümmert euch um unsere Rückzugsmöglichkeit, falls die ganze Aktion schiefläuft. Behaltet den Zugang im Auge, verteidigt ihn, wenn nötig.«

»Geht klar«, erwidert T.J. und gibt Jenkins und ein paar weiteren Männern ein Zeichen. Sie und Gibbs folgen ihm in die Richtung, aus der wir gekommen sind.

Zurück bleiben Jo, Mailo, Zoe, Ruben, Anny, Sawyer und noch vier weitere Division-Anhänger mit starkem Drift. Paul und Mick haben beide telepathische Fähigkeiten und können andere Menschen zu Dingen zwingen, ohne sie auch nur zu berühren. Die anderen beiden kenne ich nicht, aber an Land, kurz bevor wir die Boote bestiegen haben, konnte ich beobachten, wie der Größere von ihnen so etwas wie einen Stromstoß abgegeben hat. Vermutlich ähnelt sein Drift also meinem.

»Nun ist es an uns, die Sache durchzuziehen«, sagt Sawyer und lässt seinen Blick über die kleine Runde schweifen. »Bereit?«

Wir halten seinem Blick stand und machen ernste Gesichter. Sicher, wir haben alle Angst. Aber ich glaube nicht, dass es auf dem Erdball jemals eine Gruppe Menschen gegeben hat, die motivierter war.

»Bereit!«, erwidern wir im Kollektiv und ich erschrecke mich über den Widerhall unserer Stimmen.

Dann machen wir uns auf den Weg, um dem Souverän einen Besuch abzustatten.

# 16. AUGE IN AUGE

Ein Blick in Jos Gesicht spiegelt meine eigenen Gefühle nur zu genau wider.

Mit jedem Gang, den wir hinter uns lassen, mit jeder Ebene, jedem leeren Raum und jeder Kammer wird es immer deutlicher.

Hier ist niemand.

Oder jemand will, dass wir so weit kommen.

»Das ist nicht gut«, flüstert Jo immer wieder und steigert mein ungutes Gefühl damit ins Unermessliche.

»Wir können nicht mehr zurück«, zische ich.

»Ich weiß«, lautet die verbitterte Antwort.

Wir sind eben dabei, eine weitere Kurve hinter uns zu lassen. Immer tiefer und tiefer dringen wir in das gewaltige Monstrum ein, welches derzeit ganz offensichtlich wenig frequentiert wird. Kein Regent, kein Prätor und erst recht kein Souverän kreuzt unseren Weg.

Anny muss sich geirrt haben.

Doch Sawyers Freundin führt uns weiter und weiter durch das Labyrinth. Sie scheint keinen Zweifel am Plan zu haben.

Und dann, als ich es kaum noch aushalte und doch am liebsten umkehren möchte, erreichen wir unser Ziel.

Zwei sperrangelweit geöffnete Türen, die irgendwie gar nicht ins Bild passen, weil es ansonsten nur Schleusen und Luken gibt, markieren den Eingang eines runden Sitzungssaals.

In dessen Mitte ... steht er.

Eigentlich perfekt. Kein Mensch in Sicht. Eine ideale Angriffssituation. Niemand, der uns aufhalten kann.

Eindeutig eine Falle.

Trotzdem passieren wir einer nach dem anderen den Durchgang und stehen jetzt bloß noch knapp zehn Meter von dem Mann entfernt, der das Schicksal unserer Welt in Händen hält.

Und wir sind hier, um ihm diese Aufgabe abzunehmen!

Jo schnappt nach Luft, als sich die Türen hinter uns schließen. Instinktiv packt er mich und schiebt mich hinter sich.

Die anderen taxieren hektisch die leeren Ränge des Saals. Doch nirgends ist eine Bewegung auszumachen. Alle Sitzreihen wirken unberührt, als hätte hier noch nie eine Versammlung stattgefunden. Dabei haben wir erwartet, so ziemlich jeden hochrangigen Angehörigen des Systems anzutreffen. Oder zumindest ein paar davon.

Aber nur er ist hier.

Im Gesicht unseres Widersachers kann ich keine Emotion ablesen. Er steht einfach da und starrt uns abwartend an.

Von der Situation völlig überrumpelt, bleibt unsere kleine Gemeinschaft wie angewurzelt stehen.

Anny beäugt die verschlossenen Türen leicht verängstigt. Ob sie es jetzt bereut, sich am Ende doch noch der Division angeschlossen zu haben?

»Willkommen.«

Seine Stimme hallt uns entgegen. Ich kämpfe gegen die Angst an und frage mich unwillkürlich, wieso ein einzelner Mann in mir so eine Furcht auslöst. Immerhin hat er ohne einen Blauen in Griffnähe nicht mal einen Drift!

»Ich würde sagen, es wird auch Zeit, dass wir uns kennenlernen.«

Er macht einen Schritt auf uns zu, dann noch einen und noch einen. Es dauert nicht lange, und er steht direkt vor Sawyer.

Vor mir ist Jo bereit, seinen Drift einzusetzen. Ich spüre seine Energie mit jeder Faser meines Körpers.

Indessen streckt der Souverän seine Hand aus. Scheinbar will er Sawyer begrüßen!

Die beiden Anführer stehen sich sekundenlang reglos gegenüber. Als Sawyer keine Anstalten macht, die ausgestreckte Hand seines Gegenübers zu ergreifen, tritt dieser noch ein Stück näher heran und legt Sawyer seine Hand einfach auf die Schulter.

Unser Anführer weicht nicht einmal zurück, will keine Schwäche zeigen, obwohl ihm die Berührung des Mannes unangenehm sein muss.

Der Souverän schließt die Augen und lächelt dann beinahe genüsslich.

»Ah! Interessant«, sagt er so leise, dass ich es von meiner Position aus kaum verstehen kann.

Dann öffnet er die Augen wieder und starrt Sawyer regungslos an.

Ich bemerke es zunächst nicht, doch nach ein paar Sekunden spüre ich die Kälte. Diese erklärt sich durch die schnell wachsende Eisschicht, welche sich rund um Sawyer und den Souverän ausbreitet. Wie ein lebendiges Etwas kriechen die eisigen Fühler weiter und weiter, bis sie schließlich einen enormen Radius erreicht haben.

»Nicht schlecht«, stellt Sawyers Parasit fest und tritt wieder ein Stück zurück.

Ich kann sehen, wie Sawyer seine Schultern anspannt, als würde er jeden Moment einen Angriff des Mannes vor ihm erwarten. Doch nichts dergleichen geschieht.

Stattdessen mustert der dunkelhaarige Herrscher uns einen nach dem anderen. Während er dies tut, beginnt er mit einer kleinen Rede. Seine Stimme klingt merkwürdig ruhig, obwohl er die Worte hier und da ungewöhnlich betont. Ich habe noch nie jemanden so reden hören. Er klingt wie das genaue Gegenteil der Sallows.

»Nun, Sawyer. Dein Drift ist stark. Du siehst mich beeindruckt. Doch gestatte mir die Anmerkung«, er beginnt nun langsam, und ohne den Blick von unserer Truppe abzuwenden, nach links zu wandern, »ich hatte mir, wenn ich ehrlich bin, etwas mehr erwartet. Als einziger und direkter Nachfahre des großen Alois Bezier hatte ich an etwas Gigantisches, etwas episch Umwerfendes gedacht. DIE Fähigkeit unter den Fähigkeiten.«

Er ist inzwischen bei Jo und mir angekommen und scheint seinen Rundgang an dieser Stelle beenden zu wollen.

»Eine Fähigkeit, die außergewöhnlich ist. Einmalig, um genau zu sein.«

Ganz sachte neigt er den Kopf und blickt mir, an Jos Ohr vorbei, nun direkt ins Gesicht.

»Ob ich diese Fähigkeit wohl bei dir finde, junge Dame?«

Ich halte erschrocken den Atem an. Erwartet er etwa, dass ich darauf etwas erwidere?

Plötzlich macht Jo einen Schritt nach vorn. Er wird dem Ganzen jetzt ein Ende setzen. Die Hand leicht angehoben, ist er bereit, den Souverän mit seinem Drift quer durch den Saal zu schleudern. Doch dieser hebt tadelnd den Finger und schüttelt den Kopf.

»Na, na, na. Jetzt nichts Unüberlegtes tun, mein Lieber.«

Er wendet sich ruckartig ab und wirft gespielt erbost die Hände in die Luft.

»Eigentlich wollte ich auf diese kleine Machtdemonstration ja verzichten, aber wenn ich ehrlich bin, habe ich nicht das Gefühl, dass ich von euch die erforderliche Kooperation erwarten darf, also ...«

Vor uns schnellt ein riesenhaftes Hologramm empor. Seine Ausmaße sind ungewohnt ausladend. Die freie Fläche an der gewölbten Wand des Sitzungssaals, welche etwa ein Drittel des Raumumfangs ausmacht, ist nun ein gigantischer Bildschirm.

Ein kurzes Flimmern, dann erscheint die Ansicht eines kleinen Raumes, der mich stark an die Zelle im HUB 1 erinnert.

In seiner Mitte sitzt Kieran.

Ich werfe Mailo und Ruben verwirrte Blicke zu. Was zum Teufel soll das werden? Zwar hatte ich mich in den vergangenen Wochen oftmals gefragt, was wohl mit dem verräterischen Mistkerl geschehen ist, doch kann ich beim besten Willen keinen Sinn in der Darbietung des Souveräns erkennen.

»Das«, fährt dieser fort, »ist ein alter Bekannter von euch, nicht wahr?« Er deutet auf das Hologramm, wo Kieran geknickt auf einem Stuhl kauert und schwer atmend abwartet. »Dieser junge Mann hat während seiner kurzen Karriere innerhalb einer angesehenen Abteilung dieser Regierung eine ganze Menge Fehler begangen. Angefangen bei dem missglückten Versuch, eure groteske Botschaft im Keim zu ersticken, hat er sich immer tiefer und tiefer in eine aussichtslose Situation manövriert.«

Der Souverän dreht sich schwungvoll um und kehrt dem Hologramm den Rücken zu.

»Zugegeben. Ich hätte nicht so viel Vertrauen in ihn setzen sollen, aber ich hielt es damals für eine gute Idee, ein aufstrebendes, ambitioniertes Talent wie ihn auf diese unscheinbare Revolte anzusetzen. Aber so unscheinbar war sie ja gar nicht, richtig?«

Er sieht Sawyer beinahe anerkennend ins Gesicht.

»Wie dem auch sei«, sagt der beängstigend gefasste Mann und schreitet erneut auf und ab. »Kieran hat uns sehr enttäuscht. Er hat nicht nur versagt, er hat das ganze System in Gefahr gebracht.«

Die Hände andächtig gefaltet, schaut der Souverän uns an, während hinter ihm ein Soldat an Kieran herantritt.

»Lasst mich euch demonstrieren, was wir mit Menschen anstellen, die das System gefährden.«

In diesem Moment bäumt Kieran sich auf und schreit wie ein Verrückter. Der Soldat scheint seinen Drift an ihm auszutesten. Es ist derselbe wie im HUB. Der gleiche Drift, womöglich sogar derselbe Soldat. Er lässt Kieran unter einer Salve von Schmerzattacken zucken und zittern.

Anny, die bisher kaum eine ernsthafte Auseinandersetzung miterlebt hat, schnappt erschrocken nach Luft. Und auch ich muss zugeben, dass ich plötzlich Mitleid mit Kieran habe. Natürlich kann ich ihm sein Verhalten uns gegenüber nicht verzeihen, aber ich hatte mehr als einmal die Gelegenheit, ihn über die Klinge springen zu lassen, und habe es nicht getan. Was dort vor unseren Augen geschieht, ist mehr als grausam. Selbst als Zuschauer hält man es kaum aus.

Kierans Schreie hallen uns entgegen. Immer wieder pausiert der Soldat, um dann noch brachialer mit der Folter weiterzumachen.

Ich habe das Gefühl, die Aufzeichnung dauert ewig, dabei können es nur wenige Minuten sein. Erst als Kieran keine Regung mehr zeigt, tritt der Soldat zufrieden zurück, lässt von ihm ab.

Seine Augen sind offen, doch sie blicken nur starr ins Leere. Eine dünne Spur aus Blut rinnt aus seinem Mundwinkel.

Ein ungutes Gefühl überkommt mich. So als hätte jemand einen Schalter umgelegt.

Kieran ist tot.

Ich sollte erleichtert, vielleicht sogar erfreut sein. Aber ich bin es nicht.

Einmal mehr begreife ich, wozu dieser Mensch, der nun mit wachem Blick vor uns ausharrt, fähig ist. Er ist ein Monster, eine widerliche Kreatur und wir müssen ihn vernichten!

Von einer Welle aus Abscheu und Wut überschwemmt, stürze ich mich auf ihn. Jo stoße ich dabei einfach zu Seite und mobilisiere meinen Drift, noch bevor ich den Arm heben kann, um ihn gegen den Souverän einzusetzen.

Aus dem Augenwinkel nehme ich eine Bewegung wahr, aber in Fahrt, wie ich nun mal bin, beachte ich sie gar nicht.

Kurz bevor ich nahe genug bin, um ihn meine geballte Kraft spüren zu lassen, geschehen auf einmal zwei Dinge, die ich so nicht einkalkuliert hatte.

Ruben ist plötzlich direkt vor mir. Wütend über die Einmischung will ich ihn ebenfalls zur Seite stoßen, doch dann erkenne ich, wieso er sich mir in den Weg gestellt hat.

Über uns in den oberen Sitzreihen haben sich mehrere Soldaten postiert. Meine Attacke muss sie auf den Plan gerufen haben. Die Läufe ihrer Waffen sind allesamt auf mich beziehungsweise inzwischen auf Ruben gerichtet, der sich heldenhaft in die Schussbahn geworfen hat.

Im letzten Moment lasse ich meine Hand sinken und signalisiere so, dass ich aufgebe.

Eine angespannte Stille macht sich breit, während ich nur einen halben Meter von Ruben entfernt ausharre. Direkt hinter ihm steht noch immer der Souverän. Er ist nicht einen Zentimeter zurückgewichen, so sicher ist er sich, dass seine Anhänger ihn vor jedweder Attacke schützen werden.

Ich atme hektisch ein und aus. Ruben starrt mich erleichtert an. Kein Schuss ist gefallen. Die Soldaten sind in Wartstellung. Ich erwidere Rubens Blick. Ein Lächeln bringe ich nicht zustande, aber ich weiß, dass er spüren kann, wie dankbar ich ihm bin, mich von meinem unüberlegten Vorhaben abgehalten zu haben.

In diesem Moment legt sich eine Hand auf Rubens Schulter. Sein Blick wird ernst und ich trete sofort einen Schritt zurück.

Ruben öffnet den Mund, doch dann hält er inne und reißt erschrocken die Augen auf.

Über seine Schulter hinweg kann ich eine Hälfte des Gesichts des Souveräns erspähen. Es ist leicht nach unten geneigt. In seinem Blick erkenne ich einen irritierend befriedigten Ausdruck.

Und dann schlagen plötzlich Flammen empor. Sie scheinen von überall zu kommen und hüllen Ruben innerhalb weniger Sekunden fast vollständig ein.

Als sie bis zu seinem Kopf vordringen, zieht der Souverän seine Hand weg und entfernt sich gemächlich von seinem Opfer.

Entsetzt weiche ich weiter zurück und pralle mit dem Rücken gegen Jo, der mich praktisch auffängt.

Vor unseren Augen geht Ruben immer noch brennend in die Knie.

Dieser Blick.

Als das Feuer seinen Kopf verschluckt, kippt er vornüber. Sein Körper schlägt mit einem leisen, seltsam knisternden Geräusch auf dem Boden auf.

Sawyer stürzt auf ihn zu, bereit, seinen Eis-Drift einzusetzen und das Schlimmste zu verhindern, aber die Soldaten heben sofort ihre Waffen und Anny packt ihn geistesgegenwärtig am Arm. Er will sich wehren, versucht sie abzuschütteln, aber ihre Augen verengen sich zu Schlitzen. Sie muss ihm einen flehenden Gedanken in den Kopf gepflanzt haben, denn schließlich gibt er auf und bleibt mit hängenden Armen an ihrer Seite stehen.

Ich unterdrücke ein Schluchzen. Es ist eher ein Kräch-
zen. Der Anblick von Rubens lichterloh brennendem
Körper vertreibt jedes Gefühl aus meinen Gliedmaßen.
Ich sehe es, verstehe, was da gerade geschieht, aber es
dringt nicht zu mir durch.

Die Hilflosigkeit, mit der wir diesem grausamen Menschen vor uns ausgeliefert sind, macht mich rasend. Ich
kann einfach nicht fassen, dass wir rein gar nichts gegen
ihn unternehmen können!

»So«, dringt die Stimme des Monsters an mein Ohr.
»Nachdem wir das nun geklärt haben, bräuchte ich bloß
noch ein kleines Andenken und dann wird es Zeit für mich.«

Er tritt vor, umrundet dabei mit gerümpfter Nase Rubens Leichnam und tritt gemächlich auf Jo und mich zu.

Beinahe sofort richten sich alle meine Nackenhaare
auf und auch Jo spannt jeden Muskel an.

Hinter dem Souverän tritt ein weiterer Mann in den
Saal. Es ist ein Soldat und ich erkenne ihn sofort. Es ist
derselbe, der Kieran gefoltert hat. Sein Drift jagt mir
eine Heidenangst ein. Hoffentlich ist er nicht gekommen, um ihn dem Souverän zur Verfügung zu stellen.

Dieser wartet geduldig, bis der Mann bei uns angekommen ist, und lauscht den leisen Worten seines Ge-
hilfen.

»Wir sind dann so weit.«

Ohne den Blick von mir und Jo abzuwenden, nickt
der Souverän kurz und kommt sogleich einen weiteren
Schritt näher heran.

Jo verstärkt seinen Griff um mich und scheint ziemlich alarmiert. Aus dem Augenwinkel sehe ich, wie auch
Sawyer und die anderen unruhig werden.

Was hat dieser Typ jetzt wieder vor?

Beinahe zaghaft streckt er einen Arm aus und legt seine
Hand auf mein Handgelenk. Ich will diesen Mann nicht
in meiner Nähe haben, seine Hände nicht auf mir spüren.

Doch wir haben keine Wahl. Im Moment sind wir unterlegen.

Ich zucke ein wenig zurück, bleibe aber standhaft. Sawyer hat es auch ertragen.

»Mein Gott. Das fühlt sich fantastisch an. Du bist etwas ganz Besonderes, meine Liebe.«

»Darf ich?«, fragt er unpassend höflich.

Ich kann mir denken, was er von mir möchte, und schüttele den Kopf. Doch er ist schon dabei, in mich hineinzufühlen. Ich kann seine unsichtbaren Tentakel spüren, wie sie mein Inneres erkunden und sich zu der kraftvollen Kugel in meiner Mitte vortasten.

Ob es sich für Ruben genauso angefühlt hat?

Jo zieht mich noch etwas fester an sich, doch er kann nichts weiter tun. Und dann sehe ich das erste Mal, wie jemand anderes als ich einen Impuls loslässt.

Die Hand sanft auf meinem Handgelenk ruhend streckt der Souverän die andere in die Höhe und schleudert die geballte Energie von sich weg. Die Art, wie er es macht, lässt mich fast ein wenig neidisch werden. Es wirkt so elegant. Als wäre es nicht sein erstes Mal, sondern eine routinierte, tausendfach wiederholte Geste.

Trotz seines offenkundigen Interesses an meinem besonderen Drift scheint er sich enorm zurückzuhalten. Vielleicht stimmt es? Vielleicht kann er meinen Impuls verdoppeln, traut sich aber hier in dieser Blechbüchse nicht?

Ich halte die Luft an und bete, dass es bald aufhört.

Und tatsächlich lässt er von mir ab und lächelt bewundernd.

»Danke. Das war fantastisch! Geradezu unbeschreiblich! Ich danke dir.«

»Dürfte ich dir die junge Dame entführen?«, fragt er an Jo gerichtet und fügt hämisch grinsend hinzu: »Ich würde ja gerne sagen, es sei nur für kurze Zeit ... aber das wäre dann wohl gelogen.«

Jo senkt den Kopf und knurrt mehr, als er spricht: »Vergiss es.«

»Das dachte ich mir«, erwidert der Souverän ungerührt und macht dann eine flinke Bewegung mit der rechten Hand.

Über uns reagieren die Soldaten sofort und richten ihre Gewehre nun deutlich angriffslustiger auf unsere kleine Gruppe.

Indessen tritt auch der Neuankömmling näher an Jo und mich heran, damit sein Anführer ihn in Reichweite hat. Genau so etwas habe ich befürchtet!

Aber der Souverän macht sich gar nicht erst die Mühe, den Soldaten zu berühren und seinen Drift zu stehlen. Er lässt den Mann die Arbeit für sich tun.

Schockiert weiche ich ein Stück zur Seite, als Jo sich plötzlich aufbäumt und einen Schrei ausstößt, wie ich ihn bei ihm noch nie vernommen habe.

Der Souverän geht indessen zu Anny und legt ihr die Hand auf. Dabei sieht er sie verächtlich an. In seinen Augen ist sie eine Verräterin und ihr Leben nicht mehr wert als das von Kieran.

Sawyer zuckt zusammen, als der Mann seine Freundin berührt. Aber genau wie Jo bleibt er vorerst standhaft und unternimmt nichts weiter.

Der Souverän schaut Anny kurz an und nickt dann.

»Das war dann alles.«

Mit angstverzerrtem Gesicht stürze ich wieder zu Jo. Meine Hände wollen ihn berühren, aber irgendwie fürchte ich, das könnte ihm noch mehr Schmerzen zufügen.

Während der Soldat seine Arbeit gelassen fortführt, nähert sich der Souverän mir von der Seite. Ich bemerke es erst, als er bereits eine Hand an meinem Ellenbogen hat.

Jo fällt derweil auf die Knie und muss sich merklich zusammenreißen, um nicht weitere Schreie von sich zu geben.

Ich sehe Sawyer einen Schritt in unsere Richtung machen, aber es folgt sogleich ein Warnschuss zu seinen Füßen. Die Soldaten in den oberen Rängen sind bereit, jeden von uns abzuknallen, sollten wir uns widersetzen.

»Es wird Zeit, meine Liebe«, sagt der Souverän mit ruhiger Stimme und deutet in Richtung der großen Türen. »Hier entlang bitte.«

Offenbar will er sich meinen Drift nicht entgehen lassen und mich mitnehmen.

Ich kann meinen Blick nicht von Jo loseisen, der jetzt keuchend und mit geschlossenen Augen versucht, dem Schmerz zu entkommen.

Da hört der Soldat auf und geht in Wartestellung.

Jo atmet noch ein paar mal tief durch und öffnet dann die Augen. In seinem Blick sehe ich blanken Hass.

In diesem Moment beginnt der Souverän damit, mich in Richtung Ausgang zu zerren, und ich wehre mich mit Händen und Füßen. Um keinen Preis werde ich mit diesem Menschen mitgehen! Eher lasse ich mich hier auf der Stelle von den Soldaten erschießen.

»Wir können das auf die sanfte oder auf die harte Tour machen«, droht er mir unbeeindruckt und zieht mich weiter von Jo weg.

Ich würde gerne etwas erwidern, aber mir fällt beim besten Willen nichts ein. Stattdessen werfe ich den Kopf zur Seite und versuche den Blickkontakt mit Jo wiederherzustellen.

Dieser hat mühsam ein Bein angewinkelt und ist im Begriff, seine Position zu festigen. Ich kenn diese Körperhaltung. Er wird seinen Drift einsetzen.

Ein Teil von mir will schreien, dem Ganzen ein Ende setzen, bevor nach Ruben noch einer von uns dran glauben muss, aber ich kann nur wie erstarrt dabei zusehen, wie uns die Situation entgleitet. Mit einem markerschütternden Geräusch, das mir das Blut in den

Adern gefrieren lässt, bäumt Jo sich auf und reißt die Hände hoch. Der Souverän wird ein paar Meter nach hinten geschleudert und ich mit ihm. Erst kurz bevor wir gegen die gewölbte Wand prallen, lässt er meinen Arm los und ich kommen ungeschickt auf allen vieren auf.

Unsicher werfe ich die Haare zurück, um einen Blick hinter mich werfen zu können, und sehe, wie Jo auf mich zueilt. Doch auf halbem Weg wird er von einer erneuten Schmerzattacke gepackt und dieses Mal fällt er praktisch sofort vornüber. Zuckend und brüllend windet er sich unter dem Einfluss des unmenschlichen Drifts, bis er sich schlapp auf den Rücken dreht und mich nun kopfüber anstarrt.

Seine Augen sind glasig und seine Lider flattern wild.

Hinter mir hat sich der Souverän wieder aufgerappelt und packt mich erneut. Dieses Mal allerdings um Längen grober. Ich werde hochgerissen und wieder in Richtung der Türen befördert. Stolpernd und zeternd wehre ich mich, versuche dabei immer wieder mich zu Jo umzudrehen.

Ich fange einen letzten klaren Blick von ihm auf, bevor sich seine Augen endgültig schließen.

Aus der Entfernung lässt es sich schwer deuten, ob er nur bewusstlos ist oder ob der Soldat mit ihm das Gleiche wie mit Kieran gemacht hat.

Ich bete, wimmere, hoffe, dass es nicht so ist. Und dann sind wir auch schon durch die Tür, lassen den Saal hinter uns und weitere Soldaten tauchen auf, um den Souverän zu begleiten. Wohin, kann ich nicht sagen. Und es ist mir auch egal. Ich habe das Gefühl, aufgeben zu müssen. Als gäbe es nichts mehr, wofür sich zu kämpfen lohnt.

# 17. MEINE NOVA!

Kaum ist er außer Hörweite, dreht Sawyer sich beunruhigt zu Anny um und fragt: »Was hat er getan?«

Sie ist kreidebleich und schluckt ein paar Mal, bevor sie antwortet.

»Er hat denen da einen Befehl erteilt. Über mich. Ich meine, mit meinem Drift.«

»Wie lautet er?«, fragt Sawyer leise.

»Sie sollen uns erschießen, sobald er weg ist.«

Sawyer dreht sich hektisch um und die zutiefst verunsicherte Gruppe sieht gerade noch, wie die großen Türen sich hinter dem Souverän und Nova schließen.

»Joaquim!«, brüllt Sawyer und lässt eine erhebliche Menge Eis auf dem Kopf seines Freundes entstehen. »Jo! Hoch mit dir! Wir brauchen dich jetzt! Bitte! Steh auf!«

Damit wendet er sich ab und sucht den Raum nach einer geeigneten Deckung ab.

Die Soldaten machen sich feuerbereit und werfen sich gegenseitig bestätigende Blicke zu, während einer von ihnen noch etwas in seinen Kommunikator spricht.

***

Er kann Schüsse hören. Viele Schüsse.

Vorsichtig gräbt er in seinen Erinnerungen. Was ist geschehen? Wo ist er? Warum wird geschossen?

Doch er kann nur an den Schmerz denken. An diesen grauenvollen Schmerz. So etwas hat er noch nie gespürt. Als würden sich Tausende haarfeine Nadeln in seine Nervenenden bohren.

Und dann fällt es ihm plötzlich wieder ein.

Central.

Der Souverän.

Nova!

Schlagartig ist er hellwach und taxiert seine Umgebung. Ein dumpfes Pochen in seinem Hinterkopf lässt ihn seine Umwelt zunächst nur verschwommen wahrnehmen. Doch nach und nach stabilisiert sich das Bild.

Er sieht Sawyer, der Anny abschirmt, und Mailo, der sich hinter Paul versteckt. Offenbar hat er Schwierigkeiten seinen Drift anzuwerfen unter diesem ständigen Beschuss.

Schüsse! Ja richtig. Es wird geschossen. Er muss etwas unternehmen. Er muss zu Nova! Er muss ihr hinterher!

Joaquim braucht nur den Bruchteil einer Sekunde, um zu handeln. Er wälzt sich auf die Seite, geht leicht in die Knie und holt dann weit aus.

Über ihnen fegt sein Drift eine Waffe nach der anderen hinfort, aber ein paar der Soldaten sind schneller und eröffnen erneut das Feuer.

»Mailo!«, brüllt er und dieser aktiviert augenblicklich seinen Drift, um sie endlich alle unsichtbar zu machen.

Doch die Soldaten feuern weiter. Ohne festes Ziel lassen sie den Kugelhagel einfach kreuz und quer durch den runden Saal regnen. Ein paar der entwaffneten Männer setzen nun auch ihren Drift ein und so sieht es schlecht aus.

Paul wird getroffen, aber einige der anderen schaffen es, sich hinter dem breiten Rednerpult, in der Mitte des Raumes, zu verkriechen.

»Fuck!«, flucht Mailo und deutet mit dem Kopf hin, zu Rubens Körper, der immer noch schwelend am Boden liegt.

Nur ein paar Meter entfernt kniet Sawyer. Dicht an sich gepresst hält er Anny. Sie blutet stark. Einer der Soldaten hat sie erwischt. Vorsichtig richtet er sie auf und die beiden humpeln in geduckter Haltung zu Mailo hinüber. Auch wenn die Soldaten sie nicht sehen können, zischen weitere Kugeln gefährlich nah an ihnen vorbei.

Joaquim sieht Paul am Boden liegen. Er bewegt sich nicht mehr. Verflucht! Wenn das so weitergeht, sind sie in wenigen Minuten alle tot und mit ihnen stirbt seine Hoffnung, Nova aus den Fängen des Souveräns zu retten.

Die Lage ist mies. Verdammt mies.

Doch dann gehen plötzlich alle Lichter aus. Ein Leuchtstreifen nach dem anderen verblasst und es wird immer dunkler im Saal. Ein abschwellendes Surren begleitet das Schauspiel.

»Arros!«, ruft Joaquim siegessicher. »Er muss mit seinem Team bis zur Maschinenebene vorgedrungen sein.«

Er ist sich nicht ganz sicher, ob Central eine Maschinenebene hat oder man es überhaupt so nennen würde, aber es muss Arros sein! Vielleicht hat er das Fiasko über Monitore verfolgen können und versucht nun zu helfen?

Mick und Zoe sind inzwischen dabei, die Lage unter Kontrolle zu bringen. Von ihrer geschützten Position aus können sie sich auf ihre mentalen Fähigkeiten konzentrieren und während Zoe fünf der Angreifer in eine Halluzination hüllt, befiehlt Mick einem Soldaten nach dem anderen sich auf den Boden zu legen und die Arme von sich zu strecken.

Kaum sind die Soldaten leidlich unter Kontrolle, gehen die Lichter wieder an. Es muss also tatsächlich Arros gewesen sein.

Während Joaquim die Männer des Souveräns in Schach hält, zwingt Mick jeden von ihnen, sich für die nächsten vier Stunden mit dem Kopf an die Wand zu stellen und nicht zu rühren.

Danach ist er völlig fertig. Seine Stimme zittert und auf seiner Stirn sieht Joaquim feine Schweißperlen.

»Ich kann das normalerweise nur mit drei oder vier Menschen auf einmal«, erklärt er und stemmt den Kopf in die Hände. »Das war jetzt einfach ein bisschen viel.«

Sawyer wirkt ein wenig hilflos. Zwar hat Anny sich ganz gut im Griff, aber man kann sehen, wie sehr ihr die Verletzung zu schaffen macht. Schließlich entscheidet Sawyer, dass einer von ihnen Anny und Mick zurückbringen soll, damit sie auf schnellstem Wege zu einer Medi-Station gelangen.

Zwar hatte Joaquim längst begriffen, dass er und Anny wieder ein Paar sind – er ist ja nicht blind -, aber der Kuss, den die beiden sich geben, hat es in sich und bringt ihn trotz der extremen Situation, in der sie sich befinden, zum Lächeln. Doch dann muss er sofort wieder an Nova denken und beschließt, dem Souverän so schnell es geht zu folgen. Sollen die anderen sich um die Verletzten kümmern. Die Zeit läuft ihm davon. Wer weiß, wohin der Mann inzwischen geflüchtet ist. Jede Sekunde zählt!

An seiner Seite sind nur noch Mailo, Sawyer, Zoe und Cole, dessen Namen er erst jetzt erfährt und der ziemlich kampflustig auf ihn wirkt. Er reckt trotzig das Kinn in die Höhe und scheint sich am liebsten gleich mit dem nächsten Soldaten anlegen zu wollen, dabei kann er nicht älter als achtzehn sein.

»Wir müssen ihnen hinterher!«, sagt Joaquim und ist bereits drauf und dran dem Souverän nachzulaufen.

»Wir sollten uns erst Verstärkung besorgen. Einer von uns kann Arros und ein paar von seinen Jungs herholen. Dann gehen wir weiter«, meint Mailo.

»Sicher tauchen die ohnehin gleich hier auf«, spekuliert Joaquim ungeduldig.

»Wir dürfen uns diese Chance nicht entgehen lassen. Dann wäre alles umsonst gewesen und er hat Nova!«, brüllt er nun beinahe und schaut dabei zu Jakobs Onkel hinüber. Der Anblick ist grauenhaft. Schnell wendet er sich ab.

Sawyer beschließt: »Gut. Dann gehen wir jetzt sofort. Die anderen werden uns eben finden müssen.«

Joaquim hat kein gutes Gefühl bei der Sache.

Die Wahrscheinlichkeit, dass sie versagen werden, ist groß und ihr Scheitern wäre gleichbedeutend mit ihrem Tod. Aber sie müssen es versuchen.

»Dann los!«, sagt er und macht sich bereits auf den Weg zum Ausgang. Wenn dieser Dreckskerl Nova etwas angetan hat, wird er ihn notfalls quer durch das Feuerland jagen.

Eine Stimme in seinem Hinterkopf beruhigt ihn. Der Souverän hat Nova wegen ihres Drifts mitgenommen. Hätte er ihr etwas tun wollen, so wäre das bereits hier, mit den anderen geschehen. Sie ist in Ordnung. Sie muss es einfach sein!

Die anderen folgen ihm schweigsam.

Sie passieren die großen Türen und dahinter befindet sich, wie immer, ein langer Gang.

Joaquim lässt sich etwas zurückfallen und geht nun direkt neben Zoe.

»Kann ich dich um etwas bitten?«, fragt er sie leise.

»Klar. Schieß los!«

»Falls wir Nova finden und …«

Zoe unterbricht ihn barsch: »Wir werden sie finden!«

Er lächelt matt, dankbar für ihren Optimismus.

»Wenn wir sie finden und ihr etwas geschieht … ich meine, sollte sie verletzt werden, kannst du vielleicht etwas tun, ich meine, es ihr leichter machen, falls es nötig ist?«

Zoe stutzt kurz, doch dann versteht sie.

»Du meinst eine Halluzination?«

Er nickt sachte und versucht die Vorstellung einer verletzten oder gar sterbenden Nova aus seinen Gedanken zu vertreiben.

Zoe wedelt abwehrend mit den Händen.

»Ihr wird nichts geschehen. Du wirst sehen, wir zeigen es diesem Arschloch!«

Ihre brüske Ausdrucksweise belustigt ihn, obwohl er weiß, dass sie die Situation bloß auflockern will. Ihr ist die Nervosität ebenfalls deutlich anzusehen.

»Trotzdem. Falls, also wenn es dazu kommt …«

Seine Stimme bricht.

»Dann werde ich es tun. Natürlich. Ich verspreche es«, sagt sie schnell und setzt einen nachdenklichen Blick auf. Er scheint ihr Angst gemacht zu haben.

Als sie nach zwei kleineren, unbewachten Schleusen noch immer auf niemanden stoßen, wird Joaquim ernsthaft nervös. Wohin ist der Souverän gegangen? Ist er noch auf der Station? Er machte den Eindruck, als hätte er es eilig.

Und dann endet ihr Weg plötzlich.

Vor ihnen befindet sich ein kleiner Hangar. Er ist nur etwas größer als der Zugang, an welchem sie mit ihren Booten angelegt haben.

Mittig vor ihnen ist eine kleine Kabine, in der ein Soldat sitzt und etwas in seinen Kommunikator spricht. Noch hat er sie nicht gesehen.

Schnurstraks geht Sawyer auf ihn zu und packt ihn von hinten, um seinen Kopf anschließend gegen die Wand zu schmettern.

»Wo ist der Typ hin? Sag uns, wo der Souverän ist. Sofort!«

Der Soldat macht große Augen und fasst sich mit einer Hand an den Kopf.

»Ich weiß es nicht«, stammelt er. »Was wollt ihr hier?«

»Aufräumen«, sagt Joaquim knapp und deutet Sawyer an, zur Seite zu treten. Dann lässt er den Mann, mittels seines Drifts, ein Stückchen in die Höhe schweben und transportiert ihn so bis hin zu dem breiten Anleger am Ende des Hangars.

Die anderen folgen den beiden und bauen sich hinter Joaquim auf.

Dieser bewegt den Soldaten weiter und weiter vorwärts, bis er gerade noch in Hörweite ist und nur einen halben Meter über der Wasseroberfläche baumelt.

»Wo ist der hin?«, brüllt er zu ihm rüber und lässt ihn langsam hinabsinken.

»Ich kann das ewig so weitermachen. Wie lange kannst du da draußen über Wasser bleiben, wenn ich dich nicht zurücklasse? He?«

Der Mann ist wie erstarrt und beäugt ängstlich die dunklen Tiefen unter seinen Füßen.

»Schon gut, schon gut! Ich sag es euch, aber hol mich zurück!«

Joaquim zögert noch einen Augenblick und erfüllt seinem Opfer dann den Wunsch.

Der Soldat kommt unsanft neben ihm auf dem Boden auf und kriecht noch ein ganzes Stück weiter weg von der Rampe.

»Er will rausfahren. Zur 86«, wimmert er.

»Zu was?«, hakt Sawyer nach.

»Das Schiff. Das ist die Nummer. Schiff Nummer 86.«

Der Soldat wirkt ernsthaft verstört und Joaquim glaubt ihm jedes Wort.

In seinem Kopf formen sich Gedanken. Der Souverän ist auf einem Schiff. Die Schiffe liegen draußen vor Anker, sagt Anny. Den Schluss daraus zu ziehen, ist einfach.

»Er haut ab!«, stellt er erschrocken fest.

»Mit 'nem Schiff?«, fragt Zoe verständnislos.

»Ja! Natürlich. Verdammt! Wir sind zu spät!«, wettert Sawyer.

»Ihr meint, nach Salgaia?«, flüstert Zoe verwirrt.

»Klar. Die meisten anderen Schiffe sind bereits unterwegs und er ist das Regierungsoberhaupt. Nur logisch, dass er irgendwann folgen würde. Und hier wird's für ihn jetzt ziemlich unangenehm, wo die Lager überrannt und der Aufstand in vollem Gange ist. Er wechselt den Standort und lässt den Rest hier zurück. Vermutlich ein vertretbarer Kollateralschaden?«, beantwortet Sawyer ihre Frage ausführlicher als nötig, denn der Rest von ihnen hat längst begriffen, was Sache ist.

In diesem Moment bewegt sich etwas am Horizont. Zunächst nur ganz seicht, dann immer heftiger zeichnet sich eine Veränderung ab.

Erst jetzt bemerkt Joaquim die vielen Erhebungen, die wie kleine Hügel in Reih und Glied aus dem Wasser ragen. Es sind mehr, als er aus dem Stegreif zählen kann, und sie liegen still nebeneinander.

Alle, bis auf eins.

Dieses bewegt sich, löst sich aus der schwimmenden Formation!

Immer weiter driftet es ab und scheint dabei immer größer zu werden. Dann begreift Joaquim: Es kommt näher!

»86«, sagt der Soldat ergeben.

»Fuck, fuck, fuck!«, wettert Sawyer.

Joaquim gerät in Panik. Sind sie bereits auf dem Schiff? Ist er zu spät gekommen? Die Vorstellung, er könnte Nova für immer verloren haben, bringt ihn beinahe um den Verstand. Doch dann fällt ihm etwas auf. Er wendet sich ruckartig zu dem am Boden kauernden Soldaten um und sagt: »Du sagtest, er will rausfahren? Ist er noch hier? Rede!«

Der Mann hebt zitternd einen Finger und deutet auf den länglichen Anleger, welcher vor ihnen seinen Anfang nimmt und sich offenbar zu beiden Seiten der großen Öffnung fortsetzt. »Er geht an Bord des Transporters. Wollte gehen … ist dabei meine ich …«

Joaquim flucht und während er bereits lossprintet, brüllt er den Mann an: »Wieso sagst du das nicht gleich?«

Aus dem Augenwinkel sieht er Zoe sich über den Mann beugen. Dieser schreit augenblicklich auf. Sie muss ihm eine besonders fiese Vorstellung in den Kopf gestreut haben. Gut so!

Als Joaquim den Rand der großen Luke erreicht, hält er inne und späht vorsichtig um die Ecke.

Sawyer erscheint neben ihm.

»Und? Siehst du was?«, fragt er Joaquim angespannt.

Auf der linken Seite des Betonanlegers tut sich nichts, aber dafür rechts. Joaquim kann gerade noch sehen, wie zwei Soldaten sich an Bord eines mittelgroßen Transportschiffs, mit diversen Aufbauten, begeben. Der Souverän muss bereits an Bord sein und mit ihm Nova.

»Wir müssen uns beeilen«, stellt Joaquim fest und fügt hinzu: »Ich hab da eine Idee.«


Im Laufschritt nähert sich Joaquim dem Transporter und mobilisiert seinen Drift. Das hier ist seine einzige Chance. Novas letzte Chance. Er darf sich jetzt keine Fehler erlauben und kann nur hoffen, dass Sawyer seinen Teil beiträgt, so wie sie es besprochen haben.

Er hechtet auf die nebeneinanderliegenden großen und kleinen Schiffe und Boote zu, die in einer Reihe mit dem Gefährt des Souveräns sachte hin und her schaukeln. Mit aller Kraft richtet er seinen Drift auf das Erste in der Reihe und schiebt es unter gewaltiger Anstrengung gegen seinen schwimmenden Nachbarn. Nacheinander stoßen die Boote so zusammen und schieben sich ineinander, als würde eine riesige Hand sie hinwegfegen wollen. Das Ganze geht viel zu langsam, denkt Joaquim und legt noch mehr Kraft in seine Attacke.

Da! Endlich kommt Bewegung in die Sache. Kurz bevor das letzte Schiff unter dem Druck der anderen den Transporter erreicht, hat sich so viel Wasser aufgestaut, dass eine kleine Welle über die Rehling des Fluchtgefährts schwappt.

»Jetzt!«, schreit Joaquim und verschluckt sich beinahe an dem Wort, so aufgeregt ist er. Wenn der Plan misslingt, wird der Souverän schneller auf dem offenen Ozean sein, als sie gucken können.

Doch Sawyers Timing ist perfekt. Er ist die ganze Zeit über neben Joaquim hergelaufen und überholt ihn jetzt mit großen Schritten. Die Hände in die Luft erhoben, senkt er seinen Drift auf die Welle hinab und lässt das feuchte Element zu Eis gefrieren. Die mindestens ein Meter dicke Schicht zieht sich über eine Seite des Transporters, welcher hierdurch in leichte Schräglage gelangt.

»Ich habs gleich«, ruft Sawyer, während Joaquim an ihm vorüberzieht.

Der Anführer der Division setzt die Eisschicht fort bis hin zum Anleger und verankert das Transportschiff damit. Es müssten schon übermenschliche Kräfte am Werk sein, um sich aus dieser Lage zu befreien. Der Souverän sitzt vorerst fest.

Mir einem Satz springt Joaquim vom Anleger auf den Transporter und blendet dabei die Gefahr, frontal gegen den Bug zu schlagen und im Wasser zu landen, aus.

Rutschend und mit den Armen ringend kommt er an Bord auf und versucht, mit seinen Füßen Halt zu finden. Doch bevor ihm das gelingen kann, erscheint auch schon ein Soldat vor ihm. Seine Waffe steckt im Halfter, er wird also seinen Drift einsetzen, erkennt Joaquim.

Nicht ahnend, welche Kräfte der Mann haben könnte, zögert er nicht lange und hebt den Soldaten noch während seiner Rutschpartie in die Luft, um ihn über Bord zu werfen. Doch sein Gegner mobilisiert ebenfalls seine Fähigkeit und schleudert Joaquim eine Feuerbrunst entgegen.

Erschrocken rollt dieser sich zur Seite und versucht in Deckung zu gehen. Dadurch befreit sich der Soldat aus den Fängen des Drifts und kommt unsanft auf dem Boden auf. Immer wieder kann Joaquim die Hitze spüren, während ein Feuerball nach dem anderen in seine Richtung geschleudert wird. Er findet Schutz hinter einer großen Metallkiste und betet, dass sich nichts Explosives darin befindet.

»Sammy! Lass den Typen. Kümmere dich um das Eis. Sofort!«

Die Stimme des Souveräns ist unverkennbar. Mit Genugtuung bemerkt Joaquim, dass sie ungehaltener wirkt als zuvor. Der Mann ist verunsichert. Verschwunden ist der selbstsichere Lackaffe. Stattdessen scheint er nun endlich um das Gelingen seines Aufbruchs zu bangen. Na also!

Joaquim läuft geduckt ein paar Schritte zur Mitte des Schiffs und wirft zwischendurch einen Blick über die Schulter. Hinter ihm haben sich weitere Soldaten postiert, die Sawyer und die anderen davon abhalten, an Bord zu gelangen. Er ist auf sich allein gestellt.

Als er eine längliche Luke erreicht, zögert er nicht lange und stürmt hinein. Dahinter befinden sich dieser jämmerliche Soldat mit seinen Folter-Fähigkeiten, der Souverän und ... Nova!

Ihre Augen sind vor Schreck geweitet und ihre Hände zucken unruhig hin und her, aber ansonsten sieht sie unverletzt aus.

Erleichtert atmet Joaquim aus und sammelt neue Kraft, um dem Ganzen nun endlich ein Ende zu setzen. Er sieht sich vorsichtshalber um und stellt zufrieden fest, dass neben der Luke keine weitere Gefahr lauert. Außer ein paar blinkenden Lichtern und Knöpfen ist die Wand neben dem Eingang leer. Keine weiteren Soldaten in Sicht.

Offenbar will es sich der Souverän nicht nehmen lassen, ihn selbst zu quälen, denn er will seine Hand gerade auf die Schulter des Soldaten legen, als Joaquim der Kragen platzt.

Noch einmal wird er sich nicht so überrumpeln lassen. Am liebsten würde er den Anführer dieser kranken Regierung als Erstes plattmachen, aber das wäre dumm. Zuerst muss der Folter-Kerl weg. Ohne ihn ist der Souverän aufgeschmissen, denn es ist weit und breit kein anderer Drift-Besitzer in Sicht.

Noch bevor sich die Hand seines Widersachers auf die Schulter des Soldaten gesenkt hat, legt Joaquim los. Sein Drift schleudert den Soldaten gegen die Wand, sodass er kurz ganz benommen wirkt. Aber Joaquim ist noch nicht fertig. Wieder und wieder schmettert er ihn rückwärts gegen den harten Untergrund und verzieht sein Gesicht dabei zu einem überlegenen Grinsen. Soll der Kerl doch selber mal erfahren, was Schmerzen sind!

Erst als er plötzlich Novas Stimme rufen hört, hält er inne. Der Soldat gleitet bewusstlos zu Boden. Sein Kopf hängt seltsam nach vorne geknickt, zwischen seinen Schultern.

Joaquim wirbelt herum und spürt plötzlich ein elektrisierendes Knistern in der Luft.

Die Erkenntnis fährt durch seinen Kopf wie die Nachwirkungen eines harten Schlages, aber erst, als er es mit eigenen Augen sieht, wird ihm so richtig schlecht.

Er hat sich geirrt. Es gibt jemanden mit einem Drift in der Nähe des Souveräns.

Nova.

Mit tränenerfüllten Augen steht sie zitternd neben dem Mann, der seine Hand nun um ihren Oberarm geschlungen hat.

Er hat die volle Kontrolle über ihren Impuls!

Joaquim schnappt nach Luft, spielt mehrere Szenarien im Kopf durch, aber in jeder Version kämen entweder er oder sie zu Schaden. Was soll er tun?

Doch da hat der Souverän auch schon ihren Drift aktiviert und knisternde Ausläufer ranken sich um die beiden. Mit einem Aufschrei reißt Nova ihren Arm hoch und entlädt ihre Kraft nicht auf Joaquim, so wie es ihr Geiselnehmer wohl geplant hatte, sondern auf die Schalttafeln schräg hinter ihm.

Schockiert reißt Joaquim die Arme hoch, um sein Gesicht zu schützen. Durch die Verstärkung des Souveräns haben Novas Fähigkeiten ungewohnte Ausmaße angenommen und fegen die komplette Wand, an welcher sich verschiedene Messinstrumente befunden haben, weg.

Durch seinen misslungenen Anschlag kurz abgelenkt, lässt der Souverän seine Hand mit Novas Arm daran sinken.

Jetzt! Er muss jetzt handeln. Bevor der Typ Nova noch einmal zwingt, ihren Drift loszulassen.

Ein schneller Blick durch die kokelnde, mannshohe Öffnung zeigt ihm, dass die Luft dahinter rein ist. Ohne länger zu zögern, aktiviert er seinen Drift erneut und schleudert Nova durch die Öffnung.

Ein erstickter Schrei begleitet ihren Flug, aber sie reckt mutig die Arme empor, um sich auf die Landung im Wasser zu wappnen.

Von draußen hallen Rufe. Sammy, der Feuer-Soldat, meldet, dass der Transporter freigelegt sei und sie starten können. Als er durch die halbzerfetzte Luke eintritt, rammt Joaquim ihm seine Schulter in die Seite und prescht an ihm vorbei.

Sie werden sich etwas anderes überlegen müssen, um den Souverän aufzuhalten. Zuerst muss er sehen, ob Nova ihren Flug gut überstanden hat. Sammy hinter sich lassend, stürmt Joaquim hinaus, hält am ebenfalls ziemlich zerstörten Rand des Transporters kurz inne und sucht die Wasseroberfläche ab. Als er Nova japsend und mit den Armen paddelnd entdeckt, braucht er nur den

Bruchteil einer Sekunde, um sich ebenfalls in die Fluten zu stürzen. Das Wasser ist erstaunlich warm und er findet schnell an die Oberfläche zurück.

Mit schnellen Zügen schwimmt er zu Nova und erreicht sie nach wenigen Metern. Adrenalin pumpt durch seine Adern und sein Atem geht stoßweise.

»Geht es dir gut?«, fragt er stockend und spuckt hastig etwas Wasser aus.

Sie rührt noch immer mit den Armen im Wasser. Ihr Mund steht offen, schließt sich wieder, geht wieder auf. Dann endlich bringt sie ein paar Worte hervor.

Hinter ihnen dröhnen die Maschinen des Transporters. Er macht sich auf den Weg zu Schiff Nummer 86.

»Hattest du nicht versprochen, deinen Drift nie wieder gegen mich einzusetzen?«, sagt sie mit zitternder Stimme.

Er lacht auf, hebt eine Hand aus dem Wasser, an ihr Kinn. Lange schaut er sie an. Erleichterung macht sich in ihm breit.

»Meine Nova«, sagt er leise.

# 18. KEINE HALBEN SACHEN

Als Zoe und Sawyer uns dabei helfen, aus dem Wasser, hinauf auf den Anleger zu klettern, habe ich Mühe, meine Arme und Beine richtig zu benutzen. Alles fühlt sich an wie Gummi. Jo und ich sind klatschnass und völlig außer Atem.

Plötzlich erscheinen Arros und ein paar andere von uns am hinteren Ende des Hangars.

Sie stürmen in unsere Richtung und halten erst an, als sie sich neben uns postiert haben.

Den noch immer am Boden kauernden Soldaten im Blick, legt Arros die Stirn in Falten. Dann sieht er, wohin wir fünf gebannt starren und öffnet den Mund, nur um ihn gleich wieder zu schließen.

»Was zum …?«, stöhnt Merdock, der zusammen mit Arros gekommen ist, fassungslos.

»Er ist an Bord«, erklärt Sawyer Arros, weil dieser immer noch verstört auf das riesige Raumschiff starrt.

»Ich weiß«, erwidert er erstaunlich unbeeindruckt. Scheinbar findet er das Fortbewegungsmittel als solches zwar enorm spannend, ist aber über die Flucht des Souveräns informiert.

»Woher?«, fragt Sawyer mit wachem Blick.

»Wir konnten einen der Techniker, unten, überwältigen und befragen«, sagt Arros, während er sich zu Sawyer umdreht und dem Spektakel auf dem Wasser den Rücken kehrt. »Da ist nicht nur der Souverän an Bord.

Auch die hochrangigen Mitglieder der einzelnen Räte. Alles, was Rang und Namen hat, ist auf diesem Ding!«

Er sieht hilflos aus, mein sturer, alter Arros. Irgendwie macht sein Anblick die ganze Situation für mich noch unerträglicher.

Ich bin am Boden zerstört. Wenn der Souverän den Planeten verlässt, wird er sich auf Salgaia neu formieren. Und das die gesamte Führungsriege mit an Bord ist, zeigt, dass sie mit der Erde abgeschlossen haben. Einerseits ein gutes Zeichen, da es bedeutet, dass die Revolution ihnen offenbar zu übermächtig wurde, andererseits das Ende unseres Plans, die Regierung zu stürzen. Sie existiert noch immer und wird es auch weiterhin tun.

Selbst wenn wir es irgendwie schaffen, die restlichen Schiffe zu übernehmen, was würde uns auf dem neuen Planeten erwarten? Sie könnten uns einfach von Himmel schießen oder schlicht einen nach dem anderen, wenn die Insassen unserer Schiffe ihren Fuß auf die rettende Erde setzen. Wir müssen die Sache hier zu Ende bringen. BEVOR die Regierung mit den ahnungslosen Gelben davonkommt und auf Salgaia eine neue Schreckensherrschaft errichtet. Ich lasse mich gegen die feuchte Wand sinken und beobachte das gigantische Raumschiff dabei, wie es sich vom Wasser löst und leicht zur Seite neigt. Bereit, die Erde zu verlassen. Selbst aus der Ferne höre ich die dröhnend metallischen Geräusche und würde mir am liebsten die Augen zuhalten, um nicht auch noch zusehen zu müssen.

»Nova«, höre ich plötzlich Jos Stimme neben mir. Er streicht sich die nassen Haare aus der Stirn und fährt sich mit dem Handrücken über den Mund. Auch ich habe das Gefühl literweise Salzwasser geschluckt zu haben.

»Hmm?«, gebe ich kraftlos zurück.

»Ich glaube, ich habe eine Idee. Ist riskant ... aber einen Versuch wert.«

Sofort bin ich wieder hellwach und zu allem bereit.

»Was willst du machen?«, frage ich aufgeregt.

»Wir beide«, sagt er mit einem Ausdruck in den Augen, der mich ganz euphorisch werden lässt, »und Merdock und Cole, wir könnten es zusammen schaffen. Lass es uns versuchen!«

Damit dreht er sich um und sucht den Anleger ab.

»Arros? Kannst du so ein Ding steuern?«, fragt er meinen Trainer und deutet auf ein ziemlich robust wirkendes Transportschiff. Es sieht aus wie eine einzige breite Ladefläche und schaukelt sanft hin und her. Es ist viel größer als das, mit dem der Souverän weggefahren ist. Größer und höher.

»Ich denke, das würde gehen. Wieso? Willst du jetzt etwa 'ne kleine Ausfahrt machen?«, erwidert Arros verwundert.

»Ja«, sagt Jo knapp und greift nach meiner Hand.

Er zieht mich hoch und gemeinsam stürmen wir auf das Schiff zu. Arros folgt misstrauisch.

»Cole! Merdock! Kommt mit!«, ruft Jo den anderen zu, die noch immer entgeistert auf das sich gemächlich erhebende Raumschiff starren.

Unsicher stolpern sie hinter uns her, ohne Fragen zu stellen. Viel zu verstört von Jos plötzlichem Aufbruch und dem Anblick eines Vehikels, das 5000 Menschen und wer weiß, was noch Platz bietet.

Während Nummer 86 sich inzwischen einmal um die eigene Achse gedreht hat, besteigen Jo, Arros und ich den Transporter. Die anderen folgen auf dem Fuße.

»Was ...?«, ruft Sawyer uns noch nach, aber er beendet den Satz nicht. Er schaut uns bloß noch hinterher, genau wie die anderen am Anleger, während Arros den Transporter von der Station wegmanövriert.

Ein paar Minuten später befinden wir uns ein ganzes Stück von Central entfernt und Jo bedeutet Arros, das Transportschiff nicht weiter zu beschleunigen. Erstaunlich schnell hat mein bärtiger Trainer die Steuerung des ungewohnten Vehikels verinnerlicht und nickt nur gelassen. Die wilde Fahrt wird ruhiger und Jo zieht mich in die Mitte der großen Tragfläche. Ich komme mir vollkommen deplatziert vor auf diesem massiven, weitläufigen Wassergefährt. Merdock und Cole folgen uns stumm. Ich glaube, sie haben Angst, weil wir dem Raumschiff nun noch näher sind als auf der Station.

»Was hast du vor?«, frage ich irritiert über unseren Abstecher. Will er sich den Abflug des Souveräns bloß aus der Nähe angucken oder hat er tatsächlich einen Plan?

Er sieht hinauf, zu dem leicht schräg stehenden Raumschiff, dessen Ausmaße aus dieser Position noch beeindruckender wirken als in der Werft mit Anny, und es scheint so, als würde er die Entfernung zwischen uns und dem Ding abschätzen.

»Ich will versuchen, es zu stoppen.«

Ich traue meinen Ohren kaum.

»Du willst was?«, keife ich.

»Mehr als schiefgehen kann es wohl kaum?«, erwidert er ungerührt.

»Wie?«, frage ich ungläubig und verschränke die Arme vor der Brust.

Nun stoppt er seine Vermessung und sieht mich mit hochgezogener Augenbraue an.

»Mit dem Drift natürlich.«

Mir klappt der Unterkiefer runter. Mein Freund scheint sich ziemlich zu überschätzen.

»Das schaffst du nicht. Niemals!«

»Nicht allein, nein. Wir werden es zusammen tun müssen.« Er dreht sich zu Merdock um und mustert ihn und Cole kurz. Ich beginne hysterisch zu lachen. Jo ist wahnsinnig geworden. Das musste ja mal passieren, bei all dem Chaos um uns herum. »Und wie bitte soll ich mit meinem elektromagnetischen Impuls ein gigantisches, interstellares Raumschiff vom Himmel holen?« Ich gestikuliere jetzt mit flatternden Händen in der Luft.

»Erstens ist es noch nicht am Himmel. Es sieht hoch aus, aber das Teil ist gerade erst aus dem Wasser gestiegen. Es manövriert noch. Und zweitens weiß ich nicht WIE. Aber wir müssen es versuchen oder siehst du das anders?«

»Das wird nicht klappen«, stelle ich stur fest.

»Außer uns ist hier aber niemand, der sich damit befassen kann. Soll Sawyer es einfrieren oder Zoe eine sinnlose Halluzination heraufbeschwören? Nur wir haben eine Chance. Merdock hat meinen Drift, genau wie Cole. Und dein Drift ist stärker als alles, was ich bisher gesehen habe. Es ist unsere einzige Möglichkeit, Nova!«

Mein Widerstand bröckelt.

»Aber wenn wir uns zu sehr verausgaben ... das könnte böse ausgehen.«

»Wir müssen es versuchen«, sagt er mit ernstem Blick und betont dabei jedes Wort einzeln.

Ich drehe mich zu Arros um, der verunsichert auf der kleinen Brücke des Transporters steht und abwechselnd uns und das Raumschiff beäugt. Ein weiterer Blick in Richtung meiner beiden Leidensgenossen bestätigt mir, dass sie von Jos Idee ebenso wenig angetan sind wie ich.

Dann werfe ich die Arme in die Höhe und sage: »Na gut! Versuchen wir's!«

Jo macht einen Satz nach vorn und packt mein Gesicht mit beiden Händen.

»Wir schaffen das!«, sagt er und küsst mich energisch.

Ich frage mich, wo mein pessimistischer, alles infrage stellender Freund abgeblieben ist, und lächele verdattert.

Kaum hat er mich wieder losgelassen, wirbelt er auch schon herum und visiert den Koloss über uns an.

Wobei. Wirklich über uns befindet sich das Schiff nicht, aber es wirkt von unten so, als wäre das endlose Monstrum einfach überall.

»Versuch es irgendwie zu beschädigen. Merdock, Cole? Wir schauen mal, ob wir es wieder in Richtung Wasser bewegen können, ja?«, instruiert er uns und ich hebe unsicher den Arm.

Während ich meinen Drift aktiviere, versuche ich mehr Kraft als gewöhnlich in die pulsierende Kugel zu pumpen, aber meine Zweifel an unserem Plan machen den Versuch schwierig. Schließlich lasse ich den Impuls los und frage mich, ob meine Attacke das Schiff überhaupt erreichen kann.

Indessen aktiviert auch Jo seinen Drift und schickt ihn mit ausgestreckten Armen hinter meinem her. Zögerlich machen Merdock und Cole es ihm nach. Dabei fällt mir auf, dass Merdock Jo anerkennend beobachtet. Scheinbar hatte er nicht erwartet, meinen Freund so engagiert agieren zu sehen. Vermutlich hat das keiner von uns erwartet, zumal die Aktion aussichtslos erscheint. Als nichts weiter passiert, wiederholen wir die Aktion und Jo impft uns mehrmals lautstark ein, dass wir uns konzentrieren sollen. Irgendwie erinnert mich das ganze Unterfangen an mein Training mit Sawyer im Feuerland.

Als ich schon beinahe aufgeben und mich ausruhen will, geschieht plötzlich etwas. Zu sehen ist nichts, aber ich kann auf einmal spüren, wie meine Kräfte auf eine Art Widerstand treffen. Jo muss es auch gemerkt haben, denn er dreht kurz den Kopf zu mir und lächelt unsicher.

Und auch Merdock runzelt erstaunt die Stirn.

»Da tut sich was!«, meint er und wirft einen abschätzenden Blick auf Cole, der um einige Jahre jünger ist und bereits leicht schwankt. So vehement hat keiner von uns jemals seinen Drift angewandt.

Cole sieht aus, als würde er gleich hintenüberfallen.

»Weiter!«, meint Jo und stemmt ein Knie auf den Boden, um besseren Halt zu haben.

Ich mobilisiere ebenfalls einen neuen Schub meines Drifts und starre das Schiff dabei durchdringend an.

Ich überlege, ob es wohl klug wäre, einen ganz bestimmten Punkt anzuvisieren? Bisher habe ich einfach drauf los gefeuert. Möglicherweise muss ich mir ein festes Ziel suchen?

Das Ganze ist ziemlich anstrengend und ich spüre, wie mir der Schweiß in Strömen über den Rücken läuft. Trotzdem nehme ich mir einen kleinen Bereich am hinteren Teil des Schiffs vor und konzentriere mich noch ein bisschen stärker als zuvor.

Zwar spüre ich immer noch den leichten Widerstand, den meine Kräfte zurücksenden, doch kann ich keine sichtbaren Spuren meines Angriffs entdecken. Irgendwie muss ich es schaffen. Ich merke doch, dass sich da etwas tut. Wenn ich bloß wüsste, wo ich ansetzen soll?

Aber dann gibt es eine winzige Explosion am Heck des Raumschiffs und ich jubele innerlich.

»Ja!«, ruft Jo und holt erneut aus, um seine unsichtbaren Tentakel nach unserer Beute auszustrecken.

Von meinem Angriff leicht erschüttert, beginnt sich Nummer 86 nun minimal nach rechts zu neigen und ich meine, ein dumpfes Ächzen zu vernehmen.

Unter uns vibriert plötzlich der Boden. Arros muss die Maschinen wieder angeworfen haben, vielleicht, um gegenzusteuern. Ich habe keine Zeit, um mich zu ihm umzudrehen. Verbissen sende ich weitere Energiestöße nach oben und versuche flach zu atmen. Es wird jetzt wirklich sehr anstrengend. Und ich bin nicht die Einzige, die das spürt.

Cole ist schon ganz weiß im Gesicht und stöhnt erschrocken auf, als er unter dem Gewicht seines eigenen

Drifts zu Boden gezwungen wird. Noch einmal versucht er seine Kräfte zu mobilisieren, doch dann ist seine Grenze erreicht und er wird von einer Sekunde auf die andere bewusstlos.

Erschrocken über diese körperliche Reaktion zucke ich zurück und schwäche meine Anstrengungen ab. Doch ein Blick auf Jo lässt mich wieder neuen Mut fassen. Er gibt alles, weicht keinen Zentimeter zurück und obwohl er genau wie wir anderen völlig überanstrengt sein muss, ist er nicht gewillt aufzugeben.

Er winkelt ein Bein an, muss seine Position ändern. Aber keine Sekunde unterbricht er seinen Versuch, das Raumschiff zu kontrollieren.

Eine zweite, dieses Mal deutlich heftigere Explosion lässt den Giganten erzittern und praktisch sofort beginnt sich sein Rumpf abzusenken.

Jo und Merdock ergreifen meine Vorlage und üben mehr Druck auf die Vorderseite aus.

Langsam, ganz langsam sinkt das ächzende, inzwischen an mehreren Stellen beschädigte Monster hinab.

Ich schmettere unaufhörlich meinen Impuls auf das von Erschütterungen und Funktionsstörungen gepeinigte Teil. So lange, bis es immer schneller hinabsinkt und ich schließlich meinen Drift erlöschen lassen und mich ausklinken kann. Meine Knie zittern und ich muss mehrmals blinzeln, um gegen meinen angeschlagenen Kreislauf anzugehen. Auch Jo lässt die Hände sinken und stützt sich sogleich mit einem Arm auf dem rauen Boden der Plattform ab. Er atmet schwer und eine Mischung aus einem siegreichen Lachen und einem erstickten Röcheln dringt aus seiner Kehle.

»Ehm ... Jo?«, sage ich mit bebender Stimme, »das könnte haarig werden.«

Nur noch wenige Sekunden, bis das Raumschiff die Wasseroberfläche erreichen wird. Auch ohne große

Erfahrungen in Sachen Ozean bin ich sicher, dass dies nicht gut für uns ausgeht.

»Scheiße!«, fluchen Merdock und Jo synchron. Mein Freund kommt wankend zum Stehen und wendet sich Arros zu.

Dieser ist inzwischen aus der länglichen Kabine herausgetreten, um einen besseren Blick auf den Niedergang des Souveräns zu haben.

»Arros! Pass auf!«, brüllt Jo und greift mit seinem Drift nach etwas, das auf einer metallenen Box an der Rückwand der Plattform liegt, um es hoch zu Arros zu befördern. Dieser fängt das merkwürdige Gebilde und hält es irritiert ein ganzes Stück von sich weg. Es sieht aus wie ein starres Brett aus Gummi.

»Halt dich daran fest!«, schreit Jo und dann hebt er meinen Trainer mit einer ruckartigen Bewegung in die Höhe und lässt ihn unsanft über Bord gehen.

»Was tust du?«, schreie ich schockiert auf und frage mich, ob Jo es als eine neue Übung sieht, Menschen einfach wahllos über Bord gehen zu lassen.

»Wir müssen hier runter«, erwidert Jo aufgeregt und deutet zu dem Raumschiff, welches an mehreren Stellen von meinem Drift beschädigt in diesem Moment die Wasseroberfläche berührt. Die nahen Explosionen hallen uns entgegen und klingen fast wie ein fernes Gewitter.

Zuerst sieht es so aus, als würde das Schiff einfach vom Wasser verschluckt. Doch das ist nur der erste Eindruck. Schon kurz nach dem Aufprall wölbt sich das Wasser rund um die Stelle, wo der vordere Teil in den Wellen verschwunden ist.

»Mist! Lauf! Los, zum Rand!«, befiehlt Jo gehetzt und ich reagiere sofort.

Ohne den Blick von dem überwältigenden Szenario abzuwenden, sprinten wir, Merdock im Schlepptau, zur linken Seite des Transporters. Als wir den Rand erreichen, hat das Wasser die Hälfte des Raumschiffs bereits verschluckt und damit eine monströse Welle losgetreten, die sich erschreckend schnell auf unser vergleichsweise winziges Transportmittel zubewegt. Zunächst scheint es so, als würden die Wassermassen, die beim Kontakt des Schiffs losgetreten wurden, sich schnell wieder verlieren, aber dann wächst die Welle höher und höher in den Himmel.

Erschrocken halte ich inne und habe das Gefühl, mich plötzlich keinen Zentimeter mehr bewegen zu können.

»Was ist mit Cole?«, brülle ich.

Hektisch schnappt Jo sich zwei weitere dieser seltsamen Gummidinger, wirft Merdock eines davon zu und eilt mit dem anderen zurück zu Cole. Er müht sich ab, ihm das Teil überzustülpen, und schafft es schließlich.

Merdock und ich stehen wie versteinert da und behalten die herannahende Monsterwelle im Auge, als könnten wir sie durch bloße Willenskraft aufhalten, aber ich bin mir sicher, dass hier kein Drift geeignet ist, um das Geschehen aufzuhalten.

»Nova!«, ruft Jo hektisch.

Ich erwache aus meiner Starre und folge meinem Freund zum äußeren Rand des Transporters, wo es kein Geländer oder etwas ähnlich Beruhigendes gibt. Er lässt erst Cole, genau wie Arros zuvor, über Bord gehen und bleibt einen gefühlt unendlichen Moment unentschlossen stehen.

»Was jetzt?«, frage ich mit zitternder Stimme und meine Worte gehen im Tosen des allgemeinen Chaos fast unter.

»Wir müssen springen!«

»Vergiss es!«, sage ich und schüttele dabei energisch den Kopf. »Das ist viel höher als vorhin. Das schaffe ich nicht!«

»Es muss sein!«, meint er und wirft einen letzten Blick zum Raumschiff hinüber, welches nun zu zwei Dritteln verschwunden ist und die Welle noch verstärkt hat.

Eine ohrenbetäubende Explosion reißt das Heck in Stücke und Jo kann gerade noch ein verirrtes Wrackteil in eine andere Bahn lenken, bevor es uns erwischt. Ihm folgen weitere Geschosse in diversen Größen. Eines trifft die kleine Brücke und reißt sie komplett weg. Ein weiteres Wrackteil zieht eine breite Schneise in die Plattform, genau da, wo wir eben noch unseren Drift eingesetzt haben.

Panik erfasst mich.

Wir schaffen es nicht, hier schnell genug wegzukommen!

»Stell dir einfach vor, es wäre der See«, empfiehlt Jo und sieht mich aufmunternd an.

Wie kann er nur so gelassen bleiben? Oder wirkt das nur so? Will er mich bloß beruhigen?

Da fällt mir plötzlich ein, dass Arros ja bestimmt nicht schwimmen kann. Nicht jeder von uns hatte schon einmal das zweifelhafte Vergnügen, Gast bei den Sallows und ihrem Schwimmparadies zu ein. Er wird ertrinken!

»Wo ist Arros?«, rufe ich den Tränen nahe.

»Nova, spring jetzt! Bitte!«, brüllt Jo richtiggehend aufgebracht. Seine Ruhe ist dahin und seine Geduld mit mir ebenso. »Ich habe ihm eine Schwimmweste mitgegeben. Er kann sich daran festhalten, bis die anderen da sind.«

Die anderen? Ich suche hektisch das Wasser ab und sehe tatsächlich, wie sich uns zwei kleinere Boote nähern. Zoe und Sawyer vermutlich, die das ganze Grauen von Central aus beobachtet haben.

Merdock zwängt sich derweil in seine eigene Schwimmweste. An seinem Gesicht kann ich ablesen, dass er eine Heidenangst vor dem Wasser hat.

Genau wie ich.

Jo ergreift meine Hand und blickt mich flehend an.

»Wenn du nicht springst, muss ich dich mit meinem Drift dort runter befördern. Aber ich kann nicht springen, schwimmen und deine Flugbahn koordinieren, also lass es uns zusammen tun. Jetzt!«

Ich schlucke hart. Ein Blick zur Welle, die jetzt so nahe ist, dass ich spüre, wie mir bei ihrem Anblick das Blut aus dem Gesicht weicht, reicht. Ich muss tun, was Jo sagt.

»O. k.«, sage ich widerwillig und mache einen Schritt vor.

Merdock stößt einen Schrei aus und springt. Mit einem Klatschen taucht er unter. Beinahe sofort schnellt seine Gestalt, dank der tragenden Weste wieder empor. Er wedelt panisch mit den Armen, scheint aber unversehrt.

Jo drückt meine Hand noch ein bisschen fester und dann springen Jo, der sonst das Feuerland durchkämmt, und Nova, die eigentlich nie aus ihrem HUB herauskommen und das Tageslicht erblicken sollte, gemeinsam ins Nichts.

Der Fall dauert ewig und ist doch erstaunlich schnell vorbei. Gefolgt von einem harten Aufprall ist dieser Stunt wohl das Verrückteste, was ich in meinem ganzen Leben getan habe. Dagegen war die Flucht aus dem HUB oder der fliegende Humvee gar nichts!

Plötzlich von allen Seiten von Wasser umgeben, verliere ich innerhalb einer Sekunde die Orientierung. Ich rotiere, wirbele und strampele, bis ich nicht mehr weiß, wo oben und unten ist. Und dann verliere ich Jos Hand. Sie ist einfach weg und ich bin allein.

Allein im Ozean!

Ich versuche, richtig zu reagieren, so wie es Sannah mir gezeigt hat. Aber sie ist nicht hier. Dies ist nicht der See, wo mir gleich jemand hinaushilft und es mich ein zweites Mal versuchen lässt. Panische Hysterie erfasst mich. Ich kann doch nicht unter Wasser sterben! Unter Wasser auf einem Planeten, der im Begriff ist auszutrocknen! Ich versuche mich nicht mehr zu bewegen und abzuwarten, wohin die Strömung mich ziehen wird. Und dann spüre ich plötzlich eine Hand an meinem Arm. Ich öffne die Augen, so wie es Sannah mir erklärt hat, und blinzele ein paar Mal. Das Salzwasser brennt in meinen Augen.

Schemenhafte Umrisse erscheinen über mir. Ich sehe die Unterseite des Transporters und ich sehe eine Gestalt.

Jo! Er hat mich gepackt und versucht mich mit kräftigen Zügen nach oben zu befördern. Oben! Da ist die Oberfläche.

Ich trete mit meinen Beinen ins Nichts und versuche ihm zu helfen.

Es gelingt. Wir steigen empor und erreichen die Wasseroberfläche, gerade in dem Augenblick, als ich kurz davor bin, reflexartig den Mund zu öffnen und das Wasser in meine Lungen zu lassen.

Japsend und keuchend schlage ich mit den Armen um mich und versuche mich an der Oberfläche zu halten.

Jo sieht nicht weniger hilflos aus, sondiert aber bereits die Lage. Seine Augen werden immer größer, als er einen Punkt hinter mir fixiert und ich drehe mich ungeschickt um.

Die Welle hat den Transporter erfasst. Vom Raumschiff ist nichts mehr zu sehen.

»Schwimm!«, krächzt Jo und ich zögere keine Sekunde, diesen Befehl zu befolgen.

Wir arbeiten uns vorwärts, aber wir sind viel zu langsam. Immer wieder werfe ich besorgte Blicke über die Schulter und sehe, wie der Transporter nun senkrecht in den Himmel ragt und von den gewaltigen Wassermassen weggerissen wird.

Ich kann gar nicht fassen, wie viel Macht die Natur hat. Das ist Wasser! Wie kann Wasser so viel Kraft entwickeln? Ich muss träumen!

Wir werden von einem Ausläufer der Welle erfasst, doch dieses Mal kommt sie gelegen. Sie befördert uns ein ganzes Stück weg von dem inzwischen über Kopf untergegangenen Schiff und vor uns sehe ich eines der kleinen Boote zügig herannahen.

Zoe!

Plötzlich bin ich voller Hoffnung. Wir schaffen es! Wir kommen hier wieder raus!

Sie macht einen kleinen Bogen und nähert sich uns langsam. Mit letzter Kraft ziehe ich mich an Bord und helfe dann Jo dabei, sich über den niedrigen Rand des Gefährts zu wuchten.

Ein ganzes Stück entfernt sammelt Sawyer Arros und Merdock ein, die den glücklicherweise wieder bei Bewusstsein scheinenden Cole in ihrer Mitte haben. Er sieht aus wie eine Puppe, die dem Wasser hilflos ausgeliefert ist. Hoffentlich trägt er keine bleibenden Schäden davon.

»Verdammt!«, stößt Zoe tief beeindruckt aus. »Was habt ihr da bloß getrieben? Das glaubt uns niemand, wenn wir es erzählen.«

Ich ringe noch immer nach Atem, aber ich bin auch froh und stolz und dankbar. Ein elektrisierendes Glücksgefühl rauscht durch meinen Körper.

Erst jetzt begreife ich, was tatsächlich geschehen ist.

Der Souverän ist tot. Und mit ihm alle hochrangigen Regierungsmitglieder. Selbst wenn man einen Aufprall auf das Wasser im Inneren des Schiffes noch überleben könnte, die Explosionen im Vorfeld waren zu heftig. Und vermutlich befanden sich die meisten Passagiere bereits im Kryo-Schlaf.

Nein. Sie hatten keine Chance.

Ein seltsam befriedigendes Gefühl überkommt mich, als ich an meinen eigenen Regenten denke und an diesen fiesen Prätor. Sie waren sicher auch an Bord. Wir haben es geschafft. Das System ist führerlos. Schon vor dieser Attacke war es angreifbar, aber jetzt ist es geradezu instabil.

Ich ziehe mich ächzend in eine aufrechte Position und streiche mir klatschnasse Haarsträhnen aus der Stirn. Dann schaue ich rüber zu Jo und lächele müde. Er atmet immer noch, als säße ein Elefant auf seiner Brust, aber auch er grinst siegesgewiss.

»Zurück nach Central?«, fragt Zoe uns und wir nicken dankbar.

Hinter uns ist nichts mehr vom Raumschiff oder dem Transporter zu sehen. Als hätte es nie einen Souverän gegeben.

# 19. STILLER SIEG

Als wir schließlich wieder festen Boden unter den Füßen haben - wobei Central ja nicht unbedingt als fester Boden bezeichnet werden kann -, umringen uns die anderen und überhäufen uns mit unzähligen Fragen.

»Woher wusstest du, dass das klappt?«, fragt Arros Jo, während er sich immer noch das Salzwasser aus dem Bart schüttelt. Dabei macht er grunzende und schnaufende Geräusche. Er sieht aus wie ein Untier aus den Meerestiefen, ein Fabelwesen mit buschigen Augenbrauen.

»Ich wusste es nicht«, erwidert Jo ungerührt und zuckt mit den Schultern. »Ich dachte einfach: jetzt oder nie!«

»Alle Achtung«, meint Zoe und schüttelt immer wieder ungläubig den Kopf, »ich kann nicht behaupten, dass ich jemals etwas Vergleichbares gesehen habe ... ich meine deinen Drift«, sagt sie und dreht sich zu mir um, »das war der Wahnsinn!«

»Danke«, sage ich, weil ich nicht weiß, was ich sonst darauf erwidern soll. Ich kann ja selber noch nicht fassen, dass wir es tatsächlich geschafft haben.

Neben uns hockt Cole noch immer benommen auf dem Boden und scheint gar nicht richtig zu verstehen, was eigentlich geschehen ist. Ich bin froh, dass er einigermaßen in Ordnung erscheint. Bisher habe ich noch nie gesehen, was passieren kann, wenn man sich mit seinem eigenen Drift übernimmt. Vermutlich war die spontane Bewusstlosigkeit eine Art Schutzmechanismus des Körpers. Ich selber bin ebenfalls völlig erschöpft. Das Adrenalin hat seinen Zenit längst überschritten und meine Hände zittern immer wieder unkontrolliert.

Am liebsten würde ich mich einfach irgendwo hinsetzen und erst mal ein Nickerchen machen, doch Sawyer wirkt plötzlich ungeduldig.

»Lasst uns zurückfahren und sehen, wie es den Grau... den Sallows ergangen ist«, schlägt er vor.

Ich bin unendlich froh, als wir endlich weg von den Booten und dem Wasser sind. So sehr ich mich beim ersten Besuch der Werften auch über den Anblick des Ozeans gefreut habe, so wenig will ich in der nächsten Zeit mit dem feuchten Element in Berührung kommen. Der dramatische Höhepunkt unseres »Treffens« mit dem Regierungsoberhaupt hat mich vorerst von allen Unternehmungen in Sachen Wasser kuriert.

Wir bewegen uns stetig auf die Lager zu, dieses Mal oberirdisch und ich werde mit jedem Schritt unruhiger.

Was wenn die Sallows unterlegen waren? Von Central aus konnten wir das Geschehen an Land nicht weiter verfolgen. Hinzu kommt, dass ich mich um Anny sorge, und auch Sawyer kann man ansehen, dass er erst richtig zur Ruhe kommen kann, wenn er sie wieder in seinen Armen hält.

»Da!«, ruft Mailo plötzlich laut aus und deutet mit dem Finger in Richtung der Zäune.

Ich sehe sofort, was er meint und staune nicht schlecht.

An mehreren Stellen sind die so massiv wirkenden Abgrenzungen der Lager eingebrochen, wie weggesprengt, nur dass die Sallows keine Sprengungen vornehmen konnten. Sie müssen die Lager einfach überrannt haben. Von oben konnte ich nur den Beginn des Kampfes sehen, aus der Nähe betrachtet, wirkt das Ganze gleich noch mal bedrohlicher. Schon vor unserem Einmarsch waren die Gefangenenlager ein einziges Durcheinander, aber jetzt ist es das reinste Schlachtfeld.

Es war ja auch eine Schlacht.

Was mich aber viel mehr überrascht, ist die Stille.

Kein Laut ist zu vernehmen. Keine Menschen zu sehen. Das ganze Areal wirkt wie leer gefegt.

»Wo sind die alle?«, fragt Zoe alarmiert.

»Weg. Offenbar«, erwidert Arros misstrauisch.

»Alle?« Zoe blickt sich ungläubig um. »Das ist doch nicht möglich!«

Wir tapsen vorsichtig durch die niedergerissene Umzäunung und verschaffen uns einen besseren Überblick. Wenn man genauer hinsieht, kann man ein paar reglose Körper zwischen dem Schutt und den Überbleibseln der spärlichen Behausungen ausmachen.

Ich werfe einen zaghaften Blick auf Jo. Seine toten Freunde hier auf dem Boden liegen zu sehen, ist für ihn sicher sehr schlimm. Er wirkt allerdings ziemlich gefasst, ja beinahe schon fröhlich! Stirnrunzelnd widme ich mich wieder dem Gang durch die Lager und halte Ausschau nach Überlebenden, doch nirgendwo bewegt sich etwas. Nicht ein Anzeichen menschlichen Lebens weit und breit. Ich bin nicht ganz sicher, ob ich das gut oder schlecht finden soll. Jo scheint mit den Zuständen im Lager keinerlei Probleme zu haben. Immer noch relativ entspannt schlendert er neben mir her.

Und dann fällt es mir auf einmal auf. Bei den Toten handelt es sich ausschließlich um Soldaten. Ich kann keinen Grauen und auch keine Sallows entdecken. Verdutzt runzele ich die Stirn.

»Jo?«, frage ich irritiert. »Was meinst du, wo sind die alle hin?«

Ein Lächeln umspielt seine Lippen und während er einen schwelenden Brandherd umrundet, der vorher wohl eine der notdürftigen Baracken gewesen sein muss, sagt er schlicht: »Weg.«

Ich bleibe stehen und warte, bis er es auch tut. Die anderen pirschen sich weiter über die Ebene, heben hier und dort ein Stück Gerümpel an und reden leise miteinander. Auch aus der Entfernung kann ich sehen, dass ihnen die Umgebung ebenso rätselhaft vorkommt wie mir.

»Was meinst du damit? Wo sind sie hin? Und wieso liegt hier nicht ein Sallow?«

Natürlich bin ich froh, keinen von Jos Freunden am Boden liegen zu sehen, aber seltsam ist es dennoch.

Er zuckt mit den Schultern.

»Bestattungen haben bei ihnen einen hohen Stellenwert. Sie werden ihre Gefallenen mitgenommen haben.«

Ich schüttele ungläubig den Kopf.

»Alle? Glaubst du echt?«

Er nickt und geht leicht in die Hocke. An einem vertrockneten Halm zupfend betrachtet er das Schlachtfeld, und als seine Augen an meinem Gesicht heften bleiben, sagt er: »So war der Deal. Sie befreien die Lager und wir ziehen unser Ding in Central durch. Wieso sollten sie bleiben, nachdem sie gewonnen haben?«

Ich gehe ebenfalls in die Knie und blicke mich neugierig um. Wie kann er sich so sicher sein, dass es für die Sallows gut ausgegangen ist?

»Woher willst du wissen, ob sie gewonnen haben?«

»Wonach sieht's denn aus?«, erwidert er stumpf.

»Hmm. Stimmt«, sage ich nachdenklich, wenn auch nicht ganz überzeugt.

»Ich könnte mir vorstellen, dass die Blauen spätestens, als das Schiff vom Himmel gefallen ist, aufgegeben haben«, spekuliert er.

»Kann schon sein.«

Wir schauen uns lange an. Er sieht entspannt aus. Gar nicht, als säßen wir mitten in den Hinterlassenschaften eines Gefechts und wären gerade Teil der wohl spektakulärsten Auseinandersetzung des Jahrhunderts gewesen.

Ich beobachte ihn, wie er seinen Blick schweifen lässt und fühle dabei, wie meine Glieder schwerer werden. Ich bin ziemlich geschlaucht und er muss es auch sein. Aber die Ruhe, die von ihm ausgeht, verursacht ein wohliges Gefühl in mir. Irgendwie fällt alles von mir ab. Die Stille um uns herum lässt die Lager beinahe friedlich wirken. So als wäre nun alles wieder richtig, als hätte sich ein vor langer Zeit gemachter Fehler korrigiert. Und mitten in den kokelnden Überbleibseln der alten Regierung sitzen Jo und ich, als hätten wir bloß einen Ausflug gemacht.

Ein Lächeln umspielt seine Lippen und ich versuche mehr aus seinem Gesicht herauszulesen, aber ich bin nicht sicher, wieso er so gelöst scheint.

»Was ist?«, frage ich amüsiert.

»Ich bin froh, dass wir noch leben«, sagt er leichthin.

»War schon ziemlich knapp«, erwidere ich lächelnd und dann füge ich hinzu: »Was nun?«

»Hmm?«, macht er und steckt sich den Halm in den Mund, so wie es die Soldaten mit ihrem seltsamen Tabak zu tun pflegen.

»Na ja, wie geht es jetzt weiter?«, formuliere ich die Frage genauer.

»Mit der Division oder mit … uns?«, hakt er unsicher nach.

Ich beobachte, wie die abendlichen Sonnenstrahlen sein Gesicht in ein wunderbar orange-goldenes Licht hüllen und zögere mit meiner Antwort. Ich wünschte, ich könnte ein Bild von ihm festhalten, so wie er da hockt, mit locker auf dem Oberschenkel abgestützten Armen und der Sonne im Gesicht. Der Anblick wirkt fast inszeniert, wie gemalt. Früher gab es Geräte, die

Bilder speichern konnten. Aber heute darf nur noch der Info-Kanal diese Technik nutzen. Wieder so eine dumme Regel …

»Sowohl als auch«, sage ich leise.

Die kleine Falte zwischen seinen Augenbrauen erscheint und er sieht mich durchdringend an.

»Ich vermute, dass Sawyer so schnell es geht in den CutOut zurückkehren und anschließend alle informieren wird. Es muss Klarheit herrschen und die Leute müssen erfahren, was geschehen ist, um Gerüchte und Spekulationen zu vermeiden. Vermutlich werden wir den Info-Kanal beanspruchen und eine Sendung ausstrahlen. Und dann … werden die Menschen auf die restlichen Schiffe verteilt.«

Dass diese Aussage meine Frage nur halb beantwortet, ist ihm klar, aber er fügt nichts weiter hinzu.

Ich beschließe, unsere glorreiche Tat auf See und den Sieg der Sallows nicht mit Beziehungsproblemen zu schmälern, und stehe abrupt auf. Dann halte ich ihm die Hand hin und sage: »Dann sollten wir zusehen, dass sie uns nicht hierlassen«, und deute mit der anderen auf Zoe, Arros und den Rest unserer Gruppe, die in diesem Moment auf die an Land verbliebenen Division-Mitglieder treffen und weiter in Richtung der Werften wandern.

Jo greift nach meiner Hand und zieht sich hoch, aber die Falte bleibt den ganzen Weg über auf seiner Stirn. Auch noch, als wir Stunden später alle in Humvees und Trucks sitzen, die Verletzten – unter ihnen auch Anny – sicher untergebracht, ist sie noch da.

Gefühlte hundert Jahre später trete ich durch die Schleuse im CutOut. Gerade rechtzeitig, denn laut Arros kündigt sich ein Hitzepeak an und wir sind alle froh, wieder unter der Erde zu sein. Unglaublich, dass überhaupt ein Gelber, nach all den Jahren der Gefangenschaft, erfreut darüber sein kann, aber es ist tatsächlich so.

Die Rückkehr der Kämpfer ist ein heilloses Durcheinander. Wir werden von den Bewohnern begrüßt und bejubelt, Dinge werden ausgeladen und Fahrzeuge hin- und hergeparkt. Lautes Stimmengewirr mengt sich in meinen Ohren zu einem seltsamen Surren.

Hinter der Schleuse treffe ich auf Jakob, doch bevor ich losrennen und in seine Arme springen kann, kommt Zoe mir zuvor.

Ich bleibe unsicher stehen und beobachte die ungestüme Begrüßung. Zoe schlingt ihre langen, von der Sonne gebräunten Arme um den Hals meines besten Freundes, als wäre es das Normalste der Welt. Doch das ist es nicht. Absolut nicht!

Sicher. Es war mir immer wieder aufgefallen, dass sich die beiden näherkommen, aber es tatsächlich zu sehen, ist etwas vollkommen anderes. Unwillkürlich denke ich an Nume. Mir ist inzwischen klar, dass sie Jakob eine Abfuhr erteilt haben muss, falls man das in ihrer Situation überhaupt so nennen kann. Trotzdem hatte Jakob erleichtert gewirkt. Ich war von Anfang an der Meinung gewesen, er hätte diesen Schritt früher tun und sich nicht die ganze Zeit über so quälen sollen. Aber was weiß ich schon von unerwiderter Liebe? Möglicherweise war es ihm lieber, Numes Gefühle nicht zu kennen, um zumindest ein wenig Hoffnung behalten zu können?

Jetzt, wo ich ihn zusammen mit Zoe sehe, wird mir schlagartig klar, dass Jakob Nume überwunden hat. Irgendwie muss sich Zoe in sein Leben gestohlen haben und die beiden sind sich nähergekommen. Innerlich jubele ich. Jakob soll glücklich sein. Mit wem ist mir eigentlich egal, aber Zoe ist ein Volltreffer. Sie ist mutig, hübsch und schlagfertig. Sie ist eigentlich das genaue Gegenteil von Jakob, der eher ruhig und gutmütig ist. Vielleicht werden sie genau deswegen gut zueinander passen? Eben weil sie so unterschiedlich sind.

Ich überlege, was ich tun soll. Mich heimlich davonmachen? So tun, als hätte ich es nicht gesehen? Ich möchte niemanden in Erklärungsnöte bringen, zumal Jakob und ich noch nie über Zoe und ihn geredet haben. Doch da hat Jakob mich auch schon entdeckt und grinst verwegen. Nun bleibt mir nichts anderes übrig, als mich zu ihnen zu gesellen. Alles andere wäre komisch.

Langsam verringere ich den Abstand zwischen uns und hebe zögernd die Hand. Mir gelingt ein unsicheres Winken. Wieso komme ich mir so merkwürdig vor? Dann sind die beiden eben ein Paar. Es wären nicht die ersten beiden Menschen, die sich näherkommen. Was verunsichert mich?

»Hi«, sage ich verlegen, als ich neben Jakob anhalte, und er nimmt mich sofort in den Arm.

Es tut gut, seinen Duft einzuatmen und seine Arme an meinem Körper zu spüren. Wie viele der gelben Cut-Out-Bewohner war er nicht am Sturm auf Central beteiligt. Und wie immer war er deswegen ziemlich sauer, als unser Konvoi aufbrach.

Plötzlich verstehe ich, was mir so zu schaffen macht. Nume war immer nur eine Träumerei. Niemals hätte ich geglaubt, dass sie Mailo verlassen und mit Jakob zusammenkommen würde. Er war immer einfach mein bester Freund. Ungebunden und stets verfügbar. Mit Zoe erscheint nun auf einmal eine andere Frau auf der Bildfläche, die ihm tatsächlich wichtiger sein könnte als ich. Erstaunt stelle ich fest, dass ich ein wenig eifersüchtig bin. Gleichzeitig amüsiert es mich. Wie egoistisch von mir. Und wie dumm. Meinetwegen könnte Jakob auch mit einem zweiköpfigen Elefanten glücklich werden. Hauptsache glücklich! Ich ermahne mich im Geiste und nehme mir vor, meine Gefühle für mich zu behalten.

»Ich habe es schon gehört!«, meint Jakob jetzt freudig und entlässt mich aus der Umarmung. »Ihr habt es denen richtig gezeigt, ja?«

Zoe wedelt aufgeregt mit den Händen und deutet dabei immer wieder auf mich.

»Du hättest es sehen sollen! Nova und Jo haben sich einfach Merdock und Cole geschnappt und sind rausgefahren. Als hätten sie das ihr ganzes Leben lang gemacht. Raus auf den Ozean und dann haben sie dieses Ungetüm von einem Sklavenschiff einfach vom Himmel geholt. Es war einfach unglaublich! Wir dachten alle, das klappt niemals, aber dann ging es auf einmal total schnell … ich kann das gar nicht richtig beschreiben. Es war der absolute Irrsinn!«

Jakob scheint den Wortschwall eher über sich ergehen zu lassen, als ernsthaft zuzuhören. Mein geübtes Auge erkennt sofort, dass eine weniger ausschweifende Umschreibung ihm auch gereicht hätte. Als Zoe kurz innehält, fährt er dazwischen und sagt an uns beide gerichtet: »Ich bin einfach nur froh, dass euch nichts geschehen ist. Wir sind hier fast umgekommen vor Sorge. Könnt ihr mir glauben!«

Er sucht die etappenweise ankommenden Fahrzeuge ab und beobachtet die staubigen Division-Mitglieder beim Ausladen. Die staubigen Teilnehmer unserer kleinen Expedition mischen sich mit den Bewohnern des CutOuts und immer noch wird überall gelacht und freudige Tränen fließen.

Jakobs Blick wandert lächelnd über die Ansammlung, während ich mir mein Tuch vom Kopf streife und es in meiner Tasche verstaue.

»Wo ist Ruben?«

Er stellt die Frage so unbekümmert, so wie man sich entschuldigt, wenn man jemanden anrempelt, einfach reflexartig, ohne groß darüber nachzudenken.

Mir weicht alles Blut aus dem Gesicht. Wiedersehensfreude und Stolz sind wie weggefegt. Und auch Zoe erstarrt augenblicklich. Man kann praktisch spüren, wie die Luft um uns herum dicker wird und das Unheil ankündigt.

Mein bester Freund ist ein enorm feinfühliger und aufmerksamer Mensch, aber auch der gröbste Klotz von einem Mann hätte die dramatische Veränderung in unseren Gesichtern mühelos bemerkt.

Ich werfe Zoe einen panischen Blick zu und bin auf einmal verdammt glücklich, dass sie hier ist und ich die schreckliche Nachricht nicht allein überbringen muss.

»Wo ist er?«, wiederholt Jakob seine Frage, aber er hat aufgehört die Ankömmlinge zu begutachten, und seine Stimme klingt heiser.

Ich schüttele langsam den Kopf. Mir fallen keine passenden Worte ein. Wie soll ich Rubens Verbleib beschreiben? Wie erklären, dass seine letzte Tat mir galt und der Souverän ihn auf die grausamste Weise, die man sich nur vorstellen kann, umgebracht hat?

»Gehen wir rein und setzen uns«, schlägt Zoe geistesgegenwärtig vor.

Jakob will noch etwas sagen, aber dann wendet er den Kopf ab, und ich sehe, wie ihm Tränen in die Augen schießen. Unentschlossen bewegt er abwechselnd seine Arme und den Kopf, wechselt immer wieder die Position, so als wüsste er nicht mehr, wie man seine Gliedmaßen kontrolliert oder in welche Richtung er aufbrechen soll.

Zoe nimmt ihn zaghaft am Arm und dirigiert meinen am Boden zerschmetterten Freund in Richtung der Aufzüge. Ich folge zähneknirschend. Schon dieser Anblick bricht mir schier das Herz. Wie wird es sich erst anfühlen, wenn wir ihm die vollständige Geschichte erzählt haben?

# 20. FREI

Es vergehen sechs Wochen, bis das neue Zeitalter tatsächlich anbricht.

Sechs Wochen, in denen ich Zeuge werde, wie die Welt sich ein für alle mal verändert, ihre alten Regeln und Lügen verbannt und ein fragiles, neues Gerüst aus Gesetzen und Ideen errichtet.

Für die meisten Menschen sind sechs Wochen eine lange Zeit. Gemessen an den jahrzehntelangen Bemühungen der Division ist es nur ein kurzer Moment. Ein Augenzwinkern.

Alles ist im Umbruch. Alte Konventionen werden über Bord geworfen und die unterschiedlichsten Menschen treffen aufeinander. Alles ist neu und aufregend und jeder Tag ist erfüllt von Erleichterung und gespannter Erwartung.

Es werden Treffen abgehalten, Vertreter gewählt, Entscheidungen getroffen und wieder verworfen. Es gibt Kundgebungen, der Info-Kanal sendet ununterbrochen. Berichte über Neuerungen, Abstimmungen und Pläne. Die Wahrheit schwappt über die HUBs im ganzen Land, als hätte jemand einen Eimer Wasser vom Durchmesser eines Planeten umgekippt. Die Division hat alle Hände voll zu tun, damit kein Chaos ausbricht und Tausende Gelbe und Blaue sich über das ganze Land verstreuen. Alle sind angehalten, sich vorerst in ihrem eigenen HUB aufzuhalten, von kleineren Ausflügen mal abgesehen.

Und von diesen Ausflügen gibt es zahlreiche! Tausende Menschen machen sich auf den Weg zu den HUBs in ihrer unmittelbaren Umgebung. Nicht, weil sie dort jemanden kennen, sondern einfach, weil sie es erst dann glauben können, wenn sie es mit ihren eigenen Augen gesehen haben. Andere Menschen haben überlebt. Es gibt mehr als nur einen HUB. Was für mich seit zwei Jahren eine Tatsache ist, scheint für sie noch immer wie ein Märchen zu sein. Obwohl ich einmal in genau derselben Situation war, habe ich beinahe vergessen, wie es sich anfühlt, diese Wahrheit zu erkennen und vor allem auch zu begreifen. Alles steht Kopf und trotzdem sind alle fröhlich. Jede Hürde wird genommen und jedes Problem gewissenhaft diskutiert. Unsere Welt wandelt sich und mitten drin verharre ich mit angehaltenem Atem, nicht ahnend, wie meine eigene unmittelbare Zukunft aussieht. Die der restlichen Menschen kenne ich dafür umso besser. Wie bereits unzählige Male zuvor, ist alles anders gekommen, als wir es uns ausgemalt haben. Wieder einmal hat das Schicksal seine eigene Richtung gewählt und wir schauen mit offenen Mündern zu.

Knapp zwei Wochen nachdem wir den Souverän und sein Gefolge ins Jenseits befördert haben, waren alle erforderlichen Informationen zu Anzahl und Beschaffenheit der verbliebenen Raumschiffe aufgedeckt. Die Zeit, all die Menschen auf ihre Umsiedlung vorzubereiten, war gekommen. Nur dass sie es miterleben und genießen könnten. Keine Geheimnisse mehr. Keine Lügen.

Und dann … kam wieder einmal alles anders.

Einen Tag vor der Ausstrahlung einer Sendung zum offiziellen Ablauf der Transporte über den Info-Kanal hatte jemand eine ziemlich verrückte Idee.

Und mit jemand meine ich mich.

Und verrückt war sie deshalb, weil ich sie einfach nur so leichthin ausgeplaudert hatte. Mitten in einer

Sitzung des Forums und ohne groß darüber nachzudenken. Rückblickend weiß ich nicht, wie ich darauf gekommen bin. Vielleicht weil Jo so gequält dreinschaute, als Sawyer uns die Zahlen der auf der Erde lebenden Gelben und Blauen vorbetete und welche Gruppen auf welche Schiffe verteilt werden sollten.

Oder vielleicht lag es auch daran, dass mir Sannah, Grimm und all die anderen Sallows nicht aus dem Kopf gehen wollten, obwohl ich sie kaum kenne, und niemand außer Jo nach dem Geschehen an den Werften noch Kontakt zu ihnen pflegte.

Möglicherweise lag es auch daran, dass ich jede noch so kleine Lösung für Jo und mein noch immer vorhandenes Problem in Betracht ziehen wollte.

Jedenfalls platzte ich, als Sawyer berichtete, dass es vereinzelt Menschen gäbe, die die Erde nicht verlassen wollten, mit meinem Vorschlag heraus: »Wieso veranstalten wir dann nicht eine Art Lotterie, an der auch die Sallows und die Grauen teilnehmen können?«

Ich hielt es einfach für Irrsinn, halbbesetzte Schiffe nach Salgaia zu schicken, wenn es doch genügend Menschen gab, die ebenfalls eine Chance auf ein neues Leben verdienten.

Der Satz war so unschuldig und spontan aus meinem Mund geronnen, als wäre es irgendeine banale Floskel. Nichts, worüber ich mir groß Gedanken gemacht hatte. Doch die Folgen waren enorm.

Wie gewöhnlich sorgte Numes verbissener Gerechtigkeitssinn für eine Ausweitung meiner These, bis hin zu einer endlosen Diskussion über die Folgen eines solchen Vorhabens.

Es war eine Überlegung wert, die Sallows miteinzubeziehen. Für jeden Insassen eines HUBs könnte ein Grauer nachrücken. Es wäre eine Option. Eine unausgegorene und unerwartete Option, aber es wäre eine.

Allerdings könnte das Unterfangen auch zu Problemen führen. Was, wenn alle Sallows auf einmal nach Salgaia wollten? Das war definitiv nicht machbar, also wäre es ziemlich riskant, sie miteinzubeziehen.

Schlussendlich einigten wir uns darauf, dass Jo sich mit Alvo treffen und sich inoffiziell mit ihm beraten sollte. Einfach mal herausfinden, wie die Sallows zum Thema Salgaia standen. Nach wie vor hatten diese Menschen kaum eine Vorstellung von den HUBs und Blauen oder Gelben. Für sie waren wir alle gleich. Und auch wenn wir beim Angriff auf die Werften zusammen gehandelt hatten, verband uns doch nichts miteinander.

Das Ergebnis der Unterredung zwischen Jo und Alvo war überraschend und fügte sich bizarr exakt in die weitere Planung der Umsiedlung.

Alvo ließ tagelang Abstimmungen in allen Dörfern abhalten und trug die Ergebnisse gewissenhaft zusammen, um sie dann an Jo weiterzugeben. Dieser kehrte zurück zur Division und verkündete das Resultat. Dabei haftete ein breites Grinsen auf seinem Gesicht, das auch am nächsten Tag und am Tag darauf nicht verschwinden wollte.

Die Sallows und auch die inzwischen wieder mit ihnen vereinten Grauen wollten größtenteils auf der Erde bleiben. Ich hatte so was vermutet. Diese Menschen waren viel enger mit dem Planeten verbunden als wir. Aber sie waren sich allesamt einig, dass diese Entscheidung nur die Älteren unter ihnen betreffen dürfe. Jedes Kind unter siebzehn Jahren und jeder, der sich dazu entschließen sollte, die Reise zur rettenden Erde anzutreten, würde gehen. Sollte es zu einer Auslosung kommen, würden die Jüngeren natürlich bevorzugt werden.

Von außen betrachtet, erschien diese Neuigkeit ein wenig grausam. Es würden Tausende Familien entzweit werden. Eltern müssten ihre Kinder in fremde Obhut geben und sie Lichtjahre durch das Universum schicken.

Aber sie ermöglichten ihnen damit eine Zukunft. Eine Aussicht auf ein neues Leben, in einer anderen Welt. An einem Ort, wo es Nahrung, Möglichkeiten und eine Lebensqualität gäbe, wie keiner der Sallows oder sogar der Blauen sie je kennengelernt hatte. Es war eine durchdachte und richtige Entscheidung.

Und sie deckte sich beinahe haargenau mit den technischen Möglichkeiten, die uns zur Verfügung standen.

Es wurden neue Pläne geschmiedet, Abmachungen und Pakte getroffen. Meine ursprünglich im Streit dahingesagten Worte, man könne ja einfach noch mehr Schiffe bauen, wurden plötzlich zu einer brauchbaren Möglichkeit. Natürlich mussten die Grauen dazu wieder zurück in die Werften. Doch dieses Mal taten sie es freiwillig. Und sie hatten Hilfe. Blaue, Gelbe, Graue und Sallows arbeiteten gemeinsam eine Strategie aus, wie man innerhalb der nächsten zwei Jahre die überraschend überschaubare Anzahl an fehlenden Schiffen bauen könnte, um allen Menschen, die die Umsiedlung mitmachen wollten, eine Reise zu ermöglichen. Natürlich ging diese unvorhergesehene Rechnung nur auf, weil sich so viele der HUB-Bewohner und Sallows dazu entschlossen, hierzubleiben. Eine Lotterie war gar nicht mehr nötig und in spätestens 26 Monaten würden die letzten Menschen nach Salgaia aufbrechen. Danach gäbe es auf der Erde nur noch den kümmerlichen Rest einer Zivilisation, die schon vor über einem Jahrhundert das Handtuch geworfen hatte, und eine neue Gemeinschaft von Menschen, die auf dem neuen Planeten eine Heimat finden würden.

Ich hatte alle Hände voll damit zu tun, zusammen mit Jo zwischen der Division und den Sallows zu vermitteln und wie immer, wenn viel zu tun und zu entscheiden war, blendete ich alles andere aus und konzentrierte mich ganz auf meinen Anteil am Geschehen.

Ich unternahm Spähertrips mit Jo und Jackson, besuchte andere HUBs, brachte Menschen von A nach B oder fuhr mit Sawyer zu den Werften.

Die ersten, freien Wahlen standen an und niemanden überraschte es, dass unser Sawyer, mit seinem Bezier-Blut in den Adern und den wertvollen Erfahrungen als Anführer der Division, der erste Vertreter dieser neuen Regierung wurde. Es wurde ein altes Wort ausgegraben, weil keiner einen weiteren Souverän haben wollte.

Sawyer wurde also ein Präsident.

Allerdings behielten sich die neuen Mitglieder des großen Rats vor, die Wahlen auf Salgaia erneut zur Abstimmung zu stellen, da der Großteil der Gelben bereits unter der vorigen Regierung dorthin transportiert wurde.

Überhaupt war dieser Teil der Reise heikel, da niemand genau abschätzen konnte, wie der Empfang vor Ort ausfallen würde. Wir hatten keine Möglichkeit, mit den anderen Schiffen oder gar mit Salgaia direkt Kontakt aufzunehmen und so bereiteten sich die ehemaligen Mitglieder der Division und neuen »Soldaten« dieses noch völlig unerprobten Systems auf das Schlimmste vor.

Es wurden Notfallpläne geschmiedet und auf jedem Schiff, das die Erde verließ, waren immer mindestens ein Viertel der Passagiere Soldaten und je zwei Mitglieder des neuen Rats an Bord.

Keiner ging von ernsthaftem Widerstand aus, zumal die Führungsriege ja niemals auf Salgaia angekommen war, aber eine größere Auseinandersetzung auf der rettenden Erde sollte unbedingt vermieden werden.

Und dann kam der Tag, an dem Nume, Mailo und all meine anderen Freunde ihre Zuteilung erhielten. Plötzlich gab es da ein Dokument, gut lesbar und erstaunlich emotionslos formuliert. Als wäre es schon immer der Plan gewesen, dabei hätten wir ein solches Dokument niemals erhalten, wären wir in HUB 1 geblieben. Die Ziffern und Anweisungen prangten dort schwarz auf weiß.

Das war vor zwei Tagen.

Und nun sitze ich da. Ich starre auf mein mobiles Terminal und versuche die Worte einzuordnen, die dort stehen.

Meine eigene Zuteilung.

Das Ziel unserer Bemühungen. Endlich zum Greifen nahe.

Aber ich fühle keine Erleichterung. Keine Freude.

Hätten sie mir ein Dokument geschickt, dass mich wieder in einen gelben HUB verbannen und für immer einkerkern würde, es wäre dasselbe Gefühl.

Was soll ich nur tun?

Ich muss schon ewig hier sitzen, denn die Ränder des Terminals haben Abdrücke in meinen Handflächen hinterlassen. Als ich mir frustriert an die Stirn fasse, entdecke ich sie. Es ist alles so verdammt beängstigend! Ich weiß nicht, was ich tun soll.

Der Display neben meiner Tür gibt einen leisen Ton von sich und das rote Licht daneben flackert leicht.

Ein ungutes Gefühl hangelt sich durch meine Eingeweide, als ich mich vorsichtig vom Bett hochklaube und die paar Schritte zum Eingang schleiche. Ich bete, dass es Nume ist.

Es ist Jo. Natürlich.

Ich überlege ernsthaft, den Anruf nicht entgegenzunehmen, wundere mich aber sogleich über mein unsinniges Verhalten. Als könnte ich vor dieser Unterhaltung weglaufen!

Ich lege meinen Daumen auf den Sensor und atme tief durch.

Sein Gesicht erscheint vor mir und ohne ein Wort mit ihm gewechselt zu haben, weiß ich, was geschehen ist.

»Hi«, sage ich so lässig wie möglich.

»Hey. Ähm …«, meint er und sein Blick schweift unsicher umher, »ich habe meine Zuteilung erhalten.«

»Ich auch«, gebe ich ehrlich zurück.

Dann ein kurzes Schweigen.

»Alles in Ordnung?«, frage ich, einfach, weil ich nicht weiß, was ich sonst sagen soll.

»Und bei dir?«, erhalte ich prompt die Gegenfrage.

Ich zucke mit den Schultern und lächele halbherzig.

»Ich wollte einen Fensterplatz, aber das hat wohl nicht geklappt. Beim nächsten Mal buche ich woanders.«

Meine Worte sollen scherzhaft klingen, aber das geht nach hinten los.

»Sollen wir uns treffen?«, lautet die wenig amüsierte Antwort.

»O. k.«


Eine halbe Stunde später bin ich da, wo Jo und ich schon immer alle wichtigen Dinge besprochen haben. Zu meinem Unbehagen sind es in letzter Zeit leider zunehmend unerfreuliche Themen. Vorbei sind die romantischen Stunden unter der Nachtsonne.

Ich bin allein. Er muss irgendwo aufgehalten worden sein. Das passiert ständig.

Die Leute im CutOut feiern Jo, als wäre er ein Held aus einer der alten Sagen. Wie das fleischgewordene Äquivalent des kleinen Mannes, der sich in dem Buch, das unsere Vorväter »Bibel« nannten, dem großen Ungetüm stellt und es besiegt. Seine mutige Idee, unseren Drift gegen das manövrierende Raumschiff einzusetzen, hat schneller die Runde gemacht, als es eine Sendung auf dem Info-Kanal getan hätte.

Seither schafft es Jo im CutOut kaum zwei Meter weit, ohne angehalten und ausgefragt zu werden. Er tut so, als würde es ihn nerven, aber ich sehe, dass er es nur zu gern über sich ergehen lässt. Gut so. Ohne seinen unglaublich waghalsigen Einfall wäre alles anders gekommen.

Ich scharre mit der Spitze meines Stiefels im Sand. Die Sonne geht bereits unter und mein Körper wirft einen langen Schatten. Obwohl es bei der Hitze unangenehm ist, öffne ich meine Haare und stecke das elastische Haarband in meine Tasche. Sofort kriecht die Wärme in meinen Nacken, aber, wenn ich mich im richtigen Winkel hinstelle, flattern meine Haare im Wind und dieses Gefühl liebe ich.

Ich schließe die Augen und erlaube der Sonne, mir ohne schützende Brille ins Gesicht zu scheinen.

Wieder einmal frage ich mich, ob ich wirklich zu den Menschen gehöre, die vor diesem glühenden Etwas fliehen wollen. Oder bin ich so wie die alten Sallows? Die lieber den Rest ihres Lebens auf ihrem Heimatplaneten verbringen wollen, als irgendwo im All einen Neuanfang zu starten?

Welcher Typ Mensch bin ich?

Diese Frage habe ich mir in den letzten sechs Wochen und auch schon davor immer und immer wieder gestellt.

Ich finde keine Antwort.

Dabei habe ich Übung in schwierigen Entscheidungen. Als die Frage lautete Flucht, ja oder nein? War die Antwort: ja. Sich der Division anschließen? Ja. Meine Freunde aus den Fängen der Soldaten befreien, auch wenn es mich mein Leben kosten könnte? Ja.

Wieso ist es bloß so unglaublich schwer, eine Antwort auf die wichtigste Frage zu finden? DIE Frage aller Fragen.

Salgaia, ja oder nein?

Weil diese Fragestellung noch eine andere impliziert.

Joaquim …, ja oder nein?

Ein Geräusch hinter mir reißt mich aus meinen Gedanken.

273

Jo schlendert mit kurzen, unsicheren Schritten auf mich zu. Er muss absichtlich laut gewesen sein. Normalerweise bemerke ich ihn erst, wenn er direkt neben mir steht.

»Na du?«, sage ich und setze eine übertrieben fröhliche Miene auf. Wieso versuche ich verzweifelt gute Laune zu heucheln? Das bringt uns auch nicht weiter!

Er erwidert nichts, nickt mir bloß verhalten zu und bleibt erst ganz kurz vor mir stehen.

Ohne Umschweife und immer noch schweigend hebt er die Hand und schiebt sie seitlich an meinem Ohr vorbei an meinen Nacken. Diese Geste ist mir so vertraut wie kaum etwas zwischen uns. Und wie kaum etwas werde ich sie vermissen.

Wir blicken uns lange an.

Aus dem Augenwinkel sehe ich ein altes Stück Kunststofffolie im Wind flattern. Es war vielleicht einmal eine Markise oder irgendeine bunte Plane. Jetzt ist es eine graue Fahne, die mit ihren ausgefransten Ausläufern ein leise knatterndes Geräusch verursacht und genauso zum typischen Feuerland-Stillleben gehört wie die vereinzelten Autowracks und die undefinierbaren Schutthaufen um uns herum.

»Wollen wir uns setzen?«, frage ich Jo nach einer Weile.

»Sicher.«

Wir schlendern zu unserem Lieblingsplatz und lassen uns nieder.

»Ich hab etwas für dich«, meint Jo und kramt in seiner Hemdtasche herum. Der Gegenstand ist klein und unter den letzten Sonnenstrahlen blinkt etwas auf, als er ihn auf seiner flachen Hand platziert.

»Was ist das?«, frage ich neugierig und erleichtert, dass unsere Unterhaltung noch ein paar Minuten vertagt scheint.

»Ein Medaillon«, sagt er und fügt schnell hinzu: »Schmuck.«

»Schmuck?«, frage ich mit großen Augen.

Er rückt ein Stückchen näher an mich heran und lässt mich einen genaueren Blick auf das kleine Etwas werfen. Sein Duft kitzelt in meiner Nase und lässt mir die Knie weich werden.

Der kleine Gegenstand ist glänzend Silber, wie Stahl, nur schöner. Älter. Ein kleines Oval, verziert mit einem filigranen Muster. Erst beim zweiten Hinsehen bemerke ich, dass es die Buchstaben J und N sind, nur ineinanderverschlungen und ganz verschnörkelt.

»Wie hast du …?«, frage ich und strecke vorsichtig meine Hand aus. Ich wage es kaum, das Geschenk zu berühren. So als hätte ich Angst, es zu beschädigen.

»Ich habe es schon sehr lange«, er macht eine wegwerfende Handbewegung, weil ihm der Vergleich in Anbetracht des offensichtlichen Alters des Gegenstands scheinbar idiotisch vorkommt. »Nun ja, ziemlich lange jedenfalls. Es stammt aus der Stadt. Pete hat es graviert.«

Plötzlich ist die Stille gebrochen und Jo kommt richtig in Fahrt. Er redet immer weiter, als hätte dieser kleine Gegenstand einen zarten Spalt in die unsichtbare Mauer zwischen uns gerissen.

»Weißt du noch, damals? Als ich euch gefunden habe und wir zum Einkaufszentrum gegangen sind, um dort zu übernachten?«

»Natürlich«, sage ich schnell, aber es war keine ernst gemeinte Frage von ihm. Es ist Teil seiner Erzählung. Nur ein formales Nachhaken.

»Ich habe das Medaillon dort gefunden. Vor einem der Geschäfte, ganz kurz bevor du gestolpert bist«, er hält kurz inne. »Ich wollte es Sannah mitbringen, sie liebt die Dinge aus der alten Zeit, aber dann ist so viel geschehen und alles hat sich verändert.«

Er sieht mich an, als wäre ich aus Butter und könnte jeden Moment zerfließen.

»DU hast mich verändert.«

Ich stelle mir Sannah vor und befinde, dass der Anhänger ihr tatsächlich sehr gut stehen würde. Aber Jo hat sich dazu entschlossen, ihn mir zu schenken.

Mir war vorher schon warm, aber jetzt steigt mir glühende Hitze ins Gesicht. Würde ich den Unterschied nicht kennen, könnte man es für einen Hitzepeak halten, aber ich weiß, dass es nur meine eigene Unsicherheit ist. Wie Jo mich ansieht ... das lässt mein Herz unregelmäßiger schlagen und macht das Atmen zur Qual. Ich lausche nur noch auf seine Stimme. Den Rest der Welt blende ich aus.

Nur zu gut erinnere ich mich an unseren Gang durch die Stadt. Er hatte sich immer wieder gebückt und irgendwelche Sachen vom Boden aufgehoben, nur um sie dann wieder fortzuwerfen.

Eines hat er anscheinend mitgenommen.

»Ich hatte es die ganze Zeit, aber irgendwie ist so viel geschehen, so viel Chaos, unsere Botschaft und dann unser Streit und die Sallows, Central, der Souverän ...«

»Ja«, sage ich und lächele, »es war viel los, seit wir uns über den Weg gelaufen sind«, ich halte inne und wähle die Worte mit Bedacht. »Jo, weißt du, ich habe mich oft gefragt, ob du es je bereut hast, uns mitgenommen zu haben. Ich meine ... für dich hat sich danach so vieles verändert und du hättest uns schließlich nicht helfen müssen.«

Ich wage es kaum, ihm nach dieser Frage in die Augen zu sehen. Zu groß ist die Angst, er könnte ertappt zu Boden blicken, doch er starrt mich nur ausdruckslos an.

Einen unangenehm langen Moment sagt keiner von uns ein Wort, bis er ein keuchendes Lachen ausstößt.

»Das hast du dich gefragt? Wirklich?«

Er fährt sich mit der Hand über das Gesicht und dann durch die Haare. Immer wieder lacht er kurz auf und schüttelt dann den Kopf, als könne er es nicht fassen. Hat er wirklich gedacht, dass ich seine Hilfe die ganze Zeit über als selbstverständlich angesehen habe?

»Nova! Wenn es etwas gibt, das ich wirklich überhaupt nicht bereue, dann das! Bist du denn völlig verrückt, so etwas von mir zu denken? Und dann auch noch all die Zeit über. Warum hast du nie einen Ton gesagt?«

Ich lächele verhalten und spiele unsicher mit den Fingern an den aufgesetzten Taschen meiner Hose herum.

»Ich dachte sogar eine Zeit lang, du würdest zurück in deinen alten HUB gehen oder einfach im Feuerland leben wollen.«

Seine Augen sind jetzt so weit aufgerissen, dass ich fürchte, er schafft es nie wieder, sie zu schließen. Doch dann wird seine Miene ernst und er legt eine Hand auf meine, in der anderen noch immer sein kostbares Geschenk. Ein Schaudern durchfährt mich.

Ihm ist das Lachen vergangen. Dafür scheint er jetzt nach den richtigen Worten zu suchen.

»Nichts, was ich jemals getan habe oder je tun werde, war so wichtig, wie euch damals zu helfen.« Er senkt den Blick. »Zugegeben. Ich fand es zunächst nur lustig. Spannend irgendwie. Da waren plötzlich diese vier Gelben, die nicht wussten, was Diesel ist, und mir tausend Fragen gestellt haben. Ich fand es aufregend und ein wenig abenteuerlich. Aber dann … ich meine, als wir uns besser kennengelernt haben, da fühlte es sich bloß noch richtig an. Richtig und gut.«

Er lässt meine Hand los und kratzt sich am Kinn.

»Unglaublich«, sagt er noch einmal leise und schüttelt erneut den Kopf.

Seine Reaktion auf meine freundliche Anschuldigung zeigt mir nur allzu deutlich, wie ehrlich er es meint. Ich bin unsagbar erleichtert und auch ein wenig beschämt, weil ich ihn mit meinen düsteren Gedanken konfrontiert habe.

Jo macht eine wegwerfende Handbewegung und widmet sich wieder dem kleinen Anhänger in meiner Hand.

»Mach es auf!«, sagt er und lächelt dabei geheimnisvoll.

Ich zögere kurz. Ganz langsam greife ich nach dem Medaillon und eine kurze Kette gleitet über meinen Handrücken. Das Material fühlt sich glatt und seltsam an. Ungewohnt.

»Wie …?«, frage ich unsicher und er zeigt mir eine kleine, kaum sichtbare Rille, in die ich meinen Fingernagel hineindrücken und den Anhänger aufspringen lassen kann.

Es fühlt sich an, als würden meine Augen mir aus dem Kopf fallen, so erstaunt bin ich über den Inhalt seines Geschenks.

»Das … wie?«, mein Blick wechselt hektisch zwischen dem Medaillon und Jo, der sichtbar zufrieden lächelt und den Moment genießt. »Wie hast du das geschafft?«

In meinen Händen halte ich den offenen Anhänger und in ihm … befindet sich ein Bild, eine Momentaufnahme von Jo und mir. Als hätte jemand einen winzigen Pinsel genommen und uns hineingemalt. Aber bei genauerer Betrachtung erkenne ich, dass das Bild auf andere Weise entstanden und in das Medaillon gelangt ist.

»Marzellus«, sagt Jo leise. Sein Lächeln wird etwas schmaler. »Er hat mir dabei geholfen.«

Er verlagert sein Gewicht leicht und stützt sich auf einem Arm ab.

»Früher gab es das oft, dass Menschen Fotos von ihren Liebsten bei sich trugen«, erklärt er fasziniert.

»Fotos?«

»Ja. Fotografien. Bilder«, umschreibt er und sieht mich glücklich an. »Marzellus ist … war eben ein Genie. Er hat solch ein Foto von uns gemacht. Mit einer alten Kamera, die auf eine extrem instabil wirkende Speicherkarte schrieb und überhaupt ziemlich funktionsuntüchtig wirkte.«

»Aber Bilder sind verboten!«, sage ich, obwohl der Einwand völlig hirnrissig ist. Wenn Marzellus und Jo sich bereits kannten, als das Foto entstanden ist, waren wir längst Teil der Division und kannten keine Verbote mehr. »Aber wieso habe ich das nicht bemerkt?«, frage ich schnell.

Er zuckt mit den Schultern.

»Ich glaube, das ist ganz normal. Wenn man nicht weiß, dass man fotografiert wird, kriegt man es nicht mit. Und so ist es ja auch viel schöner, nicht wahr?«

Er sieht mich erwartungsvoll an und plötzlich wird mir klar, dass ich mein Abschiedsgeschenk in den Händen halte. Eine Möglichkeit, Jo immer bei mir zu haben, weil uns Lichtjahre trennen werden.

Beinahe hätte ich es angewidert von mir geworfen, doch ich kann mich gerade noch zurückhalten. Dafür muss Jo mein Mienenspiel bemerkt haben.

»Gefällt es dir nicht?«

Ich weiß nicht, was ich erwidern soll, also spare ich mir die Worte und lehne mich zu ihm herüber.

Der Kuss ist unschuldig, beinahe ein bisschen unbeholfen. Es fühlt sich ein wenig so an wie damals, als wir das erste Mal zusammen hier gesessen haben.

Vor meinem inneren Auge läuft eine Endlosschleife meiner eigenen, mentalen Fotografien ab.

Joaquim. In der Hand einen Apfel macht er sich über Jakob und Marzellus lustig, weil sie ihn mit einer Waffe bedrohen und wir uns in der alten Stadt verlaufen haben.

Das Kleid, aus dem wunderbar hauchfeinen Material, welches Joaquim die Sprache verschlägt und dessen Rock er in schwindelerregender Höhe zum Flattern bringt, während unter uns 2000 Blaue ein Fest feiern.

Acht Soldaten, die mich und Nume bedrohen und von Jo in Schach gehalten werden.

Jo, der mit gefesselten Händen auf der Ladefläche eines Trucks steht und mich ansieht.

Sein Blick. Dieser Blick, der mir in jeder brenzligen Situation immer Hoffnung und Kraft geschenkt hat. Egal wie schlecht es um ihn stand, er dachte immer bloß an mich und mein Schicksal.

Ich presse meine Stirn gegen seine und atme unregelmäßig ein und aus.

»Deine Zuteilung …«, beginne ich leise, »ich nehme an, da wird sich ein weiterer Sallow über seinen Platz im Raumschiff freuen, richtig?«

Ich sage es im Scherz. Natürlich besteht keine Notwendigkeit für Jo, seinen Platz herzugeben, nur damit einer der Grauen mit nach Salgaia kann. Es werden weitere Schiffe gebaut und als Teil der jüngeren Generation hätten Jo und ich ohnehin ein Vorrecht auf unsere Mitfahrgelegenheit. Allerdings bin ich mir sicher, dass ihm die Vorstellung, einem Sallow die Reise zu ermöglichen, gefallen würde.

Obwohl ich weiß, dass sich für Jo nichts geändert hat, dass er noch immer auf der Erde bleiben will, muss ich es aus seinem Mund hören. Ein allerletztes Mal.

Eine Träne läuft mir über die Wange, als er seinen Kopf ein Stück zurücknimmt und mir in die Augen sieht.

»Ja.«

Ich lache merkwürdig heiser auf und zwinkere weitere Tränen weg, weil ich Jo nicht verschwommen sehen will.

»Das dachte ich mir«, sage ich mit zitternder Stimme.

Da sitzen wir nun. Zwei Menschen, die in den letzten zwei Jahren alles dafür getan haben, damit die Bewohner dieses todgeweihten Planeten in eine bessere Welt aufbrechen können, und ausgerechnet dieses Unterfangen ist zu unserem Dilemma geworden.

Die Sonne ist jetzt nur noch ein magisches Glühen am Horizont. Der Himmel hat sich verändert. Anstelle von Orange und Beige vermengen sich Rot und Violett miteinander und tunken alles in ein unwirkliches Licht.

Ich fingere ungeschickt an dem Verschluss der Kette herum, bis Jo sie mir abnimmt, um sie mir um den Hals zu legen. Dann betrachtet er das Ergebnis. Um seinen Mund herum sehe ich einen ernsten Zug, aber seine Augen lächeln.

Wieder erscheinen blitzartig Bilder vor mir. All die Erlebnisse, die gemeinsamen Momente und Versprechungen.

Wie in einem dicken Buch blättert mein Verstand durch die bunten Seiten und macht eine Bestandsaufnahme.

Und dann bleibe ich an einer Erinnerung hängen.

Jo und ich liegen auf einer felsigen Insel, mitten in einem See im Niemandsland. Nass und müde halten wir uns in den Armen und schauen in den Himmel.

Zwei Menschen im Feuerland.

Glücklich.

»Wann startet dein Schiff?«, fragt Jo und das Bild löst sich vor meinen Augen in Rauch auf. »Ich meine, was stand in der Benachrichtigung?«

Es scheint ihm alles abzuverlangen, die Worte an einem Stück herauszubringen. Ich merke sofort, dass er nur versucht, gefasst zu wirken, um mich nicht noch mehr zu verunsichern.

Das Bild vom See mag verschwunden sein, aber es hinterlässt ein Gefühl in mir. Tief in meinem Herzen verankert, wird es mich immer begleiten. Mein Leben lang, bis ich sterbe.

Das Gefühl absoluten Glücks, hervorgerufen durch nur einen Menschen.

Und da bekomme ich endlich meine Antwort auf die eine, elementare Frage. Und mit ihr die plötzliche Offenbarung, dass Maja sie vor mir gekannt hat. Oben, über den Lagern voller kämpfender Sallows und Soldaten, hatte sie mich bereits durchschaut, aber erst jetzt kann ich ihren irritierten Blick deuten.

»In zwei Wochen«, sage ich.

»Oh«, meint Jo immer noch beherrscht, aber ich kann sehen, dass der kurze Zeitraum ihm das Blut in den Adern gefrieren lässt.

»Jo?«, frage ich und umfasse seine Hand mit zittern-den Fingern.

Er öffnet den Mund, um etwas zu erwidern, doch seine Stimme bricht und er nickt bloß kurz.

In seinen Augen sehe ich wilde Panik, obwohl er seine Gefühle so vehement vor mir zu verstecken versucht.

»Meinst du, wir finden noch einen Sallow, der gerne nach Salgaia möchte?«

# EPILOG

Die Finger der Frau schmerzen, als sie den kreisrunden Stickrahmen weglegt und ihr Werk betrachtet. Nur wenige Menschen geben sich heutzutage noch der Handarbeit hin. Es ist eine alte Tätigkeit, in Gänze ineffizient und eigentlich überflüssig. Aber das sind Gemälde und Musik auch und trotzdem liebt jedermann sie.

Die Frau betrachtet den kleinen Wal, der halb im Wasser versunken mit großen Augen auf ein Schiff zuschwimmt. Aus seinem Atemloch spritzt eine hellblaue Wasserfontäne aus vielen, winzigen Kreuzen auf den groben Stoff gestickt.

Wieder und wieder knetet sie ihre Fingergelenke und verzieht dabei das Gesicht, ob des unangenehmen Ziehens.

Das Alter ist ein fieses Ding. Es schleicht sich Jahr um Jahr näher heran und erst, wenn man es morgens kaum noch aus dem Bett schafft und Stunden braucht, um richtig in Fahrt zu kommen, bemerkt man den feindlichen Übergriff. Ein seltsames Gefühl, dem Feind im eigenen Körper zu begegnen. Noch dazu, wenn er siegreich aus dieser Schlacht hervorgehen wird.

Sehnsüchtig denkt sie an ihre Jugend zurück. An die Träume, die sie vor vielen Jahren hatte, und an die Menschen, die ihr in all der Zeit begegnet sind.

Viel Zeit bleibt ihr nicht mehr. Aber das ist in Ordnung. Ein Leben voller Abenteuer, Liebe, Freundschaft und Wagnissen liegt hinter ihr. Es gibt nicht einen Tag zu bereuen. Wer kann das schon von sich behaupten?

Hastig schüttelt sie ihre Schwermut ab und ist wieder im Hier und Jetzt.

Der unverkennbare Lärm spielender Kinder dringt durch das Fenster an ihr Ohr. Ein Blick auf den Zeitmesser über der Tür verrät ihr, dass die letzte Stunde wie im Flug vergangen ist. Gleich werden die kleinen Gäste eintreffen. Wie jeden Nachmittag um diese Zeit.

Das gestickte Kunstwerk wandert in den Handarbeitskorb und ein Blick in die Küche zeigt, dass die Kekse genau zum rechten Zeitpunkt fertig geworden sind. Das heiße Blech verströmt - einmal aus dem kleinen Ofen befreit - einen herrlichen Duft.

Als es an der Tür läutet, steht sie schon bereit und lässt die fröhliche Schar hinein.

Ihr kleines Haus bietet kaum Platz für eine anständige Teegesellschaft, aber die Kinder nehmen gerne mit dem Boden vorlieb, um ihre Geschichten zu hören. Und auch heute können sie es kaum erwarten.

Lachend und herumalbernd verteilen sich die Jungen und Mädchen auf Stühlen, Kissen und dem Teppich. Ihre kleinen Füßchen stecken in offenen Sandalen und ihre Gesichter sind gerötet vom ausgelassenen Spiel unter freiem Himmel.

Sie wartet geduldig, bis alle zur Ruhe gekommen sind, und stellt dann dieselbe Frage wie am Tag zuvor und am Tag davor und allen Tagen der letzten zehn Jahre. Sie ist eine Institution. Ein Teil der Gemeinschaft, den Eltern und Kinder schmerzlich vermissen werden, und dieser Gedanke macht sie stolz und traurig zugleich.

»Welche Geschichte möchtet ihr denn hören?«

Wilde Rufe gellen ihr entgegen. Kaum möglich, zwischen all den piepsigen Stimmen ein verständliches Wort herauszuhören. Doch dann legt sich die Aufregung und die Kleinen werden sich untereinander einig.

»Erzähl uns von Nova und Joaquim. Erzähl davon, wie sie es geschafft haben, den Souverän zu besiegen!«

Der Hanson-Junge bekommt ganz große Augen, als er den schwierigen Namen des Bösewichts ausspricht, und wieder einmal ist sie froh darüber, wie unbeschwert die Kinder aufwachsen können. Selbst eine Lappalie wie Nachnamen erscheinen ihr wie ein besonderes Privileg. Früher hatten sie nur Nummern getragen wie Blutproben und letztendlich waren sie genau das gewesen. Das Ergebnis von ein paar Forschern. Nur ein Experiment, keine richtigen Menschen mit Namen und Familien.

»Habt ihr diese Geschichte nicht schon zu oft gehört, meine Lieben?«

»Neeeeeeeeeeeeeeeiiiiiin. Bitte, bitte, bitte!«, lautet die kollektive Antwort.

Sie seufzt und lässt sich in ihren Sessel fallen. Insgeheim gefällt es ihr, diese Geschichte wieder und wieder zu erzählen. So wird die Vergangenheit in den Köpfen der Kleinen weiterleben und eines Tages werden sie ihren eigenen Kindern davon berichten, wie ein Zusammenschluss von mutigen Menschen, genannt die Division, die Welt zu der machte, in welcher sie heute leben.

»Na schön. Wo waren wir denn?«

Wieder hebt der Hanson-Junge die Hand und meint aufgeregt: »In Central! Arros hat den Transporter angelassen und sie wollten das riesige Raumschiff aufhalten.«

Sofort unterbricht ihn ein kleines Mädchen mit feuerroten Haaren: »Ja! Erzähl uns von Joaquims Drift und von der Welle. Erzähl uns von der großen Welle!«

Unzählige Ärmchen fuchteln in der Luft herum und sie muss mehrmals beschwichtigend die Hände heben, damit wieder Ruhe einkehrt.

Und dann erzählt sie. Mitten in ihrem kleinen Häuschen, draußen, am Rande der Siedlung, umringt von mucksmäuschenstillen Kindern, berichtet sie von Novas

Abenteuern. Davon, wie sie gemeinsam mit ihrem Joaquim das Unmögliche geschafft und den Menschen die Freiheit gebracht hat. Sie beschreibt das Feuerland, immer und immer wieder, weil die Kleinen nicht glauben können, dass es einen Ort ohne Bäume und ohne Schnee gibt. Sie erzählt von den HUBs, die von ihren Zuhörern gerne als Keller bezeichnet werden, weil Keller die einzigen Räume sind, die unter der Erde Sinn machen, und sie es sich nicht anders vorstellen können.

»Und du kanntest Präsident Sawyer wirklich persönlich?«, fragt Kelly, die schon immer ein Faible für den charismatischen Anführer der Division hatte.

»Natürlich«, erwidert die alte Dame und lächelt wissend. »Er war ein enger Freund und ein ganz besonderer Mensch.«

»Wie alt wäre er denn jetzt?«, fragt Kelly weiter.

»Ungefähr so alt wie ich, Kinder. Aber mein Alter verrate ich euch nicht. Das könnt ihr vergessen.«

Sie zwinkert belustigt, aber bei dem Gedanken an den Tod des Anführers durchzuckt sie ein feiner Schmerz. Er hatte lange durchgehalten. Länger noch als Jakob, obwohl dieser am Ende krank gewesen war. So als wollte er ganz sichergehen, dass seine Schäfchen auch wirklich behütet und glücklich leben könnten.

Ein Jahr war es nun her, dass Sawyer gegangen ist, und sie vermisst ihn oft. Spätestens im ersten Winter nach seinem Tod hatte sie beinahe täglich an ihn gedacht. Als stecke er höchstpersönlich hinter jeder Eisblume an der Fensterscheibe. Ihr einziger Trost ist, dass es schnell gegangen war. Sawyer schlief einfach ein. Friedlich und zufrieden.

Bei Jakob war es schlimm gewesen, aber Zoe hatte ihm die letzte Zeit erleichtert. Sie hatte seine Schmerzen durch magische Illusionen gelindert, bis er aufgegeben hat.

Später, Jahre danach hat sie Zoe gefragt, welche Illusionen es waren, was hatte Jakob vor seinem Tod gesehen, das ihn so sehr beruhigt hatte? Zoe konnte schon immer fühlen, was ihr Gegenüber glücklich machen würde. Und nachdem sie es mit beruhigenden Sequenzen von Wäldern und Bächen versucht hatte, war ihr eine bessere Idee gekommen, weil sie sehen konnte, dass Jakob sein Glück in einer anderen Vorstellung finden würde. Sie hatte ihn zurück auf die Erde geschickt. Zurück ins Feuerland, zusammen mit Nova, Marzellus, Nume und Mailo. Vier Freunde auf einer Reise ins Ungewisse. Das war es gewesen, was Jakob hatte von seinen Qualen ablenken können.

»Und was geschah mit den Sallows? Sind sie alle nach Salgaia gegangen?«

Die Kinder stellen, wie immer an diesem Punkt der alten Geschichte, tausend Fragen und wollen jedes noch so kleine Detail wissen.

»Nein. Es waren sogar recht wenig, gemessen an der Zahl der Gelben und Blauen. Aber ohne den Einsatz der Division hätte keiner von ihnen gehen können, also war es trotzdem ein Sieg.«

Die Geschichtsstunde neigt sich bereits dem Ende zu und wie immer hat nur eines der Kinder die ganze Zeit über geschwiegen. Es ist Susan, T.J.s Enkelin. Eine bildhübsche, aber enorm schüchterne kleine Person.

Als es Zeit wird und die Kinder jammernd und nach einer weiteren Geschichte bettelnd ihr Heim verlassen, legt sie eine Hand auf die Schulter des Mädchens und fragt: »Was ist, willst du vielleicht noch ein wenig mit mir spazieren gehen? Ich bringe dich auf dem Rückweg zu Hause vorbei.«

Das Mädchen nickt zaghaft und streckt ihre kleine Hand aus. Die alte Frau ergreift sie lächelnd und gemeinsam gehen sie hinaus auf den schmalen Weg. Unter ihren Füßen knirschen feine Kiesel und in der Luft liegt ein zarter Geruch von reifen Pfirsichen. Sie brauchen nicht zu reden, aber nach ein paar Minuten wird Susan unruhig und man kann spüren, dass sie etwas auf dem Herzen hat. »Frag mich ruhig«, fordert die alte Dame sie auf, ohne den Blick von dem tückisch unbefestigten Weg zu nehmen. Das Mädchen räuspert sich und mit einer seidig weichen Kinderstimme stellt sie schließlich ihre Frage.

»Was geschah mit Nova und Joaquim?«

Ein Lächeln liegt auf den Lippen der Frau, als das Mädchen wieder schweigt, und sie nickt wohlwollend.

»Weißt du, Liebes, diese Frage stellen die anderen Kinder nie. Sie glauben, dass die Geschichten nur erfunden sind oder dass Nova und Jo nach Salgaia gegangen und schon vor langer Zeit gestorben sind. Aber so ist das nicht gewesen.«

Sie biegen ab und nehmen die Abkürzung über die Wiese, wandern vorbei an Blumen und Schmetterlingen, die im Wind tanzten.

»Das bedeutet, es ist ein trauriges Ende. Erzählst du deswegen nie davon? Weil es nicht schön ist?«

Susans Stimme wird mit jedem Wort leiser. Man kann spüren, wie ängstlich das Mädchen ist. Aber es dringt auch Neugierde an die Oberfläche. Wenn das Ende der Geschichte unspektakulär oder traurig wäre, würde sie es trotzdem wissen wollen.

»Nein, mein Herz. Ich erzähle es nie, weil ich es nicht kenne, dieses Ende. Nun ja, nicht vollständig zumindest.«

»Du kennst das Ende der Geschichte nicht? Aber du warst doch dabei, nicht wahr?«, fragt Susan jetzt beinahe kritisch.

»Ja. Ich war dort. Genau wie dein Großvater und viele andere, tapfere Menschen auch. Und ich kannte Nova besser als die meisten. Aber wie alles ausging, kann ich leider nicht sagen.«

Sie umrunden einen großen Felsen und halten sich von nun ab links. Der Pfirsichduft ist verschwunden, an seine Stelle tritt der Geruch von frischem Heu und Sommerblumen.

»Erinnerst du dich an meine Beschreibung von Joaquim?«

Susan nickt heftig.

»Er war ein Feuerlandwanderer und ein Einzelgänger!«

»Ja. Das war er wohl. Aber er war auch unsterblich in Nova verliebt. Deswegen fiel ihm seine Entscheidung auch so schwer.«

»Welche Entscheidung denn?«, fragt Susan mit weit aufgerissenen Augen. Es tut gut, ihre kindliche Neugierde zu spüren. Sie will an ein Happy End glauben und hängt gespannt an den Lippen der alten Frau.

»Er hat beschlossen, auf der Erde zu bleiben.«

»Du meinst, er wollte nicht nach Salgaia gehen?«

»Ganz genau. Und das war natürlich ein Problem, denn alle gingen dorthin. Sawyer, Anny, Zoe, Mailo und all die anderen.«

»Also wollte Nova auch herkommen, richtig? Und dann endete es doch traurig. Ich wusste es!«, grummelt Susan und verschränkt die Arme vor der Brust.

Sie treten durch ein schlichtes Tor und folgen einem wildbewucherten Weg.

»Weißt du, ich glaube, die liebe Nova wusste die ganze Zeit über nicht, ob sie nach Salgaia wollte. Sie war mit den Gedanken immer woanders. Genau wie wir anderen auch. Es gab so viel zu erleben und unzählige Dinge, die noch erkämpft werden mussten. Sie hat die Entscheidung einfach vertagt. Immer und immer wieder, vermutlich.«

Rechts und links ragen die ersten Grabsteine empor. Viele von ihnen noch neu und von der Natur unberührt. Andere stehen schon Jahrzehnte dort. Stille Zeugen der Geschichte.

»Und wie ist es ausgegangen? Sind sie doch herge-kommen? Zusammen?«

Susan ist jetzt richtig aufgetaut und platzt vor Neugier.

Die beiden schlendern vorsichtig in einen der engen Querwege und die Frau lächelt beruhigend.

»Sie sind zusammengeblieben. Zusammen im Feuer-land.«

»Sie sind auf der Erde geblieben? Mit den Sallows? Aber die Sonne!«

Die Frau hält inne und auch Susan bleibt wie ange-wurzelt stehen. Vor ihnen liegt ein ordentlich gepflegtes Grab. Der Stein trägt nur einen Namen. Keine Nummer und auch keinen Nachnamen.

»Weißt du, Liebes. Die Menschen tun eine Menge Dinge aus Gier und weil sie Macht erlangen wollen. Darum ist diese Geschichte so wichtig und ich erzähle sie auch gerne immer von Neuem. Es hat Jahrhunderte gebraucht, bis die Menschheit sich selbst durch Hass, Kriege und dem Drang immer noch mehr zu besitzen und zu beherrschen, ins Aus manövriert hat. Und dann hat es noch mal 130 Jahre gebraucht, bis eine Hand-voll Menschen es geschafft hat, diesen Zustand ein für alle mal zu ändern. Es werden immer Prinzipien wie Gerechtigkeit und Freiheit sein, die die Menschen Gro-ßes vollbringen lassen. Aber eine Sache … eine Sache ist noch viel mächtiger als Hass oder Mut. Diese Sache hat Nova dabei geholfen, ihre Entscheidung zu fällen.«

Die alte Dame balanciert vorsichtig über die flachen Steine, die einen kleinen Weg auf dem üppig bepflanzten Grab markieren und erreicht den großen Stein am Ende.

Beinahe zärtlich streicht sie über die Oberfläche und fegt ein paar verirrte Blätter fort.

»Liebe. Es ist die Liebe, die Menschen über sich hin-auswachsen und Unvorstellbares leisten lässt. Das war immer so und wird auch immer so sein.«

Sie fährt den eingravierten Namen mit dem Finger nach. Jeden einzelnen der fünf Buchstaben nacheinander. Mailo.

»Und du hast keine Ahnung, wie es den beiden ergangen ist? Glaubst du, die Sonne hat die Erde verschluckt? Meinst du, Nova und Joaquim leben noch?«

»Hallo mein Lieber«, flüstert Nume und lässt ihre Hand noch ein Weilchen auf dem Stein ruhen, bevor sie sich wieder zu Susan umdreht.

»Nein. Die Sonne hat die Erde noch nicht verschluckt, Herzchen. Das können wir von hier aus feststellen. Aber selbst wenn es auf der Erde inzwischen unerträglich ist, sind die beiden vermutlich längst von uns gegangen. So wie all die anderen«, sie deutet auf das Grab. »So wie Mailo. Und so wie Sawyer. Sie sind alt geworden und jeder muss einmal gehen. Dabei ist es egal, auf welchem Planeten man lebt.«

Susan ist ganz still geworden. Sie scheint über das Schicksal der beiden Helden nachzudenken.

»Na, dann komm mit. Ich bringe dich nach Hause. Es wird Zeit«, sagt Nume und hält der Kleinen ihre Hand hin.

Sie lassen die Gräber hinter sich und wandern auf die Siedlung zu. Die beiden Sonnen stehen bereits tief und aus den Häusern dringen die allabendlichen Geräusche. Lachende Kinder, Musik und schepperndes Geschirr. Ein verrückter Geruch, zusammengesetzt aus vielen verschiedenen Speisen, hängt in der Luft.

Als sie in Susans Straße einbiegen, hält diese Nume zurück und sagt: »Weißt du, was ich glaube?«

»Nein. Was denn?«, erwidert Nume mit ruhiger Stimme.

»Ich glaube, Nova und Joaquim hatten ein schönes Leben dort auf der Erde. Und ich glaube, sie sind sehr alt geworden. Bestimmt haben sie oft an euch gedacht und sich vorgestellt, wie Salgaia ist, aber ich bin ganz sicher, dass sie ihre Entscheidung nie bereut haben.«

Die Überzeugung, mit der das kleine Mädchen die Worte klar und deutlich ausspricht, lassen Nume schmunzeln. Sie ist T.J. doch ähnlicher, als es auf den ersten Blick erscheint.

»Ja. Das glaube ich auch. Nova und Joaquim sind ganz sicher glücklich geworden. Wir alle sind es.«

- Ende -

## This New World

Zoe ist im letzten Highschool-Jahr, als ihre Welt auf einmal kopfsteht.

Menschen benehmen sich seltsam. Unvorstellbare Dinge geschehen. Im Fernsehen und Internet ist von unerklärlichen Anomalien die Rede. Und spätestens als ihre Eltern plötzlich diese ganz erstaunlichen Dinge tun können, ist Zoe klar:

DIESE WELT WIRD SICH VERÄNDERN.

## WENN NICHTS IST, WIE ES SCHEINT!

Emily freut sich auf den Sommer im alten Ferienhaus ihrer Großmutter. Jedes Jahr kommt sie nach Devlins Hope und genießt die Einsamkeit der kleinen Siedlung.

Als jedoch plötzlich dieser Typ auftaucht, geraten Emilys Ferienpläne ins Wanken. Jonah ist nicht nur impulsiv und sieht gut aus, seine Vergangenheit birgt außerdem ein großes Geheimnis. Ein Geheimnis, von dem Emily beschließt, es zu lüften!

EINE AUSSERGEWÖHNLICHE GESCHICHTE ZWISCHEN ZWEI MENSCHEN, DIE SICH ÜBER GENREGRENZEN HINWEGSETZT.

Foto: Books on Demand

# LAURA NEWMAN IM NETZ

Die offizielle Website der Nachtsonne Chroniken:
**www.nachtsonne-chroniken.de**

Laura Newmans Autoren Blog:
**www.lauranewman.de**

Auf Facebook:
**facebook.com/lnewmanautor**

Auf Twitter:
**twitter.com/lnewmanautor**

Auf Instagram:
**instagram.com/lnewmanautor**

Auf YouTube:
**youtube.com/TheLoonyLife**